CONFISSÕES
DE UMA BANDA

NINA MALKIN

CONFISSÕES DE UMA BANDA

Tradução de
Rodrigo Abreu

2ª edição

RIO DE JANEIRO | 2010

CIP-BRASIL. CATALOGAÇÃO NA FONTE
SINDICATO NACIONAL DOS EDITORES DE LIVROS, RJ

M218c Malkin, Nina
v.1   Confissões de uma banda / Nina Malkin; tradução
2ª ed. Rodrigo Abreu. 2ª ed. - Rio de Janeiro: Galera Record, 2010.

   Tradução de: 6X : The uncensored confessions
   ISBN 978-85-01-07544-4

   1. Celebridades - Literatura juvenil. 2. Músicos de rock
   - Literatura juvenil. 3. Rock - Literatura juvenil. 4. Fama
   - Literatura juvenil. I. Abreu, Rodrigo. II. Título. III. Título:
   Confissões de uma banda.

07-2686.   CDD: 028.5
                                            CDU: 087.5

Título original em inglês:
6X – The uncensored confessions

Copyright © 2005 by Nina Malkin

Todos os direitos reservados.
Proibida a reprodução, no todo ou
em parte, através de quaisquer meios.
Os direitos morais do autor foram assegurados.

Texto revisado segundo o novo Acordo Ortográfico da Língua Portuguesa.

Composição de miolo: Abreu's System

Direitos exclusivos de publicação em língua portuguesa somente
para o Brasil adquiridos pela
EDITORA RECORD LTDA.
Rua Argentina 171 – Rio de Janeiro, RJ – 20921-380 – Tel.: 2585-2000
que se reserva a propriedade literária desta tradução

Impresso no Brasil

ISBN 978-85-01-07544-4

Seja um leitor preferencial Record.
Cadastre-se e receba informações sobre
nossos lançamentos e nossas promoções.
Atendimento e venda direta ao leitor:
mdireto@record.com.br ou (21) 2585-2002

*Muitos e enormes obrigados a Amy Barnett,
Liane Bonin, Angela Burt-Murray, Laura Dail,
Anica Mrose Rissi e Jason "Part III" Stutts...*

*Para Ted, que sabia tudo de rock,
e Elaine, que estava sempre a seu lado.*

PARTE UM
Apresentando
6X

"You got some dirty boots, baby..."
(Você tem umas botas sujas, baby...)
— Sonic Youth, "Dirty Boots"

"When you're around, I'm somebody else..."
(Quando você está por perto, eu sou outra pessoa...)
— Guided by Voices, "Teenage FBI"

"You can rock me just about anywhere..."
(Você pode me balançar praticamente em qualquer lugar...)
— The Cars, "You're All I've Got Tonight"

"The waiting is the hardest part..."
(Esperar é a parte mais difícil...)
— Tom Petty, "The Waiting"

AVISO

O conteúdo deste DVD, sem cortes e edição, não foi feito para ser exibido ao público. Tomar posse dessa transcrição sem autorização é estritamente proibido, e qualquer tentativa de copiar, transferir, vender ou distribuir de qualquer outra forma este material é uma violação da lei de direitos autorais.

— The Conspiracy for Piracy, Ltd.
(A conspiração pela pirataria, Ltda.)

A Gostosa

Eles me chamam de A Gostosa, mas nunca na minha frente. Não que eu ligue. Talvez eu ligue, sei lá. Tecnicamente, tenho um corpo bonito. Tenho quase um metro e oitenta, visto jeans tamanho 34 e tenho peitos que chamam atenção. Minha mãe diz que eu tenho que ter orgulho do meu corpo; ela com certeza tem. Desculpe se isso soa horrível. É que eu li em uma revista sobre uma menina da minha idade que fez redução dos seios — mencionei isso para minha mãe e ela me olhou como se eu tivesse pedido para ser decapitada. E ela está sempre me mandando ficar com a coluna reta e os ombros para trás — como um sargento da moda e das boas maneiras. Quando comecei a me desenvolver, ela se gabava para as amigas. Não que ela se vanglorie do meu corpo; na verdade ela sempre diz que "deve ser algo na água". Mas é assim que ela pensa em mim — como sua criação.

Ou seu projeto. Porque antes do 6X ser alguma coisa, quando era só uma loucura do tipo isso-nunca-vai-acontecer-em-um-milhão-de-anos minha mãe já era totalmente a favor. Eu não. Nem agora, com nosso vídeo passando 97 vezes por dia na MTV, a ficha caiu, talvez porque a forma como tudo começou tenha sido tão irreal, tão idiota. Uma grande piada — e eu era a deixa. Mas, goste ou não, aqui estou em frente a uma câmera falando tudo.

Oops, desculpe, isso tudo é tão embaraçoso — eu estou parecendo a maior idiota.

Era fim de ano e o escritório de advocacia do meu padrasto estava dando uma festa na Drake House, muito chique, todos os advogados e os grandes clientes. Não havia motivo para eu ir — não ia ter ninguém da minha idade, ninguém para conversar —, mas minha mãe só falava "Você vai e pronto". Qualquer desculpa para me tirar dos meus jeans e me colocar em um vestido de qualquer estilista que seja seu novo queridinho.

Então eu fui (você nunca discute com a minha mãe) e juro que não há nada mais chato do que ver um salão cheio de gente velha se divertindo. Os garçons passavam com bandejas de champanhe e eu pensei: *por que não?* Ninguém notou quando peguei uma taça. Então peguei outra. Mas eu não estava bebendo para ficar bêbada. É que eu estava de saco cheio e desconfortável — segurar uma taça era uma forma de ocupar minhas mãos.

Eu ia bebendo e andando, bebendo e andando — assim foi minha noite. Até que o *bebendo* começou a dificultar o *andando*. Fui então para perto do palco para assistir à banda, apesar de eles serem uns quarentões — o que definitivamente não é a minha praia. Assim que eles fizeram um intervalo o baterista veio dar em cima de mim, o que foi muito errado. Eu era uma convidada e tenho 15 anos. De qualquer forma eu não sabia o que dizer — sou muito tímida e fico mais tímida ainda perto de caras que não param de olhar para os meus peitos. Mas eu estava ali — a menina bêbada — dizendo pra ele que era muito legal ele tocar bateria, porque eu sempre quis tocar bateria — o que não era verdade, eu nunca tinha pensado nisso antes.

Quando dei por mim, ele estava me levando para o palco e me sentando na bateria e me dizendo o que fazer. Comecei a bater de qualquer jeito, mas em alguns minutos o radar que minha mãe tem para comportamento inaceitável percebeu o meu comportamento inaceitável e ela enviou meu padrasto. Mas ele não estava sozinho; estava com um dos seus sócios, Brian Wandweilder — que atua na área de entretenimento, um cara quente, o sócio mais novo da firma.

— Muito bem, Sherman — disse o Sr. Wandweilder para o meu padrasto —, eu não sabia que Wynnie tocava bateria.

Meu padrasto sorriu para ele:

— Ela não toca.

Então ele olhou torto para o baterista e me deu o braço para me ajudar a descer. Eu nem reclamei; estava muito ocupada falando para mim mesma:

— Que legal! Cara, isso é tão legal!

Completamente idiota, eu sei — mas o estranho era que o Sr. Wandweilder achava que eu era incrível. Em outras circunstâncias — quer dizer, se eu não estivesse bêbada — eu estaria morrendo de vergonha, mas nós falamos sobre eu tocar bateria por muito tempo. Tinha algo tão convincente nele: olhos castanhos atrás de óculos de aro fino, cabelos ruivos que não eram nem compridos nem curtos como os dos outros advogados — que balançavam quando ele sacudia a cabeça com entusiasmo, uma empolgação que parecia mais de criança do que de adulto. O Sr. Wandweilder falando sobre mim e música e a bateria fez com que meu papel de menina bêbada idiota parecesse não só aceitável, mas, sei lá, possível... legal.

Mais tarde naquela noite, na limusine voltando para casa, minha mãe e meu padrasto estavam falando sobre isso. Meu padrasto disse:

— E se você não acredita, Cynthia, Wandweilder disse que pode formar uma banda com a Wynnie e vender.

— Por que eu não acreditaria? — disse minha mãe, meio perdendo o fôlego como normalmente fica quando está irritada. — A Wynn é linda, talentosa e cheia de personalidade. O Brian nunca lançou uma banda antes... mas ele conhece o meio. Você sempre fala isso. Você acha que ele estava brincando?

— Não, na verdade eu acho que ele falou sério — disse meu padrasto, afrouxando a gravata. — Mas ele não conhece a Wynn. Sério, Cynthia, você consegue visualizar a nossa Wynnie no palco, tocando bateria numa banda de rock?

Eles estavam tendo essa conversa enquanto eu estava sentada entre eles na limusine. Eles estavam falando de mim e eu estava ali o tempo todo. E eu não estava desmaiada, babando; estava só um pouco sonolenta.

— Você não está querendo dizer que minha filha não é linda, talentosa e cheia de personalidade, está? — disse minha mãe levantando a sobrancelha como aviso.

— Claro que não — ele respondeu rapidamente. — Mas a Wynnie, numa banda, tocando bateria? Você não acha um pouco ridículo?

Minha mãe acariciou a mão de meu padrasto e o chamou de querido:

— O que *não é* ridículo? — perguntou. — Uma das meninas do hotel Harton casou com um anão, um anão de verdade! Arnold Schwarzenegger foi eleito governador da Califórnia. Nós vivemos na era do ridículo — ela olhou para mim, acariciou meu cabelo e sorriu. — Eu não estou nem pensando no fato de a Wynn ser boa nisso, de ela ter algum tipo de sucesso. Eu só acho que isso poderia ajudá-la a se enturmar.

— Talvez — disse meu padrasto. Ele ficou quieto por um minuto pensando, ele é assim, sempre analisa todos os ângulos. — Talvez — disse ele de novo. Então foi sua vez de acariciar meus cabelos e sorrir. — Eu só espero que ela não se enturme com as pessoas erradas.

A Voz

Eles me chamam de A Voz. Deus!, não, não oficialmente, claro! Seria muito grosseiro. Porque não é que os outros não sejam talentosos. Eles são. De verdade. É que algumas vezes na Universe, nossa gravadora, as pessoas falam isso. É como se fosse uma gíria do meio. Dizem "ela é a voz" em vez de dizer "ela é a vocalista". De qualquer forma, cantar é o que eu faço. Sempre foi assim.

Pergunte para qualquer um na minha família e eles vão falar sobre "A Cutucada". Nós estávamos todos na igreja, minha mãe, meu pai, meus avós, basicamente toda a cidade de Frog Level, na Carolina do Sul. E quando começou a cantoria eu abri minha boca como todos... e então saiu. Minha voz. Minha mãe diz que foi o mais doce e mais verdadeiro som que ela já ouviu, como um anjo, mas ela não tinha ideia de que era euzinha.

Bem, quando ela percebeu que aquilo era a *minha* voz ela parou de cantar e cutucou meu pai com o cotovelo. Ele não conseguia acreditar também, então ele cutucou meu avô, ao lado dele no banco. Então foi como uma onda, como a ola que fazem nos jogos de futebol. A cutucada começou a se mover pela congregação até que todas as pessoas, menos o pastor, tivessem recebido a sua e parassem de cantar. E era só eu, com três anos e meio, cantando "What a Friend We Have in Jesus" (Que Amigo Temos em Jesus) a plenos pulmões. Foi meu primeiro solo.

Meu Deus, isso foi uma breve história da minha família para vocês. Todos os meus familiares ainda vivem em Frog Level. A antiga igreja não está mais lá, mas eu ainda posso me lembrar: toda branca, com piso de madeira, tão pequena que todos tinham que ficar de pé aos domingos. A memória não é uma coisa estranha? Eu acho que é. Porque mesmo que eu consiga me lembrar da igreja, o que eu não consigo lembrar, o que eu *gostaria* de me lembrar mais que qualquer outra coisa é do meu pai. Eu não consigo ver seu sorriso, seus olhos, suas mãos, seu cabelo; não consigo ver nenhuma parte dele em lugar algum da minha mente.

O que aconteceu é que ele morreu defendendo nosso país na Guerra do Golfo. E minha mãe não tem nenhuma foto dele, elas sumiram porque nós nos mudamos muito. Demorou um tempo para chegarmos até Nova York — quer dizer, Nova Jersey; no momento vivemos em Elizabeth, Nova Jersey. O que aconteceu foi que depois de perdermos meu pai, minha mãe teve que trabalhar muito no Wal-Mart e fazer faculdade, mas assim que se formou, ela sempre procurou empregos melhores. Nós ficávamos em um lugar um tempo, e se ela não fosse promovida, bem, era questão de quem dava mais. E por algum motivo os melhores empregos eram sempre mais ao norte. Ela tem um emprego maravilhoso agora; todos a amam. Minha mãe é séria em relação à sua carreira; é uma *executiva* de sucesso. Por mais que ela dê a maior força para o fato de eu ser uma estrela e tal, ela nunca largaria seu trabalho. É dela. Isso é uma das coisas que me deixa tão orgulhosa da minha mãe.

Meu Deus, eu poderia falar sobre minha mãe por horas, mas tenho que falar sobre mim. Bem, por volta da época em que nos mudamos para cá, deixei de usar meu primeiro nome, LuAnn, e comecei a usar Kendall, que é meu nome do meio. Eu estava entrando em todos esses concursos de talentos e me parecia muito mais sofisticado e profissional: Kendall Taylor. Mas quando volto pra casa a fim de visitar a família tenho que voltar a ser LuAnn, foi o que a minha mãe disse. LuAnn é o nome da minha avó, então é por respeito. Ninguém na cidade sabe que me chamam de Kendall, minha mãe diz que esse é o nosso segredo. Mas com tudo que está acontecendo agora, quer dizer, nós estamos na MTV!, a qualquer hora as pessoas de Frog Level vão acabar me entregando e eu não sei o que minha avó vai dizer a eles.

De qualquer forma, todas as fotos do meu pai estão perdidas. É triste, eu acho, mas não me prendo muito a isso, porque sou uma pessoa positiva. E mais, eu sei que meu pai está numa nuvem assistindo a todas as coisas maravilhosas que vêm acontecendo comigo. Às vezes gosto de pensar que quando eu canto meu pai está começando uma onda de cutucadas no céu!

A Chefe

Se for me chamar de chata é melhor tomar cuidado. Brincadeira! Sem querer ofender, mas é idiotice querer rotular os membros dessa banda. Na época das boybands talvez fosse assim — esse é o poeta, esse é o badboy, esse é o deus do sexo — mas, por favor, isso já era. São só estereótipos, e eu sou totalmente contra isso; e que não tem nada a ver com a nossa banda. Porque, preste atenção, eu sou uma menina negra e não estou num grupo de R&B e nem sou a cantora. Nossa banda quebra barreiras.

Mas, tanto faz, se esses diários em vídeo se transformarem em um reality show ou algum tipo de bônus extra no nosso CD e isso ajudar a vender discos, excelente. Viu, é assim que minha mente funciona. Sou uma mulher de negócios. Antes de tudo e acima de tudo. E uma artista. Uma artista e uma mulher de negócios. No mais, não tenho problema em me promover e essa é uma chance de eu poder falar um pouco. O que quero dizer é que, sejamos realistas, quando o 6X dá entrevistas para uma revista, um programa de TV, qualquer merda dessas, eu sempre sou deixada de lado. Por duas razões bem *óbvias*: todos querem falar com a Barbie, quer dizer, com a Wynn, mas tudo bem, pode deixar essa parte, ela sabe que eu a chamo de Barbie. E todos querem falar com a Kendall, já que ela é a vocalista. Tudo bem. E então eles querem falar com o A/B porque ele é o único garoto e eles querem saber como é que é isso, além do mais ele é uma graça com aquele jeito "Bonito? Quem? *Moi*!?" e todas as nossas fãs querem saber o que ele tem a dizer. Então quando a entrevista já acabou, opa, eles ficam sem fita e sem tempo e ninguém tem a chance de perguntar nada para mim. E isso é imbecil porque eu sou a única na banda que tem algo a dizer. Pra começar, eu tenho *vocabulário*. Será que preciso mostrar minhas notas?

Olha, eu não quero ser dura. Não é que eu esteja numa banda com um monte de retardados. O A/B é bem esperto e muito engraçado, mas ele é o tipo de *junkie* musical que só come e dorme, e você pode acrescentar outras funções corporais. A Kendall é esperta do seu jeito de menininha saltitante. É verdade que de vez em quando faz algumas besteiras, mas na maioria do tempo age como um anjinho, o que faz parecer que ela é um doce. Por fim, a Wynn, só entre nós dois e o mundo inteiro, eu não a entendo muito bem, porque eu acho — na verdade eu *sei* — que a minha garota tem pensamentos profundos por trás daquela franja cor de mel, mas suas expressões favoritas são "desculpe" e "sei lá".

Eu não sou assim. Eu tenho opiniões. Tenho ideias. Faço acontecer. Como naquele dia na escola em que a Wynn mencionou a banda. Nós duas estudamos na Little Red Schoolhouse. Sim, esse é realmente o nome da nossa escola, tão fofinho que dá vontade de vomitar. Pessoalmente, acho que meus pais podiam gastar seu dinheiro suado em outras coisas que não fosse escola particular, e eu com certeza poderia viver sem ter de pegar dois trens do Brooklyn para Manhattan todos os dias. Mas meu pai dá aula de matemática numa escola totalmente gueto — os alunos chamam de Jay-Z Junior High School — e, pelo que ele já presenciou no trabalho, preferia morar debaixo da ponte a me mandar para uma escola pública. Já minha mãe acha que pagar tanto pelos meus estudos vai me prevenir de ser como meu meio-irmão John Joseph, conhecido por JJ, conhecido por Loserboy. Ele é o fruto do primeiro casamento dela, com um cara do bairro onde ela morava antes de se inspirar em *Febre da Selva* e ficar com meu pai.

Mas vamos esquecer minha família, você quer saber do 6X. Naquela época a Wynn não era exatamente minha amiga, mas tínhamos algumas aulas juntas e nos falávamos. Um dia ela estava falando de uma festa regada a champanhe e de um baterista que claramente só queria transar com ela. Eu não estava dando muita atenção, mas quando ela chegou na parte sobre o sócio do seu padrasto dizendo que ele podia formar uma banda com ela, eu me liguei. Quer dizer, ela prendeu minha atenção. De imediato eu disse:

— É mesmo? Eu toco baixo.

E foi aí que entrou o Loserboy. Vinte e cinco anos na cara e não consegue manter um emprego nem nos correios. Patético. Meu pai faz o que pode para ignorá-lo, o que é difícil, já que ele vive no nosso porão desde que o pai dele o expulsou de casa, mas eu o adoro. Ele é meu irmão mais velho. Ele tem um baixo (uma vez ele foi de uma banda por cinco minutos) e naquela sexta à noite nós escutamos o *Leave Home* e o *Rocket to Russia* dos Ramones — punk das antigas é uma das únicas coisas que eu e JJ temos em comum — e eu peguei o seu enorme Fender P.

O baixo ia até a altura dos meus joelhos e eu parecia uma retardada, mas ele me ensinou algumas linhas de baixo e pratiquei todo o fim de semana. Na segunda-feira na escola eu só falava com a Wynn sobre a banda, a banda, a banda.

E se isso faz de mim uma pessoa mandona, agressiva, ou uma chata, então tudo bem...

O Garoto

Ah sim: O Garoto. O menino, o cara, o cromossomo Y. Esse sou eu. Acima de tudo, no entanto, eu sou o músico. Toda banda tem que ter pelo menos um. Sem querer ser um completo babaca, cada um tem sua função.

A função da Wynn é ser a gatinha. Bem, ela mantém o ritmo numa boa, acredite, a primeira vez que eu a escutei tocar pensei, sem chance, mas é incrível como ela melhorou. Falar que ela é gata é como dizer que o Grand Canyon é um buraco no chão, e eu não estou falando só do corpo, são os detalhes, o rosto em forma de coração e os olhos nem tão azuis nem tão verdes. Até os lóbulos da orelha dela são lindos, a clavícula. Ela podia bater num balde com agulhas de tricô que as pessoas ainda iriam pagar 20 pratas para vê-la. A outra metade da nossa cozinha, Stella, também é formada aos trancos e barrancos no nosso programa de aperfeiçoamento. Mesmo assim, tocar baixo não é sua principal função. Deixe ver, como eu posso dizer isso? A função da Stella é ser a chefe. Nós temos um empresário e um cara de relações artísticas e um advogado e uma gravadora, mas a Stella é a chefe porque ela mete muito medo em nós. A menina foi chefe da máfia ou um ditador do Terceiro Mundo em outra encarnação, eu te garanto.

A função da Kendall obviamente é cantar. Ela é uma daquelas pessoas a quem você dá a lista telefônica para cantar e quando ela começa o seu queixo cai, você fica arrepiado, tudo isso. Então você poderia dizer que a Kendall é música também, mas eu tenho que discordar. Ela é outra coisa: ela tem o dom. Nunca teve uma aula. Puro talento. Eu tenho algum talento natural — mesmo podendo parecer convencido, eu *posso* tocar qualquer coisa —, mas, enquanto a Kendall não precisa fazer nada, tenho que me dedicar para conseguir. Não adianta me dar um *didgeridoo*, uma tuba ou um berimbau e esperar que eu saia tocando. Você tem que me dar alguns dias sozinho com o instrumento. Não que eu tenha muito mais para fazer, já que não tenho uma namorada comandando minha vida de forma eficiente no momento. Bem, eu não sou nenhum monstro, mas na minha escola se você não tiver saído direto de um comercial de pranchas de abdominal, se o seu cabelo for meio desgrenhado ou se seus músculos não forem muito aparentes, você não vale nada para as menininhas de lá.

De qualquer forma, como eu disse, tenho que trabalhar a música, só que não é como um trabalho de verdade, porque eu amo isso.

O que eu quero dizer é que não importa para mim se o 6X são garotas ou chihuahuas, fico feliz de participar de uma banda que está conseguindo alguma coisa. Eu tenho 17 anos, já estive em oito bandas diferentes, então o fato de ter um contrato e um sucesso e de estar pronto para gravar o disco é algo como *"Finalmente!"*. Não é apenas "Que legal!", mas "Que legal, *até que enfim!*". Até os conflitos entre meus pais sobre minha carreira estão se resolvendo. Típica família judia: você sai do útero e eles praticamente o jogam no banco do piano, mas Deus o livre se você realmente quiser fazer isso da sua vida em vez de ser um médico ou um advogado, ou um físico nuclear, é como se você quisesse matá-los do coração. Não me importo, eu sempre vou fazer música. Digamos que me torne o presidente de um enorme e poderoso conglomerado, eu vou continuar tocando, e se eu arrumasse um contrato iria marcar uma reunião do conselho e pular fora.

Eu tinha 11 anos quando tive minha primeira banda, uma banda de cover, rock clássico. Todos os outros tinham 20 e muitos, 30 e poucos. Eu era o chamariz, o pequeno prodígio do piano. Nós tocávamos em bares em toda Long Island; minha mãe era contra, mas meu pai a convenceu de que era tranquilo porque seu irmão mais novo estava na banda. Tio Dick. E o nome dele não é Richard, é que ele é um babaca (dick) mesmo. Nós tocávamos todas as bandas com letras, BTO, ELO, ELP, e claro os perfeitos e ainda amados monstros do rock AC/DC. Milagrosamente a experiência não me afastou da música. Na verdade, eu adorei, ainda sinto um frio na barriga quando escuto AC/DC ou Pink Floyd.

Mais tarde, aos 13 anos, troquei para guitarra como meu instrumento principal e montei uma banda com os garotos da minha rua. Aqui está o resto do meu currículo musical até hoje: tive uma banda ska-punk; uma banda emo; um duo muito estranho com um cara do acampamento, eu na guitarra e teclados e ele no oboé e flauta; a banda de rock básico genérica; uma banda de numetal que durou muito pouco tempo; e duas outras que eu só posso classificar com o rótulo sem sentido que é "indie rock". Aonde eu cheguei com todas elas? A lugar nenhum. Os caras se mudavam ou entravam numa de esportes ou garotas ou drogas; ou então a gente simplesmente se desintegrava por outros motivos.

    Então, há mais ou menos um ano, enquanto eu tentava largar a última banda de indie rock sem que o resto da banda me odiasse, comecei a tocar no circuito de novos talentos. Só eu e minha alma gêmea de seis cordas, Dan Electro, pegando o trem de Long Island para Manhattan, dividindo o palco com todos aqueles caras sensíveis e melosos com seus violões, tocando um set de covers obscuros e originais horríveis (não sou um grande compositor). Mas foi assim que consegui um agente — que eu acabei descobrindo que era um prego —, mas foi através dele que conheci esse cara, que conhecia um advogado, que arranjou de eu tocar com as meninas, e agora nós somos o 6X, sensação do pop-rock, superastros em treinamento.

    Isso parece simples como A-B-C? Um-dois-três? *Vini, vidi, vici*? Tá bom...

A Gostosa

Antes de nós entrarmos — tudo bem, cairmos de paraquedas — na cena rock, houve um período de calmaria chamado viagem de Natal. Minha mãe e meu padrasto me levaram para Saint Bart. Foi legal, apesar de minha mãe passar o tempo todo me seguindo na piscina com um tubo de protetor solar fator 87 na mão. Basicamente eu li muito, escutei música no meu iPod e escrevi no meu diário, apenas poemas idiotas sobre água e peixes e como é dormir ao sol e acordar pensando que está no céu. A bateria? A banda? Nada passou mais longe do meu pensamento.

Até eu voltar para a escola e Stella Saunders começar a fazer *air bass* para mim como se estivesse fazendo um teste. E isso foi muito chocante, porque Stella era... ela era... eu não era o tipo dela. De repente a ideia da banda não parecia tão idiota mais. Stella está entre os melhores alunos da escola. E ela está *motivada*. Então eu pensei de forma prática: se eu tiver uma banda com Stella Saunders, vai ser sério; ela vai fazer acontecer.

Ela se encostou na minha carteira e sacudiu meu braço:

— Ei, Barbie — disse ela —, acorda. Tem um advogado fodão dizendo que você pode ser o próximo sucesso e você fica de "Ahhh, sei lá..."

Eu comecei a me sentir um pouco desconfortável. A Stella estava falando alto. As pessoas estavam se virando para olhar para a gente.

— Dá licença? — disse Stella, meio que rosnando para a menina na carteira da frente. Com aqueles olhos imensos soltando faíscas e aquela nuvem de cabelo, ela é capaz de assustar.

A garota se virou e Stella se voltou para mim, chegando mais perto e passando o braço em volta do meu ombro. Isso fez eu me sentir... não sei, de um milhão de formas diferentes, algumas muito diferentes, a maioria delas muito boas. Sua respiração no meu pescoço, quente e perfumada por aquele chiclete roxo que ela adora, fiquei arrepiada.

— Vamos lá! — disse ela apertando meu ombro. — Isso pode ser o *máximo*.

Então se afastou e sentou de volta em sua cadeira, que balançou e rangeu.

— Você me deixa louca! — disse ela — Você é exatamente como todas essas outras riquinhas filhinhas de papai que não têm que *fazer* nada.

Eu não conseguia falar. Literalmente minha boca estava congelada. Minha língua era um objeto estranho. Minha mente estava a mil, mas eu não era capaz de dizer nada para essa garota. E ela simplesmente estava ali, me olhando como se eu fosse a maior idiota do universo. Pensei que ia chorar, mas eu realmente não pretendia chorar. Eu queria que Stella Saunders soubesse que eu não era daquele jeito! E ela continuava olhando para mim, recostada na sua cadeira com os braços cruzados. Não sei quanto tempo se passou até que eu conseguisse falar alguma coisa, mas finalmente eu consegui. E disse:

— Eu não sou.
— Eu não sou! — disse Stella, me imitando. — Não é o quê?
— Desculpe. Sei lá, mas... eu *não* sou assim.
Então a campainha tocou e a Stella se levantou rapidamente, pegou seus livros e disse:
— Que se dane, cara.
Eu fiquei sentada lá por meio minuto e então pulei da cadeira também, pegando minhas coisas e a segui até a saída. Eu a alcancei e toquei seu braço. Ela se virou rapidamente e disse:
— O QUE FOI!?
Tudo na Stella naquele momento, as pernas separadas, o brilho louco no olhar, era para me assustar, mas eu me segurei. Era um bom sinal e foi como se o tempo tivesse parado.
— Olha, você quer me dizer alguma coisa, Wynn Morgan? — disse ela. — Porque se não quiser, me deixa em paz, estou atrasada para a aula de espanhol.
Então ela me olhou como se estivesse esperando uma resposta.
— Só quero dizer...
Eu parei para ver se ela estava escutando, e ela estava.
— Só quero dizer que eu *não* sou preguiçosa, ou nada daquilo que você falou, mas o problema é que eu nem sei tocar bateria.
Stella disse:
— E daí? *Aprenda.*
Então ela se virou e foi embora.
Eu não quero fazer parecer que a Stella me convenceu a fazer isso, é mais como se ela tivesse me desafiado, e

ninguém nunca tinha feito isso comigo antes. Então naquela tarde eu disse à minha mãe que queria ter aulas de bateria. Imediatamente, ela pegou o telefone e ligou para o escritório do meu padrasto, mas ela não pediu para falar com ele. Em vez disso, ela disse:

— Me chame Brian Wandweilder.

Eu comecei as aulas no dia seguinte com esse cara, Travis Brown, que é um músico de estúdio lendário. Ele nem dá aulas, na verdade, só estava fazendo um favor para o Sr. Wandweilder... Brian. Minha mãe me levou até o centro, no estúdio de Travis; ela se sentou na sala de espera com o celular e sua *Vogue* e Travis me levou para outra sala. E... lá estava — uma bateria, uma enorme. De repente, fiquei muito nervosa. O bom é que eu nunca tinha ouvido falar em Travis Brown, e saber como ele era importante teria me deixado mais nervosa.

Das duas, uma. Ou Travis não percebeu o quanto eu estava nervosa ou fingiu que não percebeu. Nós começamos pelo básico: é assim que se seguram as baquetas. Esse é o bumbo, é assim que você bate nele com o pé. Essa é a caixa, esse é o tom-tom. Ele não estava sendo condescendente. Além disso, ele não estava olhando para mim como os outros garotos, quer dizer, homens mais velhos geralmente olham, como se eles estivessem tentando não olhar; eu odeio isso. Então isso tudo meio que me acalmou.

Então falou:

— Olha, Wynn, você tem muito o que aprender sobre como tocar bateria, mas tem algo que não tenho como ensinar, você tem que nascer com isso. E eu não vou perder meu tempo com você se você não tiver.

Não tinha noção do que ele estava falando, mas eu disse:
— Tudo bem.
Ele diminuiu a luz e me deixou sozinha. Por um longo minuto, fiquei lá sentada. Então bati no prato delicadamente, ele fez um barulho meio tímido. Usei meu pé no pedal. O bumbo soou, mais alto do que eu podia imaginar, mas mais forte que o som era a sensação: muito forte. Eu batuquei com as baquetas na caixa, no meio, no aro. Então fiquei mais um pouco só respirando. Estava quase escuro na sala, e frio, e muito, muito silencioso; era como se eu pudesse ouvir meus dentes, minha pele.

E pensei, bem, eu podia começar a bater nas peças de qualquer jeito, mas aquilo me pareceu, eu não sei, desrespeitoso. Em vez disso, tentei pensar num ritmo e um bem simples veio à minha mente: tum-tum-pá, tum-tum-pá, tum-tum-pá-pá, tum-tum-pá. Eu cantarolei baixinho e então comecei a tocar. Toquei algumas vezes e então toquei mais rápido, e depois acrescentei uma batida no prato e, bem, eu não sei há quanto tempo eu estava lá, mas, de repente, as luzes do estúdio se acenderam e Travis, que estava atrás do vidro da cabine o tempo todo, começou a bater na janela e a acenar fazendo sinal de positivo. Então sua voz veio pelas caixas de som, dizendo:
— Ah, sim, mocinha, você *vai* tocar bateria!
Tudo aquilo, eu não sei... me fez sentir confiante. Além disso, eu sempre senti a música, quer dizer, sempre a senti como uma sensação física, tanto quanto eu me relacionava com a letra num nível mental. Mas antes daquele dia eu não sabia expressar isso, ou mesmo reconhecer

isso. Naquele dia fiz algo com a minha alma que me fez suar e sorrir, e simplesmente fez sentido.

Nós fomos comprar minha bateria no dia seguinte. O vendedor nojento tentou nos convencer a comprar um modelo top de linha da DW, mas eu não me importava se era a bateria mais cara na loja. Vi uma Pearl muito linda, num tom de rosa-claro. E isso era irônico, porque a bateria é grande e barulhenta, mas essa era fofa, então foi a que eu escolhi.

Nós montamos a bateria num quarto bem nos fundos do primeiro andar da nossa casa. Era para ser um quarto de empregada, mas não é porque minha mãe acha que empregada que dorme em casa é ostentação demais, e eu acho que ela tem medo e não quer gente morando na casa dela; eu não posso nem ter um gato —, então o quarto estava sendo usado apenas para guardar coisas. Todos os dias depois da escola eu ia lá e praticava. Eu não era boa, mas mais importante que eu ser boa ou não era que eu tinha descoberto algo, realmente tinha descoberto algo que me fazia me sentir muito, muito bem.

A Chefe

Olha, eu sei que a gente devia contar cada pequeno detalhe apimentado, certo, mas no início eram só aulas de música, prática e, acredite, isso é um saco. Hmm, bem, algumas coisas interessantes aconteceram no início. Como ir na casa da Wynn pela primeira vez e ver como ela é rica pra burro. Veja bem, a Wynn não se veste toda emperiquitada, cheia de roupas de marca ou joias. Mas nós estamos falando de grana. O padrasto dela é um mega-advogado e a mãe dela vem de família rica, dinheiro antigo.

A casa deles não é muito maior do que a nossa, mas eles não têm inquilinos, eles vivem no espaço inteiro. Veja bem, eu sei desse negócio porque minha mãe trabalha no ramo imobiliário e ela sempre diz localização, localização, localização. Olha, a casa da Wynn com certeza é localizada, localizada, localizada no bairro nobre Upper East Side.

Eu entro pensando em chocar a mãe dela: "Qualé, Sra. Sherman!" (Sherman é seu sobrenome agora; o sobrenome da Wynn é Morgan, do pai.) Mas eu sei como falar com pais. Fui muito educada e recatada. Acho que eu sempre soube que existem formas diferentes de se falar com pessoas diferentes. E deixe-me dizer uma coisa: no mundo da música isso é elevado à décima potência. Você deve tomar muito cuidado com o que fala e como fala isso para quem você fala. De qualquer forma, nós tomamos refrescos na sala de visitas e então fomos para as dependências de empregada onde está a bateria da Wynn. Brincamos de tentar acompanhar "Blitzkrieg Bop" dos Ramones.

— Cara, a gente é muito ruim! — eu disse depois de algum tempo.

Wynn se levantou e foi em direção à porta:

— Talvez a gente deva parar por hoje.

Eu disse:

— Você ficou maluca? De jeito nenhum! — balancei minha cabeça. — O quê? Vocês ricos acham que tudo vai acontecer do nada? — disse. — Você achou que a gente ia fazer "um, dois, três, quatro" e sair tocando perfeitamente?

— Não, não, não — disse ela, com aquela franja comprida escondendo seus olhos. — Eu não espero que seja fácil. Mas eu não quero que o Sr. Wandweilder pense "o que eu estava pensando?".

Ela estava falando do nosso encontro com o sócio do seu padrasto.

— Isso não vai acontecer — eu disse a ela. — Não se você sentar essa bunda no banco e calar a boca. Vamos lá, conta aí...

E Wynn sorriu e sentou e contou batendo as baquetas: "Um, dois, três, *quatro!*"

Mas eu não vou negar: eu estava nervosa de encontrar o Brian. Se ele fosse legal com a gente, alguma coisa ia acontecer, e se ele não fosse, era tchau! Logo, eu não sabia como agir. Eu estava ficando louca. Perguntei à Wynn como ele era, mas ela não ajudou muito; só dizia:

— Eu não sei, eu acho que ele é legal.
Inútil.
Íamos almoçar antes de tocar para ele. Eu estava enlouquecendo por causa da minha roupa, meu cabelo, que nunca arrumo. Estava achando que não ia conseguir comer, e eu não sou esse tipo de garota; sempre consigo comer. Pior, eu achei que o restaurante ia ser todo chique e os garçons iam olhar para meus acessórios punks e meu afro-eletro com aquela cara de "o que você está fazendo aqui?". Mas foi um jantar supersimples na Nona Avenida. Quando eu entrei, a garçonete perguntou se era mesa para um e eu não vi a Wynn, então disse a ela que ia encontrar outras duas pessoas. Ela me sentou numa cabine e me entregou um disco das antigas, um LP, não é? Eu pensei "que diabos...", mas abri o disco e o cardápio estava lá dentro, então eu entendi por que chamam o restaurante de Vynil, e era muito legal.

Então, eu estava olhando o cardápio quando ouvi alguém dizer:

— Ei... Você é Stella?

Eu olhei para cima e *bang*! Naquele momento, pelo som do meu nome na sua boca, a partir do momento em que olhei nos olhos dele, eu sabia que ia dar certo, mais do que certo. Eu conseguia perceber, e ele conseguia também. Nossa conexão foi absurdamente instantânea. Não importava que ele fosse branco e tivesse o dobro da minha idade. É por isso que odeio estereótipos. Você não pode se encaixar em nenhum porque você nunca sabe se vai encontrar alguém que é o extremo oposto de você por fora, mas por dentro entende você perfeitamente. Nós dois, Brian e eu, temos empatia. Eu amo essa palavra. *Empatia*.

Quando Wynn entrou, dez minutos atrasada porque não conseguia pegar um táxi — eu vim do outro lado da cidade e cheguei cedo, certo? —, Brian e eu tínhamos pedido a mesma bebida (limonada). Estávamos falando sobre nossas bandas favoritas e quando eu disse para ele que fico puta quando as pessoas acham que eu só poderia estar numa banda de R&B ou rap porque sou negra, ele começou a sorrir e a balançar a cabeça concordando. Ele sabia exatamente do que eu estava falando, porque ele é um judeu de Nova York e devia gostar de rock e, agora, hip-hop, porque todos os brancos de classe média gostam de hip-hop, mas ele gosta mesmo é de country.

Isso me decepcionou um pouquinho:

— Country? Você quer dizer Shania Twain?

Ele se encolheu e balançou a cabeça veementemente, fazendo seus cabelos voarem e seus óculos descerem pelo nariz:

— Eu quero dizer country *de verdade*. Os clássicos. Johnny Cash. Waylon Jennings...

Seus olhos, por trás dos óculos, eram olhos sinceros: grandes, castanhos, e quase líquidos, translúcidos. Ele colocou seus óculos de volta no lugar:

— Loretta Lynn, The Louvin Brothers.

Nomes que eu nunca tinha ouvido, tudo bem.

E ele disse:

— Você nunca sabe o que vai significar algo para você — para *você* — a não ser que você procure, esteja aberto e dê uma chance.

Esse é simplesmente o melhor conselho que alguém me deu na vida.

Voltando ao assunto, Wynn se sentou e nós almoçamos, e se ela estivesse incomodada com o fato de eu e Brian nos termos dado tão bem, não parecia mostrar. Falamos um pouco sobre que tipo de banda seríamos, mas não muito. Depois, Brian perguntou se a gente se importava de ir caminhando até a sala de ensaio — eu fiquei pensando que eu não me importaria de pular de uma ponte por aquele cara naquele momento. O problema é que eu estava morrendo de frio. Um vento matador soprava sobre nós na margem do rio Hudson e meu modelito para impressionar o empresário incluía um kilt curto e meias arrastão rasgadas. Finalmente, chegamos a um prédio com uma aparência horrível, mas eu estava feliz de poder entrar. O elevador fazia um barulho estranho para subir e Brian nos levou até essa... caixa. Uma pequena sala, escura, com cinquenta anos de cigarro exalando do carpete industrial cinza. Uma bateria toda remendada e alguns amplificadores caindo aos pedaços, pareciam mendigos num abrigo contra o frio. É isso que é um estúdio de ensaio? Nada de glamour de rock-star. Eu não sei se isso tudo estava assustando Wynn, mas eu rapidamente me recompus e pensei: *Isso aí, Stella, cai na real.*

Bem, colocamos o CD dos Ramones no som, e Wynn e eu nos esforçamos para tocar as duas músicas que tínhamos "dominado". Brian estava olhando, e quando nós paramos, ele explicou para a gente o que a "cozinha" realmente é. Como precisamos uma da outra, como daríamos as deixas uma para a outra e como íamos fazer isso com o resto da banda. Disse que você podia ter todos os vocalistas mais chiques e os guitarristas mais espalhafatosos do mundo, mas eles não servem para nada sem nós. Nós somos os ossos da banda. Então ele pediu para tocarmos as músicas novamente, mas queria que eu ficasse em outra posição para que Wynn e eu pudéssemos nos ver e ter uma verdadeira comunicação musical. Eu pensei "tanto faz", mas tenho que dizer, isso fez toda a diferença.

O que mais gostei daquele dia é que, toda vez que tocamos, Brian não aplaudiu. Ele falou conosco sério. Ele é profissional e foi assim que nos tratou. Depois de tudo, quando nos sentamos no banco em frente ao elevador, ele falou o seguinte:

— Isso é o que eu vejo: duas garotas lindas que querem tocar rock e se divertir. E certamente existe um público para isso. Agora a questão é como vocês vão se desenvolver.

Ele começou um solilóquio sobre música moderna e cultura pop e a gente só ficou escutando, como se ele fosse o Sócrates do rock'n'roll ou algo parecido. Então, falou do que a gente podia acrescentar, jogando palavras como exuberância e ingenuidade e paixão por todo lado.

— Eis o que vamos fazer — disse ele. — Vocês vão ensaiar como umas desgraçadas. Wynn, eu convenci Travis a passar mais tempo com você. Duas vezes por semana, você vai ter aulas. Stella, você também: duas vezes por semana. Eu mando por e-mail os nomes de alguns professores. Digam aos pais de vocês que a empresa está bancando, é um investimento. Quando não estiverem tendo aulas, vocês vão praticar. Todo dia pelo menos duas horas. Certo?

Wynn e eu nos olhamos, e olhamos de volta para ele balançando a cabeça afirmativamente como bonecos de mola.

— Ótimo. Agora eis o que *eu* vou fazer. Vou sair e achar duas coisas para vocês: alguém para tocar guitarra e alguém para cantar.

O Garoto

A princípio, Brian Wandweilder queria montar uma banda de meninas, mas quando me ouviu tocar, uma lâmpada se acendeu na cabeça dele. Ele percebeu que incluir um garoto ia fazer a banda diferente, obviamente, das outras bandas de meninas. Talvez, ele também tenha pensado que eu daria alguma credibilidade à banda, ou que isso ia ser mais chamativo para a mídia. Mais que tudo, acho que ele não gostou das meninas que ele tinha visto. As que sabiam tocar eram velhas, tipo 23 anos, e as que eram novas e bonitas, não sabiam tocar uma nota.

O panaca que me agenciava na época soube o que Wandweilder estava tramando, mas ele não achou que era o ideal para mim; achou que era inventado e falso. Mas eu estava numa onda "Inventado aqui, ó" porque ele não estava me arrumando testes ou encontros com gravadoras ou nada parecido. Então, decidi ser mais esperto que ele. Olhei no PalmPilot dele e achei o nome do cara, Gaylord Kramer, que era quem tinha falado para ele do plano de Wandweilder. Eu liguei para Gaylord, me apresentei e disse a ele que eu queria tentar.

Gaylord se dizia um empresário, mas não tinha muitas conexões. Ele nem tinha um escritório, mas tinha um celular, e ficava na Washington Square e tentava fazer algo pelos seus clientes sentado em um banco de praça. Ele era agressivo, realmente insistente, e a primeira vez que eu o vi ele estava com uma camisa que dizia *"Mean People Suck Evil People"*. Como eu poderia não gostar dele?

De qualquer forma, lá estava eu sentado no banco com Gaylord. Agora, foi puro acaso ele ficar sabendo o que Wandweilder queria. Para alguém como Gaylord, só para falar com um cara quente como Brian no telefone, ia demorar uns três dias insistindo. Mas eu estava lá quando finalmente conseguiu e ele estava me incensando como se eu fosse o filho bastardo de Tchaikovsky com o Eddie Van Halen, com um toque de Jack White. Então Gaylord disse:

— Mas escuta, Brian, o A/B é tão bonitinho quanto uma menina.

Eu não estava gostando muito daquilo. Eu achei que um cara hétero, chamado Gaylord, entenderia, mas parece que não.

— Estiloso, sensual, doce — disse Gaylord no seu celular. — Membro da tribo, eu acho — ele colocou a mão sobre o telefone. — Ei! — cochichou para mim —, você teve um *bar mitzvah*?

Eu respondi afirmativamente com a cabeça.

— Sim, garoto *bar mitzvah* com a pele perfeita, cabelos cacheados e lábios carnudos.

Eu toquei meus lábios. Será que eles eram carnudos?

— É um garoto bonito. As meninas do país inteiro vão ficar loucas por ele, prometo. E ele sabe tocar. Quer dizer, tocar de verdade, cara. Ele tem treinamento clássico: teclados, guitarra, se você quiser banjo, celo, qualquer coisa...

De repente eu tinha um teste. Tudo aconteceu tão rápido que não deu tempo de ficar muito apavorado. Gaylord devia estar confiante, porque correu para um táxi direto para o escritório de Wandweilder. Eu entrei e Wandweilder parecia ser um cara bacana — mais novo do que eu esperava, altura mediana, óculos pequenos de armação de metal e surpreendentemente não usava terno — então isso me acalmou. Nos cumprimentamos, mas não falamos muito. Ele tinha um pequeno amplificador Peavey no canto do escritório e eu pluguei a guitarra, afinei e comecei a tocar, e o queixo dele começou a cair.

A Voz

Eu sou tão, tão, tão, tão abençoada! Tudo isso é um sonho que se realizou. Cada dia é uma nova prece atendida. É até difícil de acreditar que minha mãe estivesse, mesmo que um pouquinho, incerta sobre isso tudo. Sim, ela é minha agente-mãe.

Eu acho que ela estava sendo extracuidadosa. Essa é a minha carreira, afinal de contas. Também, acho que ela sempre me imaginou tendo uma carreira solo, tipo a Britney Spears, só que sem ser podreira. E se não fosse uma estrela pop, alguém como LeAnn Rimes, porque nós duas amamos música country. O Sr. Wandweilder também, nós temos isso em comum. O Sr. Wandweilder disse que vai arranjar da gente conhecer o Willie Nelson, um dos nossos astros country favoritos. Dá para imaginar? Minha mãe é capaz de desmaiar!

Pessoalmente, eu nunca escutei muito rock'n'roll antes. Eu escutava principalmente as estações de rádio que minha mãe gostava. Nos shows de talentos eu cantava músicas da Faith Hill ou da Celine Dion, coisas em que realmente podia mostrar o poder da minha voz. E recebia bastante atenção, porque consegui arrumar um produtor para gravar uma demo comigo. O problema é que ele e minha mãe brigavam por causa do material — o produtor queria que eu gravasse uns R&B babas, porque isso era o que estava vendendo, mas minha mãe não gosta desse tipo de música. Então a gente se ferrou: ele ficou com todo o nosso dinheiro, apesar de nos entregar uma demo de três músicas em vez de cinco como tinha prometido. Por isso minha mãe estava tão cética quando o Sr. Wandweilder, que tinha recebido minha demo, nos chamou para uma reunião.

A primeira coisa que o Sr. Wandweilder falou para nós, depois de oferecer água, café, refrigerante ou qualquer coisa, qualquer coisa mesmo, foi:

— Kendall Taylor, você manda ver no rock, ou o quê?

Minha mãe falou:

— Como?

Então ele explicou para a gente. Ele estava montando uma banda de rock com adolescentes, e uma forma de deixá-la especial era ter uma cantora que realmente soubesse cantar. Isso porque muitas das garotas do rock só gritam, ou cantam anasalado, ou não sabem respirar. Ele se levantou de detrás de sua mesa, e nos disse que teve certeza que eu tinha que estar na banda depois de ouvir a minha demo. Ele disse que acreditava que eu só tinha gravado uma parte do que minha voz era capaz de fazer. Sim, eu tinha alcance, mas eu também tinha volume, um volume incomensurável. Vozes dentro da voz. Tinha algo de um pregador no Sr. Wandweilder naquele dia. Cada palavra que ele falava, eu escutava com toda a atenção — mas minha mãe achou que era loucura.

— Me desculpe, Sr. Wandweilder — disse ela. — O senhor precisa ir mais devagar.

Ele ficou todo quieto e baixou a cabeça. Então, levantou a cabeça, suspirou e se sentou.

— A senhora está certa — disse ele. — Me desculpe, Sra. Taylor. Me desculpe, Kendall. Eu me empolguei, mas a senhora está certa — ele bebeu água de uma garrafa azul. — Isso nunca daria certo com a Kendall.

Ah, meu Deus! Quando ele disse aquilo eu me senti como se tivesse criado coragem para subir no trampolim de saltos e alguém tivesse esvaziado a piscina.

O Sr. Wandweilder olhou para minha mãe e disse:

— Kendall é muito inocente, não é, Sra. Taylor? E essa inocência é algo que a senhora quer preservar e proteger o máximo possível, estou certo?

Minha mãe abriu a boca, mas depois fechou e ele continuou:

— Eu não quero desapontá-las, mas alguém tem que dizer a vocês antes de vocês irem fundo demais. Essa indústria come inocentes no café da manhã. Então, é melhor vocês irem — ele indicou a porta do escritório. — Vão agora. Porque eu acho, sim, que Kendall podia dar a essa banda o ingrediente mágico para transformá-la em algo magnífico. Mas o que estar numa banda poderia fazer à Kendall? Vai mudá-la, machucá-la de alguma forma? Eu não quero essa responsabilidade. É por isso que eu digo para vocês irem. Vão agora. Cante no chuveiro. Cante na igreja. Mas se afaste da indústria, isso é o inferno.

Então ele ficou sentado olhando para nós. Uma sensação de calor foi subindo pelo meu peito quase me sufocando. Eu não sabia para onde olhar, se para ele, para minha mãe, para todos os discos de ouro e de platina pendurados no seu escritório. Primeiro, ele me disse que eu era perfeita, depois disse que eu era toda errada. Não sabia o que pensar ou dizer.

Graças a Deus minha mãe falou:

— Entendi, Sr. Wandweilder — começou com a voz baixa e presa que ela só usa quando está furiosa. — Nós agradecemos que o senhor tenha gasto seu tempo para nos conhecer, mas...

Eu sabia por aquele "mas" que minha mãe tinha poucas e boas para dizer ao Sr. Brian Wandweilder. Ela disse que duvidava que tivesse conhecido alguma mulher do Sul antes, porque as mulheres do Sul são boazinhas por fora, mas feitas de aço por dentro, e ninguém, *ninguém*, come uma mulher do Sul no café da manhã, almoço ou jantar.

Quando ela acabou, eu estava na banda.

O Sr. Wandweilder pegou meu endereço de e-mail para me mandar algumas mp3 — eu devia treinar as músicas que gostasse. *Algumas* mp3? Meu Deus, as músicas vinham como uma enxurrada. Rock clássico, soul antigo, artistas alternativos. Cada geração desde os anos 1950 até agora. Músicas do Sonic Youth, Dusty Springfield, Jimi Hendrix, The Cars, Iggy Pop, Tom Petty, Nirvana, Led Zeppelin, Janis Joplin, Guided by Voices, Velvet Underground, Mudhoney, Fugazi, Rolling Stones, Beach Boys, Beatles... Tinha tanta coisa para escutar, tanto para aprender. Não é que eu nunca tivesse ouvido rock — meu Deus, eu não acho que você pode ter 15 anos, ir para a escola, para o shopping e não estar exposto a isso. Mas eu nunca tive essa *experiência* antes. Então foi uma descoberta de abrir a cabeça para mim. E descobrir o rock'n'roll foi como descobrir o chocolate... e chocolate com certeza é ótimo.

O Garoto

Eu gostaria de dizer que tudo correu às mil maravilhas na primeira vez que nós todos nos encontramos. Eu queria dizer que eu estava supertranquilo, com um jeitão "e aí meninas, tudo bem?". Eu gostaria de dizer isso, mas seria uma mentira. O primeiro encontro? Pesadelo!

O problema começou ainda antes de eu chegar lá. Sei o caminho para chegar no estúdio que Brian alugou para a gente tocar, claro. Era perto da Penn Station, e como era cedo quando eu saí do trem, pensei em relaxar um pouco com o bagulho que arrumei com um cara na aula de educação física naquele dia. Bem, tenho que dizer que o cara estava definitivamente em outro nível de qualidade, porque quando cheguei no estúdio, eu estava transtornado.

A primeira coisa que eu vi quando saí do elevador foi Brian falando com uma senhora que era obviamente, até mesmo no meu estado alterado eu percebi, a mãe de alguém. Isso me deixou meio sem entender nada, porque Brian falou com todos os pais e mães por telefone e explicou que eles não deviam comparecer aos ensaios. De repente, senti que alguma coisa tinha dado errado.

Brian me viu e de imediato falou:

— A/B! Ah, veja, Sra. Taylor, esse é o A/B. Não é ótimo, você poder conhecê-lo antes de ir embora?

Péssima ideia, Brian. Mas me aproximei mesmo assim e então ele também percebeu que era uma péssima ideia.

Meus olhos estavam vermelhos e eu podia imaginar que tinha um pedaço de maconha entre os meus dentes do meio. Brian tinha passado os últimos vinte minutos convencendo a Sra. Taylor a deixar sua filha sob seus cuidados e eu chego cheirando como a estufa particular do Snoop Dogg.

Mas o que ele podia fazer? Lá estava eu completamente chapado. Então ele falou:

— A/B, essa é a Sra. Taylor. A filha dela, Kendall, é a cantora impressionante de quem eu te falei tanto.

— Oi! — disse eu.

Acho que esqueci de esticar minha mão para ela cumprimentar, porque o Brian me cutucou com o cotovelo, então estiquei a mão até ela. Era uma verdadeira dama, pegou minha mão, ainda que provavelmente preferisse pegar o cadáver decomposto de um rato do metrô de Nova York.

— A/B é o nosso guitarrista — disse Brian. — Ele também toca teclado e, bem, ele é um rapaz muito talentoso.

Eu dei um sorriso sem graça, levantando meu case de guitarra até a altura dos olhos para ela ver que ele não estava mentindo. É claro que ela achou que havia dois quilos lá dentro.

— Prazer em conhecê-lo; eu sou JoBeth Taylor — disse ela. — A/B? É esse o seu nome?

Por quê? Por que eu não falei simplesmente "humhum" e caí fora? A pobre senhora parecia intrigada sobre por que meus irresponsáveis pais não me deram um nome de verdade. Então, tive que explicar:

— Bem, você sabe como são os judeus. Você tem que dar o nome do filho em homenagem a um ente querido que se foi, não é? Eu sou Abraham, pelo meu avô morto, e Benjamin por causa de meu tio-avô morto. Mas Abraham Benjamin Farrelberg é meio grande, eu sei. Então, para encurtar a história, eu homenageio os dois parentes. Só tem uma coisa: em vez de usar A ponto, B ponto, eu uso uma barra, sem pontos. Sacou, como AC/DC?

A mãe de Kendall não sacava, não mesmo. Seu lábio inferior tremia como a perna esquerda do Elvis. Naquele momento, Brian chegou para evitar maiores estragos:

— Por que você não entra no estúdio, A/B? Sala quatro. Tem alguns lanchinhos lá e você pode se apresentar para a Kendall.

— Lanchinhos — disse, balançando a cabeça e sorrindo. — Maneiro.

Fiz um sinal de positivo com o polegar. Então me aproximei de Brian e cochichei:

— Brian, humm, foi mal, mas... eu realmente preciso dar uma mijada...

Ele segurou no meu ombro e me olhou de forma sábia, como o Yoda:

— O banheiro é bem ali, no fim da sala, vire à esquerda.

Eu parti.

— À *esquerda*, A/B... — falou Brian para mim.

A Voz

Eu sou uma pessoa muito amigável e de mente aberta. Então, a primeira vez que eu vi o A/B, fui até ele e falei:

— Oi! Eu sou a Kendall Taylor! Eu canto!

Mas aquele garoto passou direto por mim e foi direto para uma mesa dobrável. Pegou uma garrafa de Gatorade verde e disse um "ugh". Então bebeu metade da garrafa de uma vez, disse "ugh" outra vez e terminou a garrafa. Só então olhou para mim pela primeira vez.

— Foi mal — disse ele —, boca seca.

Eu devo ter coçado minha cabeça pensando sobre o que ele estava falando, mas então ele sorriu, e A/B tem o sorriso mais lindo.

Embora seja meio desleixado e não estivesse muito bem-vestido, percebi que A/B era muito gato naquele estilinho menino rock'n'roll. Com aquele tipo de cabelo todo desarrumado e espetado em alguns pontos, e as calças jeans justas nas pernas finas e tudo mais. E a pele eu aposto que nunca teve uma espinha. Ele pesquisou todas as comidas, então se virou para mim e disse:

— Chocolate Zagnut?

O modo como ele falou me fez sorrir. Fui até a mesa e disse a ele:

— Eu sou mais uma garota Almond Joy. Ou Butterfinger.

— É? Como o Bart Simpson? — disse ele. — O que você acha de Kit Kat?

Ele fazia a conversa fluir tão facilmente. Não tenho muita experiência com garotos, e embora eu não me preocupe tanto com meu peso — nós todos somos criaturas de Deus, e se uma pessoa é um pouco gordinha ela deve se sentir bem com isso —, às vezes, perto de garotos, uma menina pode começar a pensar se ele não está pensando nos planos de Deus, mas que a menina é gorda. Mas o A/B parecia legal, então disse:

— Eu gosto — sobre os Kit Kats e perguntei: — Ei, você já comeu Snickers frito?

— Oh, por favor, não me diga que uma coisa como essa existe — ele fez sinal com as mãos espalmadas como se dissesse "Pare". — No meu estado eu não acho que aguentaria.

Naquela época, eu não sabia o que o A/B queria dizer com "meu estado", mas agora eu sei. Ele estava se referindo ao fato de ter fumado maconha, e quando uma pessoa fuma maconha, às vezes tem vontade de comer algo doce, porque o THC, que é o princípio ativo da maconha, faz a taxa de açúcar do sangue baixar. Isso é o que é conhecido como larica. Alguns meses atrás, entrei num site para saber sobre isso tudo, já que eu acho legal mostrar interesse pelas coisas que as pessoas de quem você gosta se interessam, e o A/B é muito interessado em maconha. Mas eu não sabia disso naquela época, então simplesmente ignorei o que ele falou.

E naquele momento, Stella Saunders e Wynn Morgan entraram na sala. Nós as escutamos antes de vê-las, já que a Stella anunciou bem alto:

— Estamos aqui!

A/B se virou para olhar para ela, mas então ele olhou para a Wynn, porque, bem, as pessoas não conseguem não olhar para a Wynn. Eu olhei para ela também. Embora ela estivesse usando apenas um jeans e um suéter, eles não eram como meus jeans e suéter. Deus, naquela época eu não sabia que existiam jeans de 200 dólares, mas eu com certeza sabia que tinha alguma coisa nos jeans da Wynn que os faziam diferentes dos meus. O penteado dela também parecia caro — longo e desarrumado, mas não como o do A/B, é o tipo de desarrumado pelo qual você paga; além disso, tinha uns sete tons diferentes de louro, todos misturados para parecer muito natural.

Eu acho que Stella estava acostumada com o fato de a Wynn chamar atenção, pois ela sabia como roubar a atenção de volta. Ela tirou o baixo do case e o encostou com cuidado, então se abaixou para tirar o gorro e balançar toda aquela cabeleira. Depois disso, tirou a jaqueta de couro de uma forma dramática e barulhenta e a jogou no chão. A sala era toda sem graça, sem nada além de amplificadores, cabos e cordas, e com cheiro de mofo. Mas, de alguma forma, com Stella lá, de repente parecia o lugar certo.

Stella veio até nós, com Wynn atrás dela. Wynn é mais alta que todos nós, até mesmo uns cinco centímetros a mais que A/B, mas ainda ficava na sombra da Stella. Ela não tinha falado uma palavra até o momento.

Stella apontou para mim e disse "Cantora". Então ela apontou para o A/B, "Guitarrista".

Atrás dela, a Wynn riu de leve. Se era uma piada, eu e A/B não entendemos.

Então Wynn disse:

— Não liguem para Stella. Ela é antipática, não tem jeito — eu pude saber naquele momento que ela era legal. — Eu sou a Wynn — disse ela.

— Eu sou Kendall Taylor — disse. — Eu estava ansiosa para conhecer vocês duas.

Então nós três olhamos para o A/B, esperando que ele se apresentasse, mas ele estava olhando fixamente para Wynn, seus olhos brilhavam. Ela tossiu para ver se ele se tocava, o que aconteceu, e ele percebeu que estávamos todas esperando por ele.

— Eu sou o Corpo — falou ele sem pensar. — Desculpem, desculpem! Quer dizer, eu sou o A/B.

A Gostosa

Viva Stella. Quando o A/B acidentalmente se apresentou como "Corpo", ela me defendeu, se aproximando e estalando os dedos na cara dele:
— Ei! — disse ela —, são só peitos. Seios. Mamas. Melões. Se nós vamos estar numa banda juntos, você vai ter que se acostumar com isso. Com eles. Rápido.
Não existe nada igual a alguém sair em sua defesa. E embora Stella seja meio fria às vezes, estar perto dela me faz sentir, eu não sei, protegida, acho. Segura.
Bem, Brian deve ter achado que a gente teve tempo suficiente para se conhecer, porque ele entrou batendo palmas e dizendo:
— Chega de enrolação. Vamos trabalhar.
Foi aí que a realidade bateu e nos transformou em zumbis. Agora, que era hora de começar a tocar juntos, ficamos de repente constrangidos. Talvez estivéssemos esperando Brian indicar o que fazer, mas ele ficou só observando. Éramos como as pessoas dentro do metrô quando ele fica parado entre duas estações, parados, estudando os pés um do outro.
Então, do nada, Kendall foi até o microfone. Ela fez um *pfff* para testá-lo e começou a cantar sozinha. E não foi nada como "Kumbaya" ou alguma dessas músicas bonitinhas. Ela soltou a voz na introdução de "Back in Black" do AC/DC:

— BAAACK in BLAAACK!

Mas não é um grito como o Brian Johnson faz; é uma coisa profunda, calorosa e linda.

Todos nós olhamos para ela sem acreditar, afinal Brian tinha dito que Kendall não era muito chegada a rock e o AC/DC não é música de elevador. Bem, eu acho que ela andava estudando os mp3s que ele nos mandava. Então, A/B, que é um guitar hero, pegou sua guitarra para acompanhá-la. E, apesar de nós nunca termos tocado aquela música, ela é bem simples no que diz respeito ao ritmo, então Stella e eu nos juntamos a eles e todos terminamos a música juntos. Nas coxas, mas juntos. Meio que sem graça, meio empolgados, a gente se olhava. Estávamos sentindo a mesma coisa, aquele sentimento que você tem num show de mágica, quando o mágico ainda não fez nada, mas você sabe que alguma coisa maravilhosa certamente vai acontecer.

A Chefe

Eu não me impressiono facilmente, tudo bem, eu sou assim. Mas a voz da Kendall? Não dá nem para falar. Pra começar, é tão maravilhosa, e, depois, você não imagina essa voz saindo dela. Aquele rosto redondo como uma torta, o jeitinho de bebê gorducho e, só sendo honesta, ela parece que calçou os sapatos no pé errado. E, não é por nada, mas ela é tão branca. Então, ela abriu a boca e cantou como uma garota negra. Não, uma mulher negra, uma negona. E o que ela resolveu cantar? "Back in Black", porra!

Eu tentei não deixar o fato de ela ser tão boa me atrapalhar. Cheguei junto e a acompanhei no meu Mustang. É o baixo que o Brian comprou para mim. Um dia, ele chegou e disse:

— Aqui está — como se não fosse nada de mais.

Mas eu amo porque ele é do tamanho perfeito para mim. O baixo do meu irmão era ridiculamente grande. Eu toco dez vezes melhor com esse baixo. Ainda por cima, ele nem é fabricado mais; é vintage. E eu adoro que seja presente do Brian.

De qualquer forma, depois que acabamos de destruir "Back in Black", Brian nos pediu para mostrarmos o nosso dever de casa, uma lista das nossas dez músicas favoritas dentre todos os mp3s que ele nos mandou. Então, me pediu para cobrir os olhos da Kendall. Achei meio estranho, mas fiz. Ele deu uma caneta para Wynn e disse para A/B segurar uma das nossas listas na frente da Kendall.

— Está bem, Kendall, escolha — disse ele.

Ela sorriu e apontou para uma música que a Wynn marcou. Fizemos isso mais três vezes, mudando a pessoa a escolher e aquelas quatro músicas se tornaram nosso set-list. Por mais que seja estranha essa brincadeira de botar o rabo no burro, isso mostra como o Brian é genial. Sem discussões infantis para resolver o que íamos tocar, está decidido e pronto. E é claro que fazia sentido fazermos covers aleatórios. Naquele momento a gente ainda não era uma banda de verdade. Éramos como substâncias num tubo de ensaio, um experimento de laboratório. E, além do mais, eu pessoalmente achava legal pegar algumas músicas que seu irmão mais velho ou até mesmo seus pais reconheceriam e transformá-las em algo irreconhecível, completamente novo. E, na verdade, covers idênticos aos originais estavam fora de questão; nós não éramos bons o suficiente para soar como os originais.

Então, rufem os tambores, ou o que seja, nossas músicas: "Dirty Boots", do Sonic Youth, "You're all I've got tonight", dos Cars, "The waiting", do Tom Petty, e "Teenage FBI", do Guided by Voices. A última é da minha lista de favoritas; eu nunca tinha ouvido falar do GBV antes do Brian me mostrar, mas agora sou fã deles.

Brian abriu seu laptop. Já tinha tudo arranjado com um programa novo, que nem está no mercado ainda, que quando você clica numa música da sua coleção, ele mostra a letra e as mudanças de acordes. Meio minuto depois, Brian imprimiu cópias de "Dirty Boots" para nós, e botou a música para tocar nas caixas de som do estúdio para a gente escutar. Eu estava toda animada para tocar, e parecia que a Wynn e o A/B também estavam, mas Kendall estava lendo a letra e estava tendo um ataque:

— Com licença, com licença — disse ela, seus olhos apontando para todas as direções. — Sr. Wandweilder, eu *não* posso cantar essas palavras!

Nosso anjinho gorducho tinha um problema com o verso que dizia "Satan's got her tongue" (Satã pegou sua língua), mas Brian a levou para o canto e eu não sei o que ele falou, mas ela voltou completamente convencida.

Nós tocamos a música até o fim e ficou uma zona. Então a gente tinha que continuar repetindo sem parar. Nós íamos por partes: primeiro a introdução, depois trabalhamos a estrofe, só então fomos para o refrão. Brian disse para A/B que ele estava no comando (faz sentido, ele é o virtuoso) e saiu da sala para cuidar de outras coisas no celular. Gaylord apareceu de repente. Ele foi o cara que trouxe A/B para a banda, mas ele trabalha para todos nós agora, marcando aulas e alugando estúdio para a gente ensaiar, já que Brian é muito ocupado e importante para esse tipo de trabalho braçal.

Quando nosso tempo terminou, Brian entrou na sala:
— Reunião da banda!

A gente se apertou no sofá desconfortável e ele nos disse para trocarmos telefones, endereços de e-mail e qualquer informação importante. Então, disse:

— Mas não se falem no fim de semana. Na verdade, eu não quero que vocês pratiquem, nem mesmo pensem em música por 48 horas. Vocês têm que prometer que vão passar um fim de semana normal. Saiam, façam o que vocês sempre fazem e *aproveitem*. Então, pensem nisso: o quanto vocês vão sentir falta das coisas normais, e se vocês conseguem lidar com isso? Porque isso vai acabar na próxima vez que vocês todos se encontrarem. Se é que vocês todos vão se encontrar novamente.

Antes que pudéssemos falar qualquer coisa, Brian levantou a mão:

— Olha, eu não vou ficar falando por falar com vocês. Sou um advogado, não um líder de torcida — disse ele. — Mas conheço bandas e vou dizer o seguinte: aquelas que dão certo são aquelas que precisam dar certo. É óbvio que talento ajuda... — ele estava olhando para Kendall e A/B. — Aparência, estilo, tudo isso é bem-vindo — agora com o foco na Wynn. — Atitude, claro, um requisito básico do rock'n'roll — você *sabe* que era sobre mim. — Mas vocês podem ter isso tudo e, além disso, muita química, mas sem empenho, comprometimento, o pensamento de fracasso-não-é-uma-opção, vocês não vão sair da garagem... ou do estúdio de ensaio safado do West Side.

Brian nos estudou individualmente mais uma vez, calculando a fome nos nossos olhos:

— Mais uma coisa: já que isso é para ser uma banda, vocês têm que estar dentro cento e dez por cento... *juntos.*

Eu fiquei pensando: *Entendo, Brian. Sei que você quer ter certeza de que nós podemos nos comprometer, mas não importa o que aconteça, eu vou até o fim. Agora que senti o gostinho, as músicas, o Mustang e você, Sr. Brian Wandweilder, eu estou dentro. Eu estou muito* dentro.

A Chefe

Então devíamos passar um fim de semana normal. Tá bom. Meus planos eram: dormir tarde, comer meus cereais, estudar para o teste de biologia, e, claro, perder a virgindade. É verdade, mamãe e papai, é uma pena vocês descobrirem isso junto com o resto da América, mas é o seguinte: eu não fiz sexo porque estou descontrolada, quimicamente deprimida ou porque estou querendo atenção. O que eu fiz, e o que eu faço, na verdade não tem nada a ver com vocês. Não tem a ver desde que eu tinha uns 5 anos. Eu amo e respeito vocês dois e blá-blá-blá, mas parei de me preocupar com vocês bem cedo.

Isso me faz uma pessoa normal. Tudo bem, alguns garotos fazem um monte de merda só para levar os pais à loucura, ou para se vingar por seus pais os levarem à loucura. Mas a maioria dos jovens fazem merda, seja sexo, drogas, piercings, ou o que seja, porque nós queremos fazer. É só isso. Nos alimentem, tentem não nos deixar cair de cabeça no chão muitas vezes e deem um bom exemplo, porque a gente não aguenta hipocrisia. Fora isso, nos deixem em paz. Nós temos mais o que fazer. Não estamos possuídos pelo demônio, nós estamos apenas vivendo nossas vidas.

Quanto ao sexo, fiquei curiosa. De uma maneira científica: como deve ser ter aquilo dentro de você? Mas eu nunca tive pressa. Não porque eu estava esperando me apaixonar. A última pessoa com quem queria perder minha virgindade era alguém que eu amasse, porque quando nós terminássemos seria ainda mais doloroso. Além do mais, eu quero ser *boa* no sexo quando eu estiver apaixonada. Não quero ser uma virgenzinha idiota que não sabe o que fazer com um pênis. No mais, esse negócio de morrer de amor, eu nem sei se é o meu estilo. Noventa e nove vírgula nove por cento da população feminina devem discordar de mim, mas para a Srta. Zero Vírgula Um Por Cento, que sou eu, isso é meio brega. Pra não dizer que é loucura. Julieta Capuleto era uma louca de pedra.

De qualquer forma, naquele fim de semana eu resolvi me apressar. Achei que estava começando uma nova etapa na minha vida e ser uma virgem não combinava com aquilo tudo. Então decidi me arrumar com um dos meus amigos. Eu tinha vários para escolher, já que tenho muito mais amigos homens que mulheres. Tudo é muito mais simples com os garotos, você pode só se divertir, sem ter que se *envolver*. Mesmo assim, eu meio que sabia logo de cara que ia ser o Tee.

Eu já tinha ficado com ele e..., vamos dizer assim, quando a gente estava se pegando, eu senti algo lá embaixo, apesar de não tê-lo deixado mexer lá embaixo. No mais, o Tee não era fofoqueiro, ele não ia ficar espalhando a notícia para todo o bairro. Eu acreditava nisso, porque soube que ele tinha transado com uma outra menina mas não fiquei sabendo através dele. Também, sem querer estereotipar, o Tee é latino e todo mundo sabe que os latinos são bons de cama.

No sábado tinha uma festa na casa de uma menina, a mãe dela tinha viajado para algum lugar. Se tudo saísse certo, eu perderia minha virgindade com o Tee na cama da mãe dela.

Eu cheguei lá tarde e estava sozinha; cheguei perto do Tee e começamos a conversar. Foi aí que disse a ele que essa era a sua noite de sorte, então saí sem falar mais nada. Fazendo mistério. Deixei ele *pensar* sobre o assunto. Fui falar com outros garotos que conheço da vizinhança. As pessoas estavam fumando e bebendo; nem todos, mas era uma festa, né? Tinha algumas cervejas, uma garrafa de Kahlua. Mas eu recusei porque não queria ficar bêbada. Eu queria me lembrar de tudo. Então, encarei Tee até ele vir até mim. Eu disse:

— Vem comigo. Quero te mostrar uma coisa.

Nós entramos no quarto da mãe da menina, e eu mostrei a ele as camisinhas que eu tinha comprado aquele dia. Ele apenas sorriu e, bem, isso é tudo que vou dizer. Não vou dar nenhum detalhe nem transformar isso num filme pornô ou algo parecido.

Tudo bem, eu vou dizer o seguinte: preste atenção se os professores ensinam como usar uma camisinha na aula de educação sexual, porque eu não prestei atenção nem Tee e desperdiçamos metade do pacote. Outra coisa que vou dizer é: fica melhor quanto mais você pratica. No mês seguinte, transei com Tee mais cinco vezes e era sempre melhor. Mas não demorou muito para eu me cansar dele. Ele começou a *contar* com sexo e eu tava pensando, calma aí, não sou sua namorada, não sou sua escrava, tenho outras coisas na minha cabeça, então pega leve. Isso foi o que eu pensei, mas fui mais boazinha quando falei com ele e nós voltamos a ser apenas amigos.

De qualquer forma, naquela noite, depois que cumpri minha missão, me senti diferente. Eu me senti como, tudo bem, "o que vier pela frente eu estou preparada". Além do mais, me senti bem de saber que esse era o meu jogo, nenhum garoto me convenceu, não foi uma coisa que simplesmente aconteceu porque eu estava bêbada ou chapada. Eu estava orgulhosa de uma certa maneira, e eu queria guardar isso para mim. Eu não tinha a necessidade de ligar para alguém e dizer:

— Adivinha! Acabei de fazer *SEXO*!

Eu estou contando isso agora porque, diabos, para mim é tão fácil falar para a câmera. Algumas pessoas ficam com medo e se calam. Mas o fato é: A) eu não tenho medo de nada, e B) eu sempre soube que seria famosa, então venho praticando dar entrevistas e essas coisas desde que eu era pequena. Mas eu nunca falei isso para ninguém.

Quando cheguei em casa aquela noite, fui direto para os cereais, mas eles não tinham mais o mesmo sabor. Estranho.

A Gostosa

Se alguém não iria voltar para a banda depois de um fim de semana inteiro gloriosamente sem fazer nada... bem, você está olhando para ela. Quanto menos talento, mais trabalho, esse era o modo de eu ver a equação. Mas não era tão simples quanto dizer tchau para a banda. Se eu desistisse, a coisa toda ia desmoronar e todo mundo ia ficar louco; ao mesmo tempo, se eu ficasse, eles iam ter que se contentar com um arremedo de baterista com sérios problemas de ritmo. Como eu poderia agir normalmente com tudo aquilo pesando na minha mente? Decidi ligar para Liv Curson, com quem eu não andava há muito tempo, apesar de ela ser provavelmente a minha amiga mais próxima. Iríamos fazer compras, fazer as unhas, seria uma boa distração, eu esperava. Caminhando pela meca das butiques no Soho e em Nolita, gastamos um monte de dinheiro em coisas estúpidas: velas, maquiagem, meias. Liv comprou uns tops para levar nas férias de primavera, no mês seguinte. Ela ia ver seu pai verdadeiro em Los Angeles. Eu pensei em ligar para o meu; talvez eu pudesse visitá-lo em Praga. Ele chefia uma empresa bancária internacional lá.

Uma visão romântica — oh! Uma viagem à Europa — mas na verdade uma ideia idiota. A verdade é que nosso relacionamento é tão substancial quanto papel higiênico. Ele me liga no ano-novo e no meu aniversário, e eu posso ligar para ele qualquer hora... mas meu "pai biológico", quem é ele *na verdade*? Minha mãe se cansou dele quando eu tinha 7 anos e disse que eles "se distanciaram". Na época eu fiquei triste, mas como minha mãe tem horror de choradeira, acabei me acostumando com o fato de ele ter ido embora. Hoje em dia, jantamos quando ele vem a Nova York, e é como se eu estivesse conversando com o pai de outra pessoa. Falar para ele sobre mim, sobre a bateria, as coisas da banda... é um esforço muito grande.

Liv queria comer pizza, então fomos a uma trattoria. Alguns rapazes da NYU tentaram dar em cima da gente. Tecnicamente gatos, malhados, mas não fortes demais, pelos faciais meticulosamente cuidados, mas eu não sei, garotos sempre são... *garotos*. Um deles ficava perguntando se eu estava no catálogo da Victoria's Secret. Repulsivo. Só o Topher ou Tanger ou Lager, ou qualquer que seja o nome dele, era legal, e tinha bom gosto para música; nós conversamos um pouco. Ele pediu meu telefone e dei um número falso, como sempre faço. Mesmo quando o cara é legal, é o meu jeito, sou toda errada, fico com medo. Nenhum deles pediu o telefone da Liv, e não sei se isso a deixou chateada ou não. Liv nunca fala sobre seus sentimentos.

Isso é muito estranho para mim. As mulheres devem se emocionar e se expressar, fazendo jorrar seus sentimentos como gêiseres. Mas Liv não é assim. Stella certamente não é assim. Minha mãe, a pessoa com quem eu devo me parecer mais, hahaha. Minha mãe discute fatos, mas ignora *por que* as coisas acontecem. Para mim tudo acontece por um motivo, mas quando nós começamos a falar do motivo, minha mãe muda logo de assunto.

Depois que os caras da NYU foram embora, Liv ficou com desejo de cannoli. Ela sugou o creme, então comeu a crosta. Eu tomei um cappuccino. Ela me perguntou sobre a banda, o que foi legal, mas quando comecei a falar, ela pareceu perder o foco, então eu parei. Naquele momento, sabia que Liv e eu não seríamos melhores amigas para sempre. Tínhamos "nos distanciado". Aquilo me deixou, não exatamente triste... mas meio confusa. Sabe aquele sentimento de quando o verão está quase acabando, não exatamente uma dor, mas um fantasma de uma dor entre o coração e o estômago? Era mais ou menos isso. Na minha cabeça eu via Liv e eu nos afastando alguma hora, provavelmente não muito distante. Mas naquele dia a gente ainda foi fazer o pé e a mão.

Minha mãe e meu padrasto estavam jantando fora aquela noite, e eles não me chamaram para ir junto, mas tudo bem. Eu tinha mostrado para minha mãe as compras que eu tinha feito, e para ela isso conta como passar tempo juntas. Assim que eles saíram, pensei em assistir a um filme, mas antes fui dar uma olhada na minha bateria. Só ir até a porta e olhar para ela. Será que Brian estava nos testando quando disse para não praticarmos? Será que era algo do tipo "não pense em um elefante verde"?

De pé, ali, comecei a ficar nervosa sobre estar numa banda, tocar bateria... quer dizer, quase tocar bateria. Sobre o Brian querer que eu cantasse "You're all I've got tonight". Cantar e tocar bateria ao mesmo tempo é como uma conversa entre duas pessoas, uma falando chinês e a outra lituano. Ainda por cima, minha voz não é nada bonita. Brian disse que isso não importava; eu tinha que ser uma cantora *interessante*, o que quer que isso queira dizer. Às vezes eu fico imaginando o que o Brian tem sob a manga. Será que ele tem um plano secreto para seus fantoches do rock? Ou está apenas vendo aonde isso vai dar, como nós? Talvez Brian tivesse sonhos quando era um garoto, mas deixou tudo de lado para seguir as regras, boas notas, escola de direito, sociedade numa grande empresa. Mas agora aqueles sonhos o estão assombrando. Então ele está voltando atrás para vivê-los, se arriscando sem medo, através de nós. Eu não sei. Isso é só mais uma coisa para eu ficar paranoica.

Ah! Eu não podia mais ficar ali só olhando, então corri para a biblioteca. É assim que a minha mãe chama, e, sim, as paredes são tomadas por livros, mas eu não lembro de ninguém realmente lendo lá dentro. É na verdade o centro de entretenimento, uma TV de plasma enorme, toneladas de DVDs, o que não tem nada a ver com toda aquela literatura requintada. Eu já ia botar para ver algum filme independente neo-noir inglês quando vi um envelope amarelo na mesa de centro com meu nome escrito. Dentro dele tinha um DVD, "The Kids are Alright" e um bilhete do Brian, tudo o que dizia era: Para se divertir! Divertir estava sublinhado várias vezes.

O DVD era sobre aquela banda inglesa The Who. Não demorou muito para eu perceber por que Brian me mandou aquilo. Keith Moon, o baterista do Who, o original, está morto. Eu acho que ele deve ter sido o melhor baterista de todos os tempos. Talvez não o melhor, mas o mais divertido. O sorriso no rosto quando ele tocava era como o de uma criança. Ele estava *brincando* de tocar, era realmente uma *brincadeira*. Era um cara grande e desengonçado tocando o terror, e mesmo que tivesse problemas — descobri depois que ele tinha, e muitos — eles não existiam quando ele estava na bateria.

Foi impossível ver o filme todo. Fiquei muito excitada, tive que ir até a bateria e tocar. *Brincar*, não praticar. Não tinha ninguém em casa, então eu podia aloprar. Não precisava me preocupar com minha mãe chegar e reclamar do barulho ou, pior, resolver assistir. Eu estava tocando como uma louca, batendo firme, e balançando a minha cabeça:

— I need you... *tonight*!

Meu cabelo se soltou do rabo de cavalo, o suor estava voando e eu não estava nem aí. Isso é *rock*! Aquele sentimento de achar alguma coisa legal, verdadeira e *minha*, voltou num estampido.

Sem eu nem perceber, já era quase meia-noite e eu não tinha nem jantado. Juro, minha barriga estava literalmente roncando. Fui até a cozinha e peguei um sorvete para acalmá-la. Enfiei uma colher no pote e tirei todo o conteúdo, comendo como um enorme picolé. Meus pensamentos foram parar na Stella. Isso vinha acontecendo muito ultimamente. Eu pensava na Stella quando estava feliz, pensava na Stella quando estava triste, e pensava nela em outras horas também. Naquela noite, imaginei o que ela estava fazendo, como ela estava se sentindo e se ela podia estar pensando em mim. Será que ela já estava na cama? Será que já estava dormindo? Eu queria ligar para ela e dizer:

— O que quer que você tenha feito, eu aposto que não foi tão divertido quanto a minha noite!

A Voz

Pela primeira vez em toda a minha vida eu guardava segredos da minha mãe. Aquela música, "Dirty Boots"? Nem em um milhão de anos poderia contar a ela sobre isso. Meu Deus, não sabia que eu poderia cantar uma coisa dessas. Então o Sr. Wandweilder me explicou que palavras são apenas palavras, é a forma como nós a interpretamos que interessa. Na verdade, ele disse que isso é uma das coisas mais importantes que uma cantora faz, dar sentido à letra. Uma pessoa pode cantar "Satan's got her tongue" e fazer parecer uma coisa boa, mas outra pessoa pode cantar isso como um aviso.

Aquilo fazia sentido para mim, mais ou menos. Mas a verdade é que eu sentia um frio na barriga cantando aquelas palavras. Então já eram dois segredos: a música e o frio na barriga. No fim de semana, depois do nosso primeiro ensaio, aposto que minha mãe achou que eu tivesse ficado louca. Uma hora tudo o que eu queria era ficar abraçadinha com ela, fazer waffles, e logo depois eu botava o headphone e dava respostas monossilábicas. Não estava sendo malcriada, eu só não queria que ela soubesse o que estava acontecendo dentro do meu cérebro. Quando ela perguntou sobre o ensaio, apenas sorri e disse que tinha sido muito bom, que nós tocamos uma música do Sonic Youth. Isso pareceu satisfazê-la, ela deve ter achado que era uma banda legal porque tinha a palavra "youth" (juventude) no nome. Devíamos tirar o fim de semana de folga, então eu não devia pensar em música ou nos outros, mas era meio difícil.

Pensei na Wynn, mas como ela era tão legal e não era nada metida, não tinha muito no que pensar sobre ela. Stella já era outra história. A forma como se comportava, ela agia como se já fosse uma estrela, mas ela era apenas a baixista, e nem era grandes coisas. Wynn também não era boa na bateria, mas se ela errasse, ficava envergonhada e pedia desculpas. Quando Stella errava, ela nem se desculpava, ela falava um palavrão.

Agora, o A/B tocava muito bem. Eu fiquei muito impressionada com ele. Pensar no A/B me deu um frio na barriga da mesma forma como "Dirty Boots" me dava. E embora, para ser totalmente sincera, soássemos como gatos no telhado, sabia desde o primeiro ensaio que nós tínhamos algo. A única coisa que consigo comparar a isso é o Bolo Maluco. É o bolo que minha avó faz com as sobras. É extremamente doce (já que todo mundo tem açúcar sobrando no armário), um pouco solado, às vezes, tem muitas nozes e a cor da cobertura sempre fica meio desbotada. Ele tem tudo para ficar horrível, mas dou minha palavra que é um dos meus quitutes prediletos.

Bem, naquele fim de semana, sexta à noite, sábado à noite, eu mal conseguia dormir. Chegou o domingo e eu tive problemas em acordar para ir à igreja. Eu estava de muito mau humor, mas tentando não aparentar e não conseguia me concentrar no sermão. Aquilo fez com que eu me sentisse pior. Quando você está na igreja, você deve prestar atenção no pastor, você deve orar, você deve pensar em Jesus, não nos seus problemas. Bem, eu não conseguia parar de bocejar e então meus olhos se fecharam.

Foi aí que Jesus veio até mim.

Talvez tenha sido uma visão, talvez tenha sido apenas um sonho. O que eu sei é que Jesus pegou minha mão e nós caminhamos. Então ele me perguntou se eu já tinha ido ao cinema.

Eu pensei: *Você é o meu salvador pessoal, você não sabe cada coisa que eu faço?* Mas disse:

— Claro, eu vou de vez em quando.

E Jesus me perguntou se eu acreditava que uma atriz num filme era a mesma pessoa que o papel que ela interpretava.

— Não seja bobo, Jesus! Claro que não — respondi.
— Não importa o quanto sua interpretação seja boa no filme, ela volta para casa, tira a fantasia e volta a ser ela mesma.

Foi então que Jesus tocou no assunto. Ele me perguntou como eu me senti quando troquei o LuAnn por Kendall. Por um minuto, apenas pensei naquilo. Tinha 11 anos e ia cantar aquela música do *Titanic*, "My Heart Will Go On", num concurso. Uma semana antes do show, fiquei chateada porque eu sabia que não importa o quão bem cantasse, a música não tinha nenhum significado para mim. Nenhum significado pessoal. Como seria se eu a estivesse cantando para um garoto, um garoto pelo qual estivesse apaixonada e que estivesse apaixonado por mim. Mas eu nunca tive um namorado. Na noite anterior ao concurso, depois de tomar um banho de banheira, quando me olhei no espelho, eu não amei o que vi e fiquei tão envergonhada daqueles pensamentos, envergonhada de não me amar e mesmo envergonhada de olhar para mim mesma daquela forma.

Fui até o quarto da minha mãe e ela quis saber por que eu estava emburrada, mas eu não sabia explicar. Naquele momento eu estava confusa, mas enquanto pensava sobre isso por Jesus, ficou claro para mim que alguma coisa tinha ido pelo ralo com a água da banheira. Uma camada invisível, mas muito real, de proteção da qual uma criança deve abrir mão para crescer. Foi um pensamento confuso, como descobrir um machucado que você não sabe como conseguiu.

Minha mãe estava dando os toques finais no meu traje e, quando falei para ela, quer dizer, perguntei para ela se eu podia apenas usar a parte de cima com uma calça jeans em vez da saia fru-fru, ela começou a entender. A saia era para a sua menininha, mas a sua menininha tinha saído para tomar banho e uma pessoa diferente, uma pessoa que podia escolher as próprias roupas, e que preferia jeans, voltou no seu lugar. O rosto da minha mãe fez milhões de expressões, de aturdida a chorosa, até finalmente sorridente. Ela aceitou que eu estava crescendo e concordou. Nada mais de saias fru-fru. A mudança de nome seguiu naturalmente mais tarde naquela mesma noite. Era mais maduro e sofisticado. Sim, Kendall Taylor. Com vocês, Kendall Taylor. Batam palmas para a Srta. Kendall Taylor.

Quando fui dormir naquela noite, me senti muito bem sobre aquilo tudo, o que foi basicamente o que eu disse a Jesus.

— Bem, Jesus, eu me senti diferente, mas de uma maneira muito natural — disse. — Fez-me sentir como se eu tivesse me desenvolvido, *avançado* de alguma forma. Ainda era eu mesma, mas existia uma nova parte de mim, e o engraçado é que a nova parte parecia que sempre estivera ali, esperando que eu a descobrisse.

Bem, Jesus apenas sorriu.

De repente as nuvens no meu cérebro começaram a se dissipar. Eu perguntei a Jesus se, quando canto certas músicas, outra parte de mim podia meio que assumir o controle. De repente, percebi o que o Sr. Wandweilder queria dizer com a voz dentro da voz. Aquela voz, aquela menina, era a minha rock star interior. Ela podia brilhar como um diamante e cortar como uma faca. E ela *era* eu quando cantava "Dirty Boots" ou toda vez que queria ou precisava ser durona, ser cool, ser sexy.

Deus, eu me senti tão feliz, aliviada e agradecida. Eu devo ter dado uma risada alta, porque senti a mão da minha mãe bater no meu joelho, me lembrando que eu estava na igreja. E, quando chegou a hora de cantar, despejei minha alegria naqueles hinos, tanta alegria que todo mundo na missa poderia ter voltado para casa flutuando sobre ela.

Depois da igreja, minha mãe me levou ao shopping. Nós comemos no meu lugar favorito, mas enquanto eu devorava meu sanduíche de filé e meu sundae de chocolate, ela beliscava a comida dela e não falava muito. Depois disso, fomos a uma loja de departamentos porque minha mãe precisava de blusas para trabalhar, e foi aí que ela começou a falar sem parar. Ela falou que as coisas andavam superagitadas no trabalho dela. Por causa disso, ela não ia poder me levar à cidade para os ensaios. Se eu quisesse continuar na banda, teria que pegar o ônibus e aprender como ir de Port Authority para o estúdio de ensaio sozinha, e que o Sr. Wandweilder iria arrumar um motorista para me levar de volta para casa.

— Então, como você se sente sobre isso, Kendall, querida? — perguntou ela com preocupação na voz e um monte de blusas nos braços.

Eu nem pisquei:

— Não se preocupe, mãe. Vai dar tudo certo. Eu já tenho 15 anos. E eu realmente quero continuar nessa banda. Trabalhei a minha vida toda por uma chance como essa.

Minha mãe me abraçou bem ali, no meio da Macy's, quase me sufocando com poliéster. Então, ela perguntou se eu queria ou precisava de alguma coisa, enquanto estávamos no shopping.

— Sapatos — foi o que saiu da minha boca, então fomos até a Payless.

Minha mãe sentou num banco, entretida com a sua agenda, enquanto eu percorria as prateleiras. Sem me demorar muito, escolhi o par perfeito. Botas pretas brilhantes na altura do tornozelo, com bico pontudo e salto agulha. Eu experimentei. Elas incomodavam nos dedos e eram muito difíceis para andar, mas não liguei. Elas eram tudo que minha estrela do rock interior precisava. Fui mostrar para minha mãe e ela caiu na gargalhada. Isso fez meu rosto arder.

O que tinha dado em mim para achar que ela ia me comprar um par de botas como aquelas? O que tinha dado em mim para eu *querer* um par de botas como aquelas? Bem, não dava para contar para ela. Então olhei para o chão, para meus pés, dentro daquelas botas de salto alto que eu tinha que ter. Minha mãe falou para eu escolher um tênis sensato, ou qualquer coisa, e não me demorar muito porque ela não tinha o dia todo.

Eu voltei às prateleiras, tirei as botas e coloquei meus sapatos. Tudo que conseguia pensar era em como era importante ter aquelas botas. Aquelas botas brilhantes, pontudas, *sujas*. Então, eu as examinei para ver se não tinha nenhum dispositivo de segurança nelas. E com muito cuidado, coloquei-as dentro da minha bolsa.

O Garoto

Eles falam que terminar é uma coisa difícil. Eles estão errados. Terminar é insanamente difícil. Eu passei por isso várias vezes e não fica mais fácil com o tempo. Cara, não, não com uma garota. No caso das garotas, todos os breves e possivelmente alucinatórios rolos em que me meti foram acabando sozinhos. Estou falando em terminar uma banda. Porque foi isso que eu tive que fazer no fim de semana seguinte ao primeiro ensaio do 6X. Sim, o combinado era agir normalmente, mas lidar com problemas de banda é normal para mim.

Antes de conhecer as meninas eu tocava com o Rosemary's Plankton, num estado de total negação, fingindo que aquilo algum dia podia dar em algo. Pensava: *Quem sabe o colega de banda A vai resolver tocar música em vez de ficar enrolando. Ou, de repente, o colega de banda B vai resolver ao menos aparecer. Ou, quem sabe, mas quem sabe mesmo, num grande milagre o colega de banda C vai tomar sua dose diária recomendada de Ritalina e vai conseguir se concentrar.* Sonhos.

Ficou dolorosamente claro para mim que eu tinha que acabar com o Rosemary's Plankton depois de um encontro com Stella, Kendall e Wynn. Não porque a gente tivesse tocado lindamente juntos, longe disso. Era química, mas não de um jeito científico; por favor, me desculpem por estar no modo *Senhor dos anéis*, mas foi um sentimento mágico. E ao mesmo tempo foi simplesmente prático. Aquela loura linda com peitões na bateria, qual executivo de gravadora podia resistir? Era impossível arranjar um atrativo melhor.

Então eu tinha que ser um homem e sair do Rosemary's Plankton de uma vez. Fui até a casa do colega de banda A às quatro horas da tarde de sábado, como eu tinha feito ao longo do último ano, esperamos os outros dois caras aparecerem e então todos eles começarem a não fazer nada. Por dentro, eu estava fazendo tique-taque, como uma bomba-relógio, mas dizia para mim mesmo para ser racional, civilizado, calmo. Finalmente, o colega de banda A, B ou C disse:

— Então, o que vamos tocar?

Eu me levantei e saiu algo do tipo:

Eu: — Não.

Colega de banda C: — Hein?

Eu: — Não. Eu disse "não".

Colega de banda A: — Não o quê? O que você quer dizer com "não"?

Colega de banda C: — O que ele disse?

Colega de banda B: — Ele disse "não", mas nós não sabemos o que ele quer dizer com "não". Você não quer ensaiar? Você é o cara que sempre fala que nós não levamos a banda a sério

Colega de banda A: — É. Você quer jogar X-Box em vez disso?

Eu: — Não. Eu não quero jogar X-Box. E eu não quero ensaiar. Eu... eu não quero mais continuar na banda.

Colega de banda B: — Se você não quer ensaiar por que você trouxe a sua guitarra?

Colega de banda A: — É, se você não quer mais ficar na banda, por que trouxe a sua guitarra?

Colega de banda C: — A gente vai jogar X-Box? Legal...

Eu: — Eu não sei. Eu não sei por que eu trouxe minha guitarra. Eu acho que é pavloviano. É sábado, são quatro da tarde, eu trago minha guitarra. Mas a realidade é que eu quero sair dessa banda.

Colega de banda B: — Por quê, cara?

Eu: — Porque eu quero chegar a algum lugar. E o Rosemary's Plankton não vai a lugar nenhum.

Colega de banda A: — Do que você está falando? Nós temos um show!

Eu: — A festa de aniversário de 14 anos da sua irmã, aqui nesse mesmo porão, não conta como um show. Não para mim. Vocês não entendem. Eu quero fazer música. Da minha *vida*. E se eu não começar agora e levar a sério, vou acabar indo para uma droga de faculdade e vou arrumar uma droga de emprego e ficar deprimido e careca antes do tempo.

Colega de banda A: — Então o que isso quer dizer? Que você não pode tocar com a gente hoje? Como se você tivesse algo melhor para fazer?

Eu: — Sim. Não. Olha, caras, foi legal e a gente se divertiu, mas acho que eu arrumei outra parada, finalmente, que vai decolar.

Colega de banda B: — A banda de meninas? Você deve estar de sacanagem. Cara, meninas não sabem tocar.

Colega de banda A: — Você é gay? É isso, né? Você é gay! O A/B é gay.

Colega de banda C: — Ele é gay? O A/B é gay? Qualé, cara, tudo bem. Nós não ligamos se você for gay.

Eu: — Eu não sou gay. Eu... sou... um... MÚSICO! Porra!

Silêncio estarrecedor por toda parte por mais ou menos trinta segundos, enquanto a profundidade do que eu havia dito era assimilada.

Colega de banda B: — Então a gente pode ficar com o nome?

Eu: — Rosemary's Plankton? Vocês ainda querem se chamar Rosemary's Plankton? Esse nome é meu, eu inventei esse nome. Como vocês podem ser Rosemary's Plankton sem mim?

Colega de banda B: — Bem, acho que a gente vai ter que descobrir um jeito, cara. Já que você é um traidor. Você está abandonando uma coisa na qual a gente trabalhou por tanto tempo e tão duro, eu digo que você não *merece* o nome Rosemary's Plankton.

Eu: — Quer saber? Você está certo. Eu não mereço. Pode ficar com o nome. Vocês têm a minha bênção.

Colega de banda A: — O.k.!

Colega de banda B: — Legal.

Colega de banda C: — Então, a gente vai jogar X-Box ou o quê?

Colega de banda A: — Acho que sim.

Colega de banda B: — É uma boa.

Eu: — Tô dentro.

Mais tarde naquela noite, no meu quarto, na minha cama, fiquei feliz que o rompimento tenha sido relativamente indolor. Uma onda sentimental me varreu *ah, vou sentir saudade daqueles caras* — mas foi deixada de lado pela empolgação com a nova banda... e aquelas três gatas... quer dizer, damas... humm, mulheres. Então eu me senti culpado e minha mente voltou para o Rosemary's Plankton. Mas tudo que eu conseguia pensar era que Rosemary's Plankton só pode ser o nome mais idiota da história. De repente, me ocorreu que não tínhamos um nome para o novo grupo e espero que eu tenha o bom-senso de simplesmente não me meter. Rosemary's Plankton! Jesus!

A Voz

Foi realmente inteligente o Sr. Wandweilder nos fazer pesar vida real *versus* vida de rock star. É muito sacrifício que vem junto com uma carreira musical. Veja o caso do GEA! É a sigla para Gente, Energia, Ação! e é o esquadrão de motivação da minha escola. Eu era o membro mais empenhado de todos os tempos, mas com reuniões, ensaios e jogos o ano todo, bem, tive que tomar uma decisão. Mas vou te dizer, não teve nem competição. Eu escolhi a banda.

Todos nós escolhemos. Nós fizemos um pacto. E nada fez aquele pacto parecer mais real do que o dia em que escolhemos nosso nome.

Deus, a essa altura eu aposto que todo mundo está imaginando que raios 6X significa. A forma como chegamos a ele foi muito democrática. Essa é uma das melhores coisas da nossa banda: é uma democracia. É a *nossa* banda, não é a banda da Wynn, a banda do A/B, a banda da Stella ou mesmo minha banda. Não é porque uma pessoa tem mais talento, não importa — somos todos iguais.

De qualquer forma, precisávamos muito de um nome, então decidimos pensar nisso na próxima reunião da banda. Eu me dei mal em matemática aquela semana. A professora estava passando para checar os exercícios e eu estava esboçando ideias no meu caderno. A verdade, no entanto, é que eu não conseguia pensar em nada bom. Isso me chateava. Por um lado eu me sentia como, *droga, por que eu tenho que dar nome para a banda* — eu sou "A Voz". Mas, ao mesmo tempo, queria pensar no melhor nome de todos os tempos.

Os meus nomes eram tão bobos que eu nem quis falar. Além disso, imaginei que Stella ia pegar no meu pé de qualquer jeito, se eu não falasse nada ou se falasse algo bobo. Na verdade, ela começou a pegar no meu pé no momento em que entramos no Cup'n Saucer — o café aonde vamos depois do ensaio. Entramos numa cabine, eu e A/B de um lado, Stella e Wynn do outro, e tudo que eu fiz para irritá-la foi abrir o menu.

Stella esticou o braço sobre o cardápio, me impedindo de ler:

— Kendall, nós temos algumas decisões a tomar que não têm nada a ver com "você quer fritas para acompanhar?".

Eu fechei o menu. Estava com muita fome e fiquei emburrada.

Stella continuou:

— Oh, você vai fazer beicinho agora? O que foi? Perdeu seu lanchinho das seis horas?

Eu a ignorei porque sou muito superior a esse tipo de comentário.

Então ela disse:

— Olha, não se preocupe. Essa vai ser uma reunião curta porque eu tenho o nosso nome aqui.

Foi então que Wynn abriu o seu cardápio:

— Eu estou morrendo de vontade de comer um sanduíche de atum! — declarou toda serelepe e sem dar bola.

A forma como ela ignorou Stella não foi normal. — Ou talvez um sanduíche de bacon, alface e tomate — continuou —, eu não como bacon desde que meu padrasto estava fazendo a dieta de Atkins.

Um garçom nos serviu quatro copos de água, e Wynn se virou para ele para sorrir como se ele tivesse dado a ela o buquê de Miss América.

Stella se retorceu na cadeira mostrando para Wynn sua cara de zangada, com os dentes cerrados e os olhos brilhando:

— O que deu em você, dona Barbie?

Wynn largou o menu:

— Olha, Stella, me desculpe — disse ela. — Não é que a gente não queira discutir o nome da banda, mas nós mandamos ver por três horas e merecemos um sanduíche.

A/B me cutucou por baixo da mesa:

— Aqui, aqui! — disse ele. — Eu dou meu apoio à coalizão do sanduíche!

Eu tive que rir daquilo.

Wynn continuou falando para Stella:

— E aí você anuncia que tem o nome perfeito, como se estivesse pensando que nós não somos capazes de pensar em bons nomes também. Você acha que vai dizer o seu nome e nós todos vamos cair no chão desmaiados porque é tão brilhante...

O queixo da Stella caiu. Aposto que ela ficou chocada de escutar a Wynn falando com ela tão desafiadora. Antes que pudesse fazer algum comentário, no entanto, a garçonete apareceu e nós todos olhamos como se ela tivesse três cabeças. Wynn pediu seu sanduíche de atum, como se nada tivesse acontecido. Já eu, bem, eu não tive chance de estudar o cardápio, então pedi um burger deluxe. Eu não lembro o que A/B pediu, mas Stella, como estava toda nervosinha, apenas cruzou os braços e pediu café.

Então Wynn sugeriu que todos nós déssemos ideias.

— Tá bom — disse Stella, batendo com a mão na mesa e fazendo ondas em nossos copos de água. — Eu começo. The Hot Shits! (algo como Os Fodões).

Eu não me aguentei — soltei uma gargalhada. A/B riu também.

— O que foi, você tem algo contra? — disse Stella emburrada.

— Stella — disse Wynn calmamente —, nós não podemos chamar nossa banda de The Hot Shits.

— Por que não? Você quer algum nomezinho bonitinho de menininha como... como... Ursinho Pooh? Nós temos que ter um nome que diga que somos demais e que sabemos disso.

— Sim, Stella, mas tem um problema — disse A/B, cortando a ponta da embalagem de papel do canudo. — Você não pode dizer para as pessoas que nós somos The Hot Shits a não ser que você queira ir até cada fã pessoalmente e cochichar no ouvido dele.

— De que você está falando? — perguntou ela.

Olhares se cruzaram entre nós três. Stella realmente não entendia.

— Stella, "shit" (merda) é um palavrão — disse Wynn como se estivesse falando com um bebê.

— Sim, e o que você quer dizer com isso? — disse Stella.

— Stella, Stella, Stelllaaaaah — uivou A/B. — Você não pode dizer "shit" no rádio. Não pode imprimir "shit" no CD.

Bem, ela ficou pasma. Recostou-se no assento com cara de boba. E não é que eu fiquei feliz de vê-la de boca fechada, mesmo que por um segundo!

— Merda! — disse ela. — Cadê a liberdade de expressão?

A/B soprou a embalagem do canudo nela. Bem devagar, Stella balançou a cabeça.

— Ah, você não fez isso — murmurou ela, enquanto mergulhava os dedos no copo de água e tirava algumas pedras de gelo e jogava no A/B.

Ele se jogou em cima de mim para se proteger, nós dois nos abaixamos na cabine e lá estava ele, praticamente em cima de mim, o seu cabelo desengonçado em cima de mim, o hálito do seu sorriso em mim, seu rosto tão perto que dava para ver saliva nos seus dentes. Por um longo segundo, eu não sabia onde a gente estava ou como tinha chegado lá. Então senti o cheiro de gordura, nossa comida tinha chegado, então A/B me soltou.

Stella foi direto nas minhas fritas *e* no picles da Wynn, e tenho certeza que ela se serviu do que quer que estivesse no prato do A/B também.

— Tá bom, certo, mas olha só — disse ela —, nós temos que ter um nome que diga que nós somos os fodões sem usar exatamente essa palavra.

A/B começou a roubar minhas batatas também. Por que será que quando você se senta num restaurante com outras pessoas em Nova York, elas acham que têm direito sobre a sua comida?

— Tá certo, vou admitir de uma vez — disse ele balançando uma batata. — Eu não tenho uma lista grande de nomes...

— Ah, eu também não — interrompi aliviada.

— Mas eu gosto do conceito dos fodões — continuou. — Nós precisamos de um nome que possamos imaginar milhões de pessoas entoando a plenos pulmões.

— Nós podíamos nos chamar The Greatest (Os melhores) — arrisquei.

— Me desculpa, mas você alguma vez ouviu falar de Mohammed Ali? — disse Stella ainda antes de eu terminar a frase.

Era como montar numa tartaruga e ir para lugar nenhum. Cada nome que algum de nós sugeria, alguém tinha uma razão para descartar. Logo, nós tínhamos acabado de comer e a garçonete trouxe a conta. Eu falei:

— Bem, se nós queremos ser ricos e famosos, por que não nos chamamos de Success (Sucesso)?

Stella deu um risinho no melhor estilo Stella:

— Talvez porque Success seja uma merda.

Depois de um momento, apareceu uma expressão de pura glória no rosto da Wynn. Ela soltou um:

— Ohhhhh! — quase como um sussurro, mas que chamou nossa atenção.

Ela estava extremamente quieta desde que tinha implicado com Stella mais cedo. Além disso, eu acho que ela provavelmente tinha uma lista enorme de nomes naquele diário que ela carrega sempre, e que ela esperava que a gente tivesse uma lista também, mas como as coisas começaram daquele jeito, ela ficou na dela, mastigando seu sanduíche de atum, com o diário a seu lado.

Mas o sorriso que apareceu em seu rosto era tão grande e brilhante, que todos notamos.

— Gente! — disse ela. — Vocês lembram de quando eram menores, hã... foi mal, A/B, você não, e que vocês começaram a perceber que eram meninas, que eram diferentes dos garotos? De repente vocês se importavam com coisas como a roupa que iam vestir, a cor delas...?

— Você entrou em algum universo paralelo? — perguntou Stella estalando os dedos para Wynn. — Porque parece que você não tem ideia do motivo da nossa conversa.

— Não, eu sei, eu juro. Só pensa, você lembra?

— De que, de ser uma criancinha? Claro, eu tenho uma boa memória. O que isso tem a ver com alguma coisa?

Wynn estava tão ansiosa que parecia ser uma criança de novo:

— As mães de vocês as levavam para a loja para comprar roupas e isso era importante para vocês, porque todo mundo sabe que isso é crucial para uma menina.

Apesar de não saber aonde isso ia nos levar, eu me interessei pelo que Wynn estava falando:

— Sim — disse eu. — É como uma pequena epifania.

Stella ainda estava fazendo sua cara de teimosa, do tipo, mesmo que ela estivesse entendendo aonde Wynn queria chegar, nunca admitiria. E pra falar a verdade, eu achei ótimo — Wynn e Kendall, em vez de Wynn e Stella, pra variar.

Wynn se esticou e segurou minha mão:

— Viu? A Kendall sabe; aquele sentimento de mudança, de provar algo pela primeira vez.

— Isso mesmo! — disse eu. — É exatamente isso.

— Isso — Wynn apertou minha mão. — Então... qual é o tamanho que você vestia?

Eu senti minha mão suar:

— Que tamanho? Você quer dizer de roupas?

— Sim! Qual era o tamanho daquela roupinha bonitinha?

— Eu, eu não sei. Eu não lembro — de repente senti como se tivesse deixado cair meu sorvete no chão.

Então Stella bateu na mesa:

— Eu sei! — bradou ela, como se a epifania a tivesse alcançado. — Eu sei... tamanho 6X (Six Ex).

E Wynn sorriu exultante. Ela largou minha mão e jogou suas mãos para o céu.

— O quê? — perguntei.

— Hein? — disse A/B que estava entendendo menos ainda.

Wynn começou a quicar na cabine:

— 6X! Sim! Sim!

Então a Stella começou a quicar também:

— Garota, você é genial!

Bem, Wynn e Stella estavam quicando e enquanto elas quicavam, começaram a se abraçar e a rir, até quase começarem a chorar. Stella se virou para nós:

— Meu Deus! Olhe para vocês — queixou-se e virou para a Wynn. — Olha para eles!

Wynn pegou um guardanapo para enxugar as lágrimas:

— Meu Deus — disse ela. — Stella, você pode explicar?

— Espera, espera, deixa eu me acalmar um segundo — ela mexeu dramaticamente em seu penteado afro um par de vezes, fez um barulho de desprezo, então disse:

— Tudo bem, é mais ou menos isso, é simbólico. O tamanho 6X é um marco, é um símbolo de não ser mais um bebê, você é... algo diferente, é feminina, consciente e você está no seu caminho.

— Ohhhh... — finalmente entendi, e era absolutamente lindo para mim.

— Mas espera, tem mais — continuou Wynn. — A ideia me veio por causa do que a Kendall falou sobre sucesso. É um jogo de palavras: Success... 6X (Six Ex)?

— Ohhhh... — era sem dúvida lindo, era realmente, realmente... — É perfeito — disse eu.

Então todas olhamos para A/B. Nosso garoto. Será que ele iria, ou poderia, entender? Porque ele tinha que entender. Ele mexeu no gelo que derretia no seu copo com o canudo. Ele disse:

— 6X... como Success, sim, eu entendo — ele tomou um gole da sua Coca aguada. — E é também alguma viagem de coisas de menina, ótimo — então ele fez uma cara de vilão de desenho animado. — Mas para mim, 6X, algo no nome — disse ele — soa como... sex.

A Chefe

6X tem tudo o que um nome precisa. Curto e fácil de lembrar? Certo. Tem tudo a ver com meninas? Certo. Mas você não entende o que quer dizer logo de cara, então não é cafona — é enigmático, e isso deixa as pessoas curiosas. E ainda por cima tem duplo sentido para nós como uma decolagem para o sucesso. E todos os caras acham que tem a ver com sexo. Até Brian, assim que escutou, teve a típica reação de um cara:

— 6X, eu gosto, gosto muito — disse ele. — Soa como sex.

Por mim, tudo bem. Sexo vende.

É isso que eu amo no Brian: apesar de toda a sua paixão pela parte artística, ele é como eu na parte que importa. O fator mercadológico. A parte dos negócios. Nossa banda é um produto tanto quanto é uma criação, e agora que o produto tinha um nome, nós estávamos prontos para partir para a próxima etapa.

Durante os meses seguintes, ensaiamos feito loucos. Assim que conseguimos deixar "Dirty Boots" e "You're All I've Got Tonight" perfeitas, começamos a ensaiar a música do Tom Petty e a do GBV. Brian começou a trazer convidados ao estúdio quando ensaiávamos. Ele levou Alan Slushinger, o cara do Windows by Gina — sabe qual é essa banda? Ele é o principal compositor e baixista, mas também é um produtor que gravou vários discos legais.

E O, o cara que praticamente *é* o Oms, ele foi lá também. Eles são os garotos do Brian, que correm com ele. Eles nos davam dicas e algumas vezes até davam uma canja — que é um jargão da indústria para tocar com a gente. Mas eu não acredito que tudo isso tenha sido por acaso. Sabe, Brian está sempre planejando. Mesmo naquele estágio do jogo, acho que ele estava testando possíveis produtores e músicos de apoio para o nosso disco.

Ele também levou uma moça chamada Denni, ou Danni, Alguma Coisa no estúdio. Ela me irritava porque acho que alguém esqueceu de dizer que ela era muito velha para se vestir como uma adolescente. Mas como era importante, eu fui legal com ela. Ela tem uma coluna na internet que todo mundo que é alguém lê. Pra você ver o calibre das pessoas que nós estávamos conhecendo. E àquela altura a gente estava tocando tão bem que eu nem ficava nervosa de tocar na frente deles.

O fato de que eu podia me relacionar com essas pessoas numa boa, impressionava o Brian. Dava para notar — várias pequenas deixas, sorrisos, gestos que ele fazia, linguagem corporal. Quando Alan Slushinger deu uma canja, estava saindo do banheiro e o vi se despedindo do Brian no elevador, então fui lá também. Agradeci ao Alan por ter me ensinado a fazer uns acordes no baixo, brinquei que eu esperava nunca ter que fazer nada tão difícil. Alan concordou e nós rimos. Quando ele foi embora, Brian me olhou de um jeito que eu não sei descrever, admirado, mas um pouco surpreso. Deixei ele olhar para mim o quanto quisesse; eu gostava da forma como isso fazia com que eu me sentisse, embora eu não consiga descrever isso também.

— O que você me diz? — disse ele depois de um tempo. — O sucesso vai mudar Stella Saunders?

Sabia do que ele estava falando... Olha, não bota isso no corte final, mas eu estava tentando prolongar aquele momento, porque o Brian e eu quase não temos tempo sozinhos. Fiquei lá fingindo que estava pensando na pergunta enquanto o elevador fazia barulho. Brian ajeitou o braço na parede e se encostou nela, fazendo um escudo com o seu corpo. Gosto do fato de ele ser alto o suficiente para eu ter que levantar levemente minha cabeça para olhá-lo nos olhos. Mais alto do que eu, mas não alto demais. Daquele ângulo e com aquela luz dava para ver uma sombra de uma barba por fazer no seu queixo e sobre seus lábios, um pouco mais clara que o seu cabelo. A barba dele parecia macia, quase como de pelúcia, não como quando o meu pai precisa se barbear, que me arranha. Finalmente, falei:

— Como assim, me mudar?

Brian sorriu:

— Bem, agora você é tão interessada em tudo. Legal, mas sem ser bitolada, ávida, atenta. Você é como uma esponja — disse ele, e seu rosto ia ficando mais sério enquanto ele falava. — Mas você vai ficar diferente quando começar a andar no tapete vermelho? A fama vai tirar o seu entusiasmo? Será que ela vai fazer com que você seja "cool" demais para esse planeta? — ele sorriu novamente. — Você sabe, transformá-la numa babaca?

Eu balancei meus cabelos e olhei para ele:

— Qual é, Brian! — disse. — Fala sério. Eu nunca conseguiria ser uma babaca — então sacudi meu quadril para dar um pouco de atitude. — E eu já sou "cool" demais para esse planeta.

Bem na hora que eu estava dando a ele a chance de assimilar meu último comentário, A/B saiu da sala de ensaio como um menininho feliz falando do quanto ele amava o Windows by Gina e como foi maravilhoso tocar com Alan Slushinger — ele deu sorte de não ter se mijado. Cadê o respeito com duas pessoas em um momento íntimo?

Deixa para lá! O próximo passo para a banda era fazer um showcase. Isto é, um show que você faz para a indústria — pessoal de gravadoras, pessoas do rádio, jornalistas, essas coisas. É uma forma de começar um ti-ti-ti. E se alguém, de uma gravadora, gostar de você — Bam!, você pode ser contratado na hora. Saber que a gente ia fazer um showcase nos animou bastante. Era meio assim: *Beleza, agora nós temos um objetivo de verdade.* O showcase ia acontecer mais ou menos em um mês. Os detalhes eram por conta do Gaylord. Ele ia tentar marcar no Mercury Lounge ou no CBGB. O que é engraçado é que nenhum de nós tinha idade suficiente para entrar num lugar desses, mas nós estaríamos tocando num deles — era a piada que nós fazíamos.

Com o showcase a caminho, nosso cronograma de ensaios ia estourar, então Brian me fez entrar num programa no colégio chamado Aprendizado Flexível, que faz com que você se adiante nas matérias em que você é bom para poder se formar mais rápido.

Wynn e eu estamos no programa, mas ela não está em tantas aulas do programa quanto eu. O negócio é que quando Wynn não é muito boa numa matéria naturalmente, o que ela faz é simplesmente relaxar. Ela não liga se ela tira um C ou um A. No meu caso, eu corro atrás. Por um motivo, eu não sou rica, e não tenho aquela ideia no subconsciente de que sempre vão cuidar de mim. Mas eu também sou competitiva por natureza. E, no mais, eu definitivamente quero me formar na escola o mais rápido possível por um motivo óbvio: o estrelato no rock.

O Garoto

Ah sim, eu estava empolgado. Um showcase de verdade — era o tipo de show com o qual eu sonhei a minha vida toda. Achei que ia ficar nervoso na noite do show, mas pensando no assunto, ensaiando para o show, eu estava tranquilo. Havia, no entanto, algo que não saía da minha cabeça — um obstáculo para transpor, um rio para cruzar: a malfadada festa com os pais. Repitam comigo agora:

— Ai, meu Deus!

Wandweilder tinha essa ideia de fazermos um jantar em um restaurante bacana: ele, nós e todos os nossos pais. Era essencial, dizia, que nossos genitores se sentissem incluídos na banda. Dê a eles um dedo de envolvimento e isto irá nos poupar um quilômetro de intromissão — essa era a teoria dele. Também explicou que os pais têm essa necessidade ardente de conhecer outros como eles. Eles decidem com que outras crianças querem que seus filhos se relacionem pelos pais delas — o que eles fazem da vida, em qual faculdade estudaram, se eles preferem um Chardonnay a um Chenin Blanc. Depois desse jantar, os pais iam saber que nós éramos legais por ver o quão respeitáveis os nossos pais eram. Além disso, eles iam se enturmar falando de taxas de juros para imóveis e colesterol alto.

Brian dá um jeito de fazer mesmo as coisas mais insanas parecerem razoáveis.

Honestamente, no entanto, o que me assustava não tinha nada a ver com os pais. Como você pode ver sem muito esforço eu sou um BRJ: um bom rapaz judeu. Sou razoavelmente inteligente e educado — fluente no idioma dos pais. E sou bem limpinho. Não, meu problema tinha a ver com os outros três quartos do 6X. Até agora, minha interação com minhas colegas de banda tinha sido apenas profissional. Até mesmo o tempo que a gente passava no café depois dos ensaios era relacionado à nossa carreira, os intervalos entre os ensaios se você preferir. Mas essa festa seria um evento social. As garotas iam se vestir bem. Decotes muito provavelmente iam estar à mostra. Perfume ia certamente encher o ar.

Isso era um problema, já que eu já tinha uma infinitésima paixão por cada uma delas, e eu estava tentando manter aquilo sob controle. Wynn, além de ser gostosa, é tão fácil de lidar, tão doce, uma boa alma. Kendall, com aquele jeito otimista e ingênuo, é muito fofa. E o contraste é com Stella, a mulher selvagem. Eu imaginava que ela era quem tinha mais experiência, então se eu fosse perder minha virgindade com ela...

Ah, merda! Não me diga que deixei isso escapar. Posso voltar atrás? Vamos deixar esse pedacinho na sala de edição, por favor.

A questão é: até agora minhas pequenas cobiças estavam sob controle, mas se elas fossem apresentadas numa situação social, quem sabe em que isso poderia se transformar? E isso me deixava tenso.

O restaurante era em Little Italy, o tipo de lugar estilo família em que você nem precisa pedir, eles simplesmente vão trazendo pratos cheios de comida. Embora o restaurante não fosse chique, as meninas, como eu temia, se esforçaram no quesito roupa. Kendall estava de saia — nem muito curta, mas o suficiente para eu poder ver seus joelhos. Ao contrário das meninas no meu colégio — Lawrence, Long Island, Central da Bulimia —, a Kendall tem carne sobre seus ossos, o que é legal, e naquela noite eu percebi que ela tinha covinhas nos joelhos, o tipo de covinhas que você aperta para ver se isso vai fazê-la pular. A Stella era o meu sonho de rock'n'roll: minissaia, cinto de tachas e coturnos. Maquiagem preta bem carregada. O afro dividido no meio em dois grandes pompons fazia com que parecesse um aparelho de som com falantes de espuma. Wynn estava discreta, como sempre, mas mesmo assim eu me sentia como se estivesse jantando com uma supermodelo.

Eu realmente me solidarizei com os pais. Eles não se conheciam, aquilo devia ser um saco. Por favor, arrumem bebidas para esses quarentões antes que eles implodam. Meu pai saiu na frente: um Stoli Martini. Os outros pais seguiram a regra, exceto a mãe da Kendall, que era quem parecia mais precisar. Como ela era viúva, tinha ido sozinha. Mas não demorou muito para ela começar a falar do pai da Kendall, herói de guerra — um atleta incrível, ativo na igreja, trabalhando em tempo integral e na faculdade, que se tornou reservista e foi chamado... e voltou numa caixa. Todo mundo ficou com os olhos marejados depois dessa história.

Não dá para dizer que os pais se enturmaram, no entanto. Meus pais devem ter se sentido como boias-frias perto dos Shermans. E quanto aos Saunders, pais da Stella, eu tive a impressão que eles estavam se candidatando para o cargo de casal inter-racial do ano — eles eram muito politicamente corretos. Mas tudo parecia estar indo bem... até o quarto ou quinto prato, quando a Sra. Sherman perguntou em altos brados se não tinha nada na cozinha que não estivesse "inundado com azeite ou pingando molho de tomate". A Sra. Saunders, cujos ancestrais são originários de algum lugar entre a Sicília e Nápoles — onde azeite e molho de tomate são como, bem, azeite e molho de tomate —, se indignou com a ideia de que uma mulher adulta possa viver com uma dieta de tiras de aipo desidratado. Enquanto minha mãe prefere confrontos menos declarados, aquelas duas trocaram olhares como alces numa briga de chifres. Totalmente um momento não Kodak.

Uma oportunidade perfeita para eu pedir licença e ir sair para fumar um baseado lá fora. Fui dando uma olhada na fauna de Little Italy, com o baseado escondido na minha mão, diminuí o passo. Um grupo de oito pessoas barulhentas tentava decidir se iam ou não para o Soho para mais alguns drinques; turistas com casacos pesados e mochilas ocupavam a calçada estudando os cardápios. Eu fui na direção de uma rua de paralelepípedos menos agitada, e bem na hora que eu estava pronto para acender, uma voz rouca feminina surgiu das minhas costas:

— O que você tem aí, garoto?

Por favor, não seja uma policial! Era o que o meu cérebro implorava, excitado eroticamente e morrendo de medo ao mesmo tempo. *Por favor, não seja uma policial!* Dando meu sorriso mais inocente de bom menino de Long Island, eu me virei:

— *Parado!* — gritou Stella. — Pfff, você achou que tinha sido pego mesmo.

Stella me pegou pela manga e me puxou até a entrada de uma loja de queijos, que estava fechada, o lugar ideal para fumar. Eu estava congelando enquanto a gente ficava ali de pé, a 30 centímetros de distância, fazendo fumaça quando respirávamos. Nós nunca tínhamos estado tão próximos e eu esperava não estar sendo muito óbvio enquanto absorvia todo o efeito de seus olhos grandes e da sua pele cor de caramelo, seu cheiro — não era infantil ou muito perfumada, mas muito, muito *feminina*.

— Vamos lá — disse ela impaciente. — Acende logo.

Vários estalos do isqueiro depois eu consegui acender e passei o beck. Stella tentou tragar, mas eu devo ter apertado muito o baseado. Ela me olhou de cara feia e girou o lado da bituca entre os dedos algumas vezes para afrouxar um pouco. Ela deu um trago, encostou no batente da porta e, enquanto soltava a fumaça, me disse:

— Sua mãe é esperta. Ela ficou de fora da linha de tiro enquanto todos os outros pais estavam disputando posição.

— Ah... obrigado — disse eu, incapaz de achar um comentário para continuar, e dei mais um trago.

Stella recebeu o baseado novamente, gesticulando com ele:

— Já eu sou exatamente como a minha mãe, sempre tenho que entrar na briga. Meu Deus, você realmente apertou uma bombinha, A/B. Vamos lá, faz um shotgun.

— Hein? — o rapaz mais esperto da América ficou com cara de bobo.

Stella estava perdendo a paciência:

— Por favor, que tipo de maconheiro é você que não sabe fazer um shotgun? Deixa eu te ensinar... — disse ela, claramente aproveitando uma chance para se exibir.

Ela deu um trago longo, bateu a cinza do baseado e, para minha surpresa e choque, colocou a ponta acesa entre os lábios. Então, com a mão livre, pegou meu rosto, apertando minhas bochechas até que minha boca abrisse. Me puxando para perto dela até que estivéssemos próximos o suficiente para nos beijarmos, ela soprou com força. Um jato de fumaça como um rabo de foguete saiu da ponta apagada do baseado direto para a minha boca, uma dose cavalar, uma tragada que literalmente me deixou bambo. Minha mente viajava enquanto Stella retirava a ponta acesa de sua boca com precisão e sorria na minha direção. A grande e excelente onda do shotgun se movia deliciosamente em direção ao meu cérebro e pelo meu corpo, mas eu não tinha certeza do quanto o que eu estava sentindo era por causa da maconha e do quanto era por causa de Stella Saunders.

Aparentemente minha expressão a deixou feliz. Ela balançou a cabeça em aprovação:

— Muito bem — disse ela me entregando o baseado e se ajeitando confortavelmente contra a porta. — Agora é a minha vez.

A Gostosa

Musicalmente, tudo estava indo bem. Brian às vezes gravava o ensaio, mostrava para a gente e cada vez mais eu conseguia escutar sem fazer cara feia. Até mesmo "You're All I've Got..." que eu cantava. Além disso, tínhamos um nome que adorávamos, um showcase marcado, nossos pais estavam orgulhosos de nós...

E mesmo assim... sei lá. Será que sempre tenho que me estressar com alguma coisa? Os relacionamentos na banda começaram a se tornar uma obsessão para mim. Como a Stella pegando no pé da Kendall. Não fazia sentido. Nós precisávamos da Kendall, então para que aborrecê-la deliberadamente? Mas quem era eu para repreender a Stella?

Não que não exista nada estranho com a Kendall. A primeira impressão é que ela é aquele tipo de menininha meiga e ingênua do Sul, mas ela anda numa fase esquisita e fica mais esquisita a cada dia. Às vezes, ela para de cantar no meio da música e nem fala que tem que ir ao banheiro, ou nada, apenas sai da sala por dez minutos. E a coisa das botas. Toda garota tem direito a seu próprio gosto, mas, me desculpe, aquelas botas são horríveis. Ainda por cima, é como se ela trouxesse as botas escondidas; ela chega no ensaio de tênis, então calça aquelas... botas de piranha. E, a não ser que ela esteja usando as botas, não canta uma nota.

Eu pensei muito sobre isso. Talvez a Kendall sinta pressão para ser boa, pura e cristã, e agora ela tem toda essa história de banda de rock, pode ser que os dois conceitos estejam se emaranhando dentro dela. Se é difícil, ela nunca comenta com a gente. Na verdade, embora seja sempre tecnicamente agradável, algumas vezes tem um toque de, não sei, superioridade moral ou algo assim.

Mas deixa o A/B chegar perto, e ela é outra pessoa. A queda que ela tem por ele deve pesar duas toneladas. É tão óbvio; Stella sempre fica rindo disso ou fazendo cara de entediada, mas eu não dou corda. Eu não vou me unir à Stella sobre como a Kendall está se iludindo em relação ao A/B. Até porque não é como se o A/B estivesse dando falsas esperanças, é só que ele é muito bonzinho, eu me preocupo que ela acabe entendendo o jeito dele da forma errada e acabe magoada. Mas eu não sei; talvez o A/B tenha sentimentos pela Kendall... ou pela Stella... ou por mim, é difícil dizer.

Então esse foi um período estressante. Não tinha ninguém com quem eu pudesse falar, porque eu estava comendo, dormindo, respirando 6X, e tudo que estava me incomodando tinha a ver com esses caras. Foi por isso que eu me voltei para o meu diário, acho. Eu comecei a escrever um bocado. Não sobre como eu estava ansiosa, isso só ia piorar as coisas. Na maioria das vezes, escrevia as coisas que eu imaginava, coisas para me levar para longe da realidade. Escapismo, fantasia, sei lá. Eu levava meu diário para toda parte, como aquele seu cobertor especial.

Então uma coisa aconteceu. Meus poemas começaram a se metamorfosear em canções. Talvez porque batidas e ritmo estivessem se tornando uma coisa muito natural para mim, mas tudo que saía de mim me lembrava letras de música. Era completamente orgânico. Não era como se eu fosse mostrar minhas músicas para a banda. Elas simplesmente... jorravam. Às vezes surgia um título na minha cabeça do nada — "Hello Kitty Creeps Me Out" é um deles. Eu tinha o título e jorrava uma música. Ou eu estava assistindo televisão e um dos personagens me inspirava: "All Over Oliver" é sobre um cara numa novela. Então eu escrevi uma chamada "Put This In Your Purse (Ashley)", que veio de uma conversa que eu ouvi em uma livraria. Uma menina, Ashley, estava contando a uma amiga como sua avó a fazia roubar pacotinhos de adoçante dos restaurantes, mesmo ela sendo rica o suficiente para ter uma fábrica de adoçante. Eu simplesmente achei aquilo hilário e... jorrou uma música.

Depois de um tempo, no entanto, as músicas bobas começaram a dar lugar a coisas que realmente significavam algo para mim. Quando isso acontecia, eu fechava meu diário correndo. Eu estava tentando fugir das minhas emoções, não colocá-las no papel. Sem querer parecer uma louca ou acabar possuída, mas mesmo que eu tentasse muito não fazer, eu acabava *tendo* que escrever. Era como se as músicas me fizessem escrevê-las, se é que isso faz algum sentido. Aquelas canções com significado — "(I Am Not a) Lingerie Model" e "My Real Dad Lives in Prague" — essas não jorravam. Era como se elas vazassem. E eu deixava. Não parecia ter nada que eu pudesse fazer para impedir.

O Garoto

Eu poderia virar um dinossauro, poderia pedir strippers superflexíveis no meu camarim, mas eu nunca vou experimentar algo tão louco quanto o nosso showcase no Stunt Club. Foi uma montanha-russa, a noite toda, com altos e baixos, emoções e calafrios... e vômito.

E pensar que eu não esperava muito. Até porque, até ali, éramos apenas uma banda de covers — uma banda de covers fodona, mas ainda assim uma banda de covers. Pode me chamar de pessimista, mas se um idiota que trabalhasse na recepção de uma gravadora como a Sony ou a Universal achasse que nós éramos a melhor coisa desde a invenção do Cheetos, eu iria para casa feliz.

Graças à Stella, no entanto, existia uma chance decente de a gente conseguir levar um bom público:

— Eu não quero correr nenhum risco — disse na reunião da banda no sábado, sacando um bolo de filipetas. — O que nós vamos fazer é ir até a Union Square, ao St. Marks Place e a qualquer outro lugar onde a molecada se encontre e vamos entregar isso tudo.

Ninguém se opôs. Não tínhamos nada melhor para fazer, então saímos para encher as ruas de papel. Stella forçou Wynn a flertar um pouco enquanto distribuía as filipetas:

— Esses seus peitos são uma apólice de seguro — disse a ela. — Nenhum cara remotamente perto da puberdade vai perder a chance de ver você e seus dois amigos.

Wynn ficou visivelmente envergonhada:

— Stella, você está dando uma de cafetina comigo!

Mas Stella deu o braço à Wynn e insistiu com uma sinceridade pungente:

— Não estou; eu nunca faria isso! — então ela riu. — Estou dando uma de cafetina com o 6X! Então, vamos lá, trabalhe um pouco.

Wynn suspirou, então jogou o cabelo e mandou um beijo:

— Assim está bom? — perguntou.

— Perfeito! — disse Stella.

Aí, ela nos deu tarefas enquanto supervisionava de estratégicos bancos de praça e postes de luz. Mesmo depois de termos distribuído tudo e nos reunirmos para comer algo no Farrah's Falafel, ela continuou a usar o chicote:

— Esses são para depois — disse ela, entregando a cada um de nós um bolo enorme de filipetas diferentes. — Na sexta de manhã deixem em todos os armários dos seus colégios. Wynn e eu vamos fazer o mesmo.

Eu dei uma olhada no papel recém-saído da gráfica que estava na minha frente:

— *Lucien Vickers* vai estar no Stunt Club hoje às 22h. E você?

Os olhos da Kendall ficaram do tamanho de singles de 7 polegadas:

— *Lucien Vickers* vai estar no nosso show? — disse ela.

Stella deu um sorriso triunfante e não particularmente caridoso:

— Claro que não. Mas como qualquer garota comeria o próprio braço para estar no mesmo lugar que ele, não vai fazer mal fazer as pessoas *acharem* que ele vai.

Era brilhante. Veja bem, até eu sei quem é Lucien Vickers, vocalista da banda emo Churnsway. Eu não conheço uma só garota que não se derreta só de escutar seu nome, e apesar de me doer dizer isso, caras normais, eu incluído, gostam de Churnsway.

Kendall torceu um pouco o nariz, mas Wynn e eu olhamos para a Stella irradiando respeito.

Nada como um pouco de propaganda enganosa para ajudar uma banda a ir longe!

Dia do show, eu estava no modo robô — apenas funcionava. Depois da escola, fui para casa e vesti o meu "traje". Qualé, isso é uma banda de garotas, você *sabe* que o figurino foi discutido previamente. E, apesar de eu custar a concordar com isso, imagem é importante. O conceito era manter a simplicidade, mas mesmo assim manter uma certa unidade: todos de jeans e algum tipo de camiseta apertada vermelha ou preta. Parece muito simples, mas três reuniões da banda e incontáveis telefonemas foram necessários para se chegar a essa fórmula de moda. Eu nem me lembro como nós nos decidimos pelas cores, mas a coisa da camiseta apertada era considerada crucial para o espírito do 6X, um visual para representar que elas estavam se tornando mulheres. Gatas de camisetas apertadas, quem sou eu para discutir? Peguei uma camiseta muito velha de um acampamento de verão que eu guardava de recordação, caprichei no desodorante e fui em direção à cidade.

Nos encontramos no Cup 'n Saucer para a refeição cerimonial pré-show. Nenhum estereótipo de menininhas lá, as meninas comeram como hienas famintas. Então, fomos até o estúdio de ensaio. Gaylord estava lá para nos ajudar a botar os equipamentos em dois táxis que nos levariam até o centro. Eu estava um pouco desapontado por não fazermos nossa estreia no venerável CBGB, mas o Stunt Club era um lugar novo muito bacana. Além disso, iríamos abrir para o Tiger Pimp, uma banda de metal farofa do Lower East Side. Ninguém sabe se o que eles fazem é paródia ou homenagem, e esta é a principal razão para eles serem tão populares com uma galerinha cool. Gaylord os venera; ele já tinha visto a banda cinco vezes.

Exatamente quando estávamos começando a nossa passagem de som, Tiger Pimp entrou no Stunt, todos com aquele visual anos 1980. Sapatos de plataforma, lenços esvoaçantes, calças coladas brilhantes, o pacote completo. Isso deve ter abalado a nossa confiança, porque nós estávamos horríveis na passagem de som. Depois de quatro compassos da primeira música, *boing!*, arrebentei uma corda. Então o baterista do Tiger Pimp (eu ainda não sei se é ele ou ela) começou a olhar estranho para a Wynn, o que a desconcentrou. Pior de tudo, a voz da Kendall estava tremendo. (Nervos? O fato de ela não ter feito o ritual de trocar os tênis pelas botas? Quem saberia?) Decidimos acabar com a passagem de som.

Comparado aos lugares onde eu já toquei, o Stunt era imenso. Além disso, tinha vários cantos escondidos. Achamos uma área para nos escondermos e ficarmos de mau humor. Stella bebeu quatro latas de Red Bull seguidas, o que a deixou toda agitada. Ela batia o pé e fazia caretas, me lembrando de um filme sobre uma cadeia feminina que vi na televisão uma madrugada dessas. Wynn estava quieta, olhando para o nada, ocasionalmente escrevendo alguma coisa no seu diário. Kendall desapareceu por meia hora, e quando voltou (do banheiro, imagino), ela estava usando toda a sua maquiagem. Não que eu fique julgando esse tipo de coisa, mas ela realmente estava usando toda a sua maquiagem:

— Como eu estou? — perguntou.

— Bonita! — disse Wynn, rapidamente, fazendo uma cara de "não começa" para a Stella. — Você está bonita.

Stella jogou os braços para o alto:

— Sim — disse ela. — Muito bonita.

— Muito bonita — repeti.

— Só está um pouco com jeito de concurso de beleza — continuou Wynn com cuidado.

— Mas isso é ruim? — perguntou Kendall. — Eu vou ser o centro das atenções, afinal.

— Não, sim, não está ruim, você realmente tem que brilhar — disse Wynn a ela. — Só que de repente... apenas... se a gente pudesse deixar um pouco mais leve?

Kendall se sentou numa cadeira deixando Wynn tirar meio quilo de poeira rosa do seu rosto. Mais ou menos naquela hora, nossos pais começaram a aparecer. Eles não ficaram nos paparicando, no entanto, só passaram para dar oi antes de ir procurar "bons lugares". De qualquer forma, a presença dos pais assustava Stella, que insistiu que nós fôssemos para o camarim e ensaiássemos nossos movimentos mais uma vez. Decidimos que alguns movimentos de rock star iriam fazer de nosso show um show de verdade, em vez de um bando de pessoas duras paradas tocando seus instrumentos. Ensinei Stella a pular enquanto tocava, enquanto eu fiquei com o golpe do moinho para mim. Kendall estava ensaiando rodar o pedestal do microfone e, apesar de ela não saber fazer muito bem, era bonitinho da forma como ela fazia — desajeitado, mas bonitinho. Só a Wynn não tinha um movimento. Ela não queria um e nós não nos importamos com isso. Nenhum de nós duvidava que a Wynn iria ter todos os olhos sobre ela.

E assim foi. Só que não da forma como nenhum de nós poderia ter imaginado.

A Chefe

Brian enfiou a cabeça pela porta do camarim e apenas disse:

— É isso aí, pessoal. Vamos lá!

E, simples assim, nós entramos no palco. Sem apresentação, o que seria cafona. O lugar estava lotado, e eu assumo os créditos por isso. Por que deixar o destino decidir se você pode entregar filipetas para cada moleque minimamente maneiro em Nova York, e ainda em algumas partes de Nova Jersey e Long Island? Mesmo assim, apesar de eu conseguir sentir o público, não conseguia levantar meus olhos. A verdade é que eu estava aterrorizada, medo sério do palco. Meu corpo estava tremendo e minha respiração estava arfante — uh-uh, uh-uh — como uma coruja enlouquecida. Três palavras flutuavam em meu cérebro: "consigo", "eu" e "não". Eu tinha que me certificar de que elas não iam se juntar como "Eu não consigo", ou isso ia se tornar verdade.

Como se eu já não tivesse problema suficiente cuidando de mim mesma — pegar o baixo, passar a correia pela cabeça —, mais um surto de pânico bateu direto no meu estômago. Rapidamente, olhei para a esquerda para ver se a louca da Kendall estava usando suas botas de cantar. Sim! Que alívio! Vendo aquelas botas, sabia que tudo ia dar certo. Atrás de mim, Wynn deu início à festa contando o começo da música com as baquetas. A Danelectro de

A/B soou e meus dedos se moveram nas casas, as casas certas. Eu podia levantar minha cabeça. Dando um passo atrás, olhei para Wynn. Nós sorrimos uma para a outra. Finalmente, eu olhei para a plateia. Brian tinha nos prevenido que em alguns showcases para a indústria, algumas vezes as pessoas ficavam paradas, cool demais para agir como se estivessem gostando. Mas tinha um mar de cabeças balançando, alguns corpos sacudindo, um mosh pit tímido se formando. Eu esperava que o pessoal das gravadoras ficasse impressionado. Meu sorriso ficou do tamanho do de um tubarão, como se eu pudesse comer qualquer pessoa na casa, e eu sabia que estava exatamente onde eu deveria estar.

Nós acabamos "The Waiting" e a plateia foi à loucura — aplausos, gritos, assovios e u-hus. A reação foi tão intensa que eu entendi a coisa de "se alimentar do público". Aquele entusiasmo é sangue novo, é nutrição, é amor puro. Olhei para o público procurando Brian, mas era impossível identificar qualquer um com as luzes voltadas todas para você.

Assim que a plateia se acalmou, Kendall agradeceu:
— Obrigada — disse ela brilhantemente, adicionando: — Nós realmente amamos quando vocês pulam assim! — O que fez o público rugir de volta.

Mas, quando nós acenamos com o começo de "Dirty Boots", ela entrou no modo freak, fechando os olhos e dando passos desajeitados para a frente e para trás. Isso me deixou muito puta: lá estava ela improvisando um novo passo — com os olhos fechados. E se ela caísse do palco? Kendall não é nenhuma Beyoncé, claro, ela mal consegue andar de salto alto, muito menos dançar. Mesmo assim, de alguma forma, combinou com a música.

Estávamos mandando ver no nosso set, tocando alto, soltos, sem problemas, sem erros. Estava tudo indo bem. Quando eu dei o meu pulo, A/B se virou para mim mostrando a língua como o cara do Kiss. Wynn cantou "You're All I've Got Tonight" naquele murmúrio uniforme, quase monótono dela, foi legal ter um contraste indie para o virtuosismo da Kendall. Uma parte de mim não queria que o set acabasse, mas quando você tem apenas quatro músicas no seu repertório, não tem como se estender demais. Nós começamos "Teenage FBI"..., e isso sim é um *grand finale*. O que aconteceu a seguir já entrou para a história do 6X. Durou, talvez, cinco segundos, mas foi monumental. Agora, nós nos referimos a esse momento, nas raras ocasiões em que comentamos, como o "Passo da Wynn".

Kendall não viu, nem A/B, já que eles ficam virados para a plateia a maior parte do tempo enquanto tocam. Mas o meu posicionamento é meio que de lado, parte virada para a plateia e parte virada para Wynn — é assim que nós trabalhamos a vibração entre bateria e baixo —, e assim eu vi tudo. Eu e todo mundo que estava no Stunt Club. Durante o refrão, Wynn estava batendo com vontade, quase pulando no banco, como ela sempre faz. E, então, saiu. Seu peito. O esquerdo. E um peito daquele não dá para não notar.

Por uma fração de segundo, eu me perco. Minha mão escapa do baixo e vai em direção à minha boca:

— Puta merda!

O que ela vai fazer? Continuar tocando com o peito balançando? Vai fugir do palco correndo, chorando histericamente?

Bem, os deuses do rock estavam com ela com certeza, porque o que ela fez foi absolutamente megainspirado. Flip, Flip — ela jogou as baquetas para o alto. Tum, tum, lá vem elas descendo, na posição exata. Enquanto elas caíam, a Wynn ajeitou o top fazendo Esquerdinho voltar para seu lugar no tempo exato de pegar de volta as baquetas e terminar a música.

As luzes se apagaram.

O público ficou louco, alucinado, fora de controle.

Eu corri na direção da Wynn, ainda com meu baixo — de alguma forma eu me lembrei de desplugar o cabo. Ela segurou minha mão e a gente correu para o camarim. A garota estampava dezesseis tons de vermelho diferentes em sua face, mas quando ela olhou para mim, começou a rir. Nós começamos a nos abraçar, meu baixo batendo em nós duas, enquanto A/B e Kendall, ainda sem saber de nada, chegaram comemorando.

— Todo mundo viu? — perguntou Wynn.

— Não importa, garota, quem liga, nós mandamos muito! — disse eu. — Ou você acha que toda aquela gritaria e os aplausos foram para o seu peito esquerdo?

— Nós fomos, nós fomos, não fomos? — disse ela. — Nós fomos ótimos!

— Nós fomos *excelentes*! — repeti, e ela se uniu a mim até o pelotão dos pais aparecer, liderado pela mãe da Wynn.

— Wynn, querida, você está bem? — perguntou sua mãe, tensa.

Eu vi Wynn respirar fundo e balançar a cabeça afirmativamente, então meus pais se penduraram em mim. Apesar de isso ser irritante, eu estava tranquila, aguentei — eu sei que aquilo tudo era porque eles tinham orgulho de mim. Além disso, o tempo todo eu estava pensando, *Brian, cadê o Brian?*

Comecei realmente a ficar chateada. *Como ele podia não estar ali? O que ele estava fazendo?* Olhei em volta. Wynn botou um casaco e abotoou-o até o pescoço, apesar de estar um calor infernal no camarim. Os pais de A/B pareciam bastante calmos — estão acostumados com o talento do filho. A mãe de Kendall estava com os ombros tensos e com um sorriso meio forçado. Gaylord chegou. Alan, do Windows by Gina, passou para dar oi. Pessoas que eu nunca vi estavam forçando a barra para estar junto daqueles moleques que tinham acabado de detonar no palco. Claro que o falatório sobre o peito da Wynn circulou como um vírus: "Você viu?", "Droga, eu perdi!", "O editor de música da Maxim vai se arrepender de não ter aparecido" — mas o meu publicitário interior sabia que aquilo não podia nos prejudicar. Todos estavam sorrindo. Eu estava sorrindo também. E também estava me aproximando de um ataque, pronta para gritar: "CADÊ A PORRA DO BRIAN WANDWEILDER, CARALHO?!", quando ele entrou com aquele olhar de passarinho que comeu o gato. Eu queria correr até ele e abraçá-lo, mas uma vez que ele estava lá, e como eu estava puta com ele, apenas cruzei meus braços, esperando ele nos dizer o quanto nós éramos maravilhosos. Então, ele pediu que todos que não fossem da banda saíssem.

— Gente, eu tenho que contar uma coisa para vocês, e vocês não vão acreditar, porque eu não acredito — disse Brian. Seus óculos escorregaram do nariz e ele os empurrou de volta para o lugar, típico dele. — Mas eu acabei de ter um tête-à-tête com o cabeça do departamento de Relações Artísticas da Flaxxön Records, e ele quer contratá-los.

Ele estava certo. Nós não acreditamos nele. Ficamos pasmos, só olhando para ele.

— Terra para 6X! — disse ele, começando a rir. — Vejam, ele entendeu. Ele está louco por vocês. Ele quer vocês. Ele quer muito vocês.

A Gostosa

Sabe quando a mocinha no filme de terror está descendo a escada do porão, provavelmente sem lanterna, provavelmente de calcinha? E você está assistindo ao filme pensando não, não, não, má ideia, não faz isso, não vai para o porão? Você se pergunta por que ela está indo para lá, quando ela tem quase certeza que algo terrível vai acontecer? Você pensa, oh, eu nunca vou entrar naquele porão.

Mas eu acho que você entraria.

Vou dizer por quê: tem alguma coisa no seu estômago, um caroço hibernando, que acorda ao primeiro sinal de medo. Assim que ele entra em ação, outra coisa, um besouro barulhento, aparece perto da sua orelha esquerda e fica: "É mesmo? Eu não devia? Então eu *vou*." Não é que você seja arrogante ou invulnerável. Você apenas precisa descobrir exatamente o que está esperando por você. Terrível, sim, mas terrível como? Que tipo de terrível? Especificamente. Você não consegue respirar até saber, mesmo que este seja o seu último suspiro. Basicamente, você *tem* que entrar no porão.

Só que às vezes não é um porão. Algumas vezes é o balcão escuro de uma casa de shows.

Espere, desculpe, é difícil falar sobre isso. Mas eu quero, eu preciso. Deixe eu começar do início para eu não parecer uma lunática completa.

Já era tarde. O Tiger Pimp já tinha acabado de tocar, mas eu não fazia a menor ideia da hora, porque a partir do momento em que entrei no Stunt, o tempo estava fazendo essa coisa maluca — devagar, rápido, devagar, segundos demoravam horas e horas voavam — muito estranho. Estou tentando processar tudo. Minha mãe e meu padrasto estavam lá, Brian, todo mundo. Um monte de gente que eu não conhecia. Todo mundo... burburinho. A adrenalina estava correndo no sangue, mas eu estava tentando relaxar. A música ambiente nos envolvia como fumaça. Estávamos sentados numas mesas, todos falando ao mesmo tempo. O Brian estava meio para fora da sua cadeira, contando uma história; minha mãe estava ao lado dele, com a mão no seu braço. Alguém pediu champanhe, e todo mundo, menos Kendall e a Sra. Taylor, aceitou.

Foi aí que Dylan Stop — espera, meu Deus, não acredito que eu quase falei o seu nome completo. Isso tem que ser cortado ou vamos enfrentar todos os tipos de processos. E o nome da gravadora também. Mas isso será editado para a nossa segurança então eu posso dizer. Nesse exato momento, enquanto eu estou contando essa história, eu *quero* dizer. Eu quero ouvir isso sair da minha boca: Dylan Stoppard. Dylan Stoppard. O homem que queria contratar o 6X. Ele estava sentado de frente para mim, fazendo um gesto com o dedo indicador. Quando ele percebeu que eu o notei, ficou feliz, mas de um jeito meio desleixado, como se tivesse recebido um presente que ele sempre quis, mas não era uma surpresa. Bem devagar, aos poucos, ele se inclinou na minha direção — e eu fiz o mesmo, aos poucos, devagar. Então nossos rostos estavam próximos, e ele sussurrou:

— Wynn, você quer dar um teco?

Depois daquilo, nós conversamos um bom tempo por gestos. Eu recostei na minha cadeira e olhei em volta; todos estavam indiferentes a nós. Minha mãe e meu padrasto pareciam estar discutindo. Stella estava ajoelhada na sua cadeira, ela estava batendo no peito com o punho. Ninguém estava prestando atenção a mim a não ser Dylan Stoppard. E eu estava retribuindo o favor. Não pela aparência dele — bronzeado casual, nariz meio torto, cabelo desgrenhado e olhos pretos profundos como poços de piche —, mas por causa de como ele parecia estar se sentindo, entediado e intenso ao mesmo tempo e extremamente confiante. O tipo de pessoa que ficaria bem em qualquer lugar — uma fraternidade, uma boca de fumo, na Casa Branca. E ele era matreiro. Do jeito que sua cabeça estava inclinada, poderia estar examinando suas unhas, mas eu sabia que ele estava me examinando.

Ele ergueu o queixo, querendo dizer: *E, aí, vamos ou não?* Olhei para ele, sem piscar, tentando assustá-lo, mas ele fez uma careta e eu comecei a rir. Olhei para outro lado, depois olhei para ele de novo. Ele estava dando um risinho. Encolhi os ombros. Ele fez com a mão um sinal de Pare, um sinal de "Espera". Então, de propósito, deixou seus olhos viajarem pelo clube; segui os seus olhos com os meus — as escadas, um balcão. Ele se levantou e saiu andando. Eu esperei. Tomei um pouco de champanhe. Contei até quinze, vinte, vinte e cinco, trinta. Agora é a minha vez.

Eu não estava indo pela droga. Eu nem sei o que é um teco, mas imagino que seja alguma referência a drogas. O teco é uma desculpa, uma isca. Dylan Stoppard sabia disso. Eu sabia também. Eu estava indo porque ele queria que eu fosse. O que eu queria? Eu nem estava pensando nisso. Nem uma vez. Nem um pouco. Nem vinha ao caso. No balcão, eu o encontrei no sofá num canto. Ele parecia muito confortável. Se ele fosse um animal, seria algum tipo de cruzamento mutante entre um gato e um urso. Eu não sentei ao lado dele e ele não me pediu para sentar.

— Eu menti — disse ele.

Ele falava muito baixo, eu mal conseguia escutar, mas mesmo assim não queria sentar ao lado dele, então sentei na mesa em frente a ele. Ele se confundia com a escuridão, seu terno escuro, seu cabelo ondulado escuro, a barba por fazer escura no seu rosto. Ele não cheirava a colônia, mas devia ter um charuto no bolso do seu paletó — ele tinha aquele cheiro, e mais alguma coisa que eu não conseguia identificar. Algo sombrio e espesso.

— O que você falou? — perguntei.

— Eu menti — repetiu ele. — Eu não tenho cocaína.

— Então isso é que é um teco? — eu disse casualmente. — Eu não ligo. Não uso drogas.

— Sim, nem eu — disse ele, e tomou um gole do seu conhaque. — Você não quer se sentar perto de mim.

Foi uma afirmação, não uma pergunta, então eu não respondi. Na verdade, acho que eu não falei mais nenhuma palavra para ele. Dylan Stoppard falava com aquela voz baixa e calmante. Eu tentei entender de onde era o seu sotaque, mas não tinha sotaque, falava como se não viesse de lugar nenhum. E ele falava devagar, não gastava palavras, ele as escolhia, como se estivesse escolhendo frutas, ou um lenço de cashmere.

— Tudo bem — disse ele. — Eu gosto de onde você está agora. Dá para ver você.

Dylan Stoppard estava tentando me seduzir. E ele estava fazendo isso de uma forma muito pura. Com "pura" eu quero dizer que ele não estava tentando esconder — ele não falava da banda ou do selo, nem falava comigo como uma pessoa, ele falava para mim, como se eu fosse uma fruta ou um lenço. Ele me objetificava — eu não sei, acho que esse é o termo técnico. Eu devia ter ficado intensamente perturbada com aquilo, ultrajada, indignada. Mas eu não estava. Eu estava aceitando.

— Wynn — disse ele. — Aqui...

Ele pegou um isqueiro dourado e pesado do bolso da sua calça e me entregou. Ele estava quente nas minhas mãos.

— Acenda a vela, por favor.

Não era um pedido, não era uma ordem — mas parecia, eu não sei, parecia natural: ele me dizia o que fazer e eu fazia. Tinha uma vela ao meu lado na mesa. Eu a peguei, a acendi e a devolvi.

— Não — disse ele —, bota ali. E apontou para o meu colo.

Acho que olhei para ele esquisito. Ele suspirou.

— Separe as pernas — ele me dirigia pacientemente —, bote a vela entre as suas pernas e a segure ali.

Eu fiz o que ele disse. Ele parecia satisfeito. Seus dentes brilharam. A vela era perfumada — ylang ylang? tangerina? Eu podia sentir o calor da chama nos meus lábios e nas minhas bochechas. Minhas coxas se contraíram, apertando aquela vasilha cheia de cera.

— Eu gosto de como a luz bate em você — comentou. — No seu rosto.

Ele me olhou por um tempo, então disse:

— Quero ver o efeito na sua pele. Por que você não tira o seu casaco. — Mais uma vez não era um pedido.

Segurar a vela entre as pernas e desabotoar meu cardigã foi complicado. Mas ele não parecia se importar de eu estar tendo dificuldades. Quando tinha tirado meu casaco, esticou sua mão e eu o entreguei a ele. Ele o jogou de lado. Daí, se sentou mais para a frente, se inclinando na minha direção, com as pernas em volta das minhas.

— Chegue mais perto de mim — disse ele. — Tenha cuidado com o seu cabelo, não quero atear fogo em você.

O último comentário deve tê-lo divertido. Ele deu uma risadinha.

Estávamos próximos o suficiente para nos beijar, apesar de eu achar que ele não ia me beijar. Não tinha a menor ideia do que ele pretendia fazer a seguir. E eu não descobri.

— O que... Wynn?

Era Stella. Num instante ela percebeu o que estava rolando. E ela não gostou nada daquilo.

— Filho da puta! — gritou ela. — O que você acha que está fazendo, seu maldito pervertido?

Ela estava de pé logo atrás de mim, mas eu não me virei. De todas as pessoas para me achar numa situação dessas — tinha que ser a pessoa que eu respeito, a pessoa que me motiva, a pessoa para quem realmente ligo. Como eu poderia encará-la? Eu não podia. Em vez disso, vomitei nas calças de Dylan Stoppard.

121

A Voz

Cantar é tão simples. Quando eu canto, tudo o que eu sinto é amor, indo e vindo. Eu dou amor com a minha voz e recebo amor das pessoas que estão me ouvindo. Mas estar numa banda, ter uma carreira, todas essas coisas irritantes que vêm junto? Isso pode ser muito complicado. Tem milhões de coisas para se discutir, é como aqueles jogos que você tem que bater com o martelo nos bichinhos, você nunca sabe quando um problema vai aparecer, ou com quem vai ser o problema ou como ele vai se resolver.

Na noite do nosso showcase, um problema que eu achei que iria ter era minha mãe. Isso estava ocupando meus nervos por semanas. Quando contei o nome da nossa banda, ela torceu o nariz. E depois do grande jantar que o Sr. Wandweilder organizou, ela não tinha nada legal para dizer sobre os outros garotos ou seus pais. Agora, no nosso showcase, ela ia não somente ver a música desavergonhada que a gente faz, mas ela me veria naquelas botas de salto alto que ela não quis comprar para mim. E se isso não fosse espetáculo suficiente, Wynn tinha que mostrar o peito.

No camarim, com todas aquelas pessoas em volta, minha mãe estava sorrindo e sendo amigável como sempre. Eu tinha botado de volta meus tênis, rezando para que as botas estivessem longe do olhar e do pensamento. Mas eu estava em pânico, esperando a conversa que a gente ia ter quando estivéssemos a sós. Eu tinha medo que ela me fizesse largar a banda. Do jeito que as coisas aconteceram, no entanto, toda aquela preocupação foi à toa. O Sr. Wandweilder entrou dando a notícia sobre a Flaxxön, e pronto! Minha mãe podia não aprovar o nome da banda ou minhas botas, mas ela aprovaria um contrato de gravação.

Infelizmente eu não pude desfrutar daquele sentimento por muito tempo. *Bum, bum, bum*, lá vinha o cara da Flaxxön descendo a escada, Wynn e Stella correndo atrás dele, desesperadas como pagãs no dia do julgamento. Wynn começou a falar alguma coisa:

— Espere, por favor...

Mas ele a cortou carrancudo:

— Você estragou tudo, garotinha — disse ele.

Cada palavra era dura como pedra, apesar de a princípio a frase isolada não fazer sentido para mim. Ela soava na minha cabeça enquanto ele saía pela porta.

— Você estragou tudo, garotinha.

O que era aquilo? As quatro palavras ecoavam, mas em vez de irem sumindo, ficavam cada vez mais altas. E quando o volume estava alcançando o zênite, um grande "Ohhhh!" de compreensão me alcançou. Então, um "Ohhhh, nãooooo!" maior e mais alto. Eu me senti como uma máquina de lavar com um esquilo alucinado dentro, enquanto fora de mim a injustiça disso tudo espetava minha carne com as pontas do forcado do diabo. Isso não podia estar acontecendo, mas estava. Eu me senti arremessada na direção da Wynn, embora eu não soubesse o que fazer ou dizer. Realmente gostava da Wynn, acreditava que ela era uma pessoa boa. Mesmo assim, lá estava eu, a um centímetro do seu rosto, cobrando dela:

— O... que... você... fez?

Wynn não respondeu; ela apenas desviou o olhar. Então eu repeti, dessa vez mais forte:

— O... que... você... fez?

Seu olhar se escondeu atrás da franja quando ela balançou a cabeça. De repente, a timidez dela me pareceu falsa, como se fosse sua válvula de escape, sua forma de se defender quando ela fazia algo errado.

— Eu... sinto muito, Kendall — disse ela. — Sinto muito...

— Você sente muito?

Ah, algo estranho e poderoso tomou conta de mim. Eu nunca tinha sentido aquilo antes, mas sabia o que era. Ódio. Tinha ódio sibilando dentro de mim, sacudindo seu chocalho, abrindo sua boca e mostrando seus dentes pingando veneno. Eu tinha que botar tudo para fora. Eu simplesmente tinha. Então a Wynn teve que aguentar:

— Você *sente muito*? — cuspi. — Você arruinou nosso contrato e tudo que você consegue dizer é que você *sente muito*? Ah não, *eu* sinto muito, mas você não vai se livrar dessa.

Quanto mais ódio saía de dentro de mim, mais parecia ter. Me fez tremer até os meus dedos dos pés. Isso apagou tudo que tinha em volta — só existia Wynn e o tanto que eu a desprezava.

— Você acha que porque você tem dinheiro, porque você tem esse... esse *corpo*... você tem o direito de destruir os sonhos das outras pessoas. Boas pessoas, pessoas trabalhadoras, pessoas com talento dado por Deus! Você acha que pode estragar tudo e encolher seus ombros estúpidos e está tudo certo? Não! Não, não, não, não, NÃO! Você não pode. Eu não vou deixar. Você vai confessar ou... ou eu não sei o que eu vou fazer. Então me diz, Wynn Morgan, me diz agora: O que você FEZ?!

A Chefe

Talvez um dia a imagem da nossa *frontwoman* angelical espumando pela boca num ódio frenético vá ser algo de que vou me lembrar e rir. Mas, deixe-me dizer, na hora não foi nada bonitinho. Na hora, eu queria matar Kendall Taylor.

— Não confunda as coisas, Kendall.

Eu não gritei. Essa minha faceta fria e calma aparece quando eu estou pronta para bater numa piranha.

— Wynn não fez *nada*.

Kendall nem ao menos tomou conhecimento de mim; ela apenas continuava seu ataque.

— Eu achei que você era *legal* — falou com raiva para Wynn. — Agora, sei que realmente existe algo *errado* com você.

Eu falei bem na cara dela:

— Estou te avisando, Kendall. É melhor você calar sua boca antes que eu a cale para você.

Mesmo assim, ela não me ouvia. Não parecia perceber que estava entrando em curto-circuito na frente dos adultos — e eu não conseguia acreditar que nenhum deles, nem mesmo a mãe da Kendall, se moveu para controlá-la. As bochechas da Kendall estavam roxas e seus olhos cada vez mais esbugalhados enquanto ela continuava irada.

— Você finge ser toda tímida e doce, mas eu não me engano mais com esse truque. Você só quer fazer as coisas do seu jeito e não se importa com mais ninguém. Eu nem consigo imaginar o que você estava fazendo lá em cima com aquele homem, mas eu sei o que você fez no palco hoje — todo mundo está falando disso. Você quer que a gente ache que foi um acidente — ai, meu Deus, meu peito saiu! —, mas sabendo o tipo de pessoa que você realmente é, aposto que você fez de propósito.

Esse foi o meu limite. Levantei meu braço para bater nela, parti-la ao meio, decorar o chão com cada um dos seus dentes, mas Wynn o segurou antes que eu pudesse acertá-la.

— Mas, por favor, não — choramingou ela. — Stella... Kendall... por favor, parem. Vocês não entendem; é que... — ela me soltou para colocar as mãos nas têmporas, ela estava desmoronando aos poucos, a cabeça primeiro. — Esperem, eu quero explicar, mas nem eu mesma consigo entender.

Lágrimas começaram a escorrer pelo seu rosto, o que só me fez querer bater ainda mais na Kendall. Mas se Wynn queria falar, nós devíamos deixá-la tentar. Eu pude ver a Kendall recuar um pouco e fiz o mesmo. Ainda fervilhando, esperamos pela Wynn. Todos atrás de nós estavam prendendo a respiração, tensos como bonecos de cera, com medo de piscar.

— Está bem, vejam, eu realmente sinto muito pelo que fiz...

— Você não fez na... — comecei.

— Ah, sim, ela fez algo — começou Kendall.

Tava difícil nos segurar.

— Não, realmente a Kendall tem razão. Eu estraguei, eu estraguei tudo para todo mundo. Mas não é que eu não ligue, eu...

Ela foi parando novamente e gemeu. As lágrimas continuaram caindo; ela lutava para falar apesar delas:

— Olha, eu sei que eu não mereço estar numa banda com vocês. Kendall, você é tão talentosa, você e o A/B são artistas, artistas de verdade. E Stella, você é tão determinada, você consegue fazer qualquer coisa. Perto de vocês, me desculpem, mas eu não consigo. Eu quero dizer, eu nunca consegui fazer nada direito.

A mãe da Wynn tentou interromper, mas minha garota bateu o pé para cortá-la:

— Não, é verdade — continuou. — Então eu acho que, de uma maneira subconsciente, eu estraguei tudo para o mundo não saber que eu sou uma poseur falsa e sem talento.

Ela enxugou as lágrimas com a manga da camisa e se endireitou. Wynn estava confessando, ela estava explicando as coisas, estava tomando a responsabilidade pelos seus atos.

Bravo, bravo, bravo...

O problema era que eu não acreditava, nem por um segundo. Aquela cena com Dylan Stoppard? Wynn não estava pensando direito. Talvez ela estivesse um pouco bêbada e se meteu numa situação — você sabe, merda acontece. De jeito nenhum estava tentando sabotar o 6X. Wynn não faria isso. Ela não faria, não conseguiria fazer isso comigo.

Ela tirou o cabelo do rosto, revelando uma resignação de aço que eu não reconheci. Seria uma máscara — ou como ela se sentia de verdade? Eu queria muito saber. Então ela pegou seus bags — pratos em uma mão, baquetas e ferragens na outra — e marchou até Kendall:

— Você conhece um monte de garotos talentosos, não é, Kendall? — perguntou ela, com a voz calma, mas ainda estranhamente dura. — Garotos legais, merecedores, que comem todos os seus legumes e fazem seu dever de casa e não estão fadados a queimar no inferno. Não é verdade? Você não conhece? Bem, talvez algum deles saiba tocar bateria.

Ela largou os bags de nylon nos pés da Kendall com uma pancada seca.

— Porque eu não vou mais arruinar os sonhos de ninguém. Estou fora.

PARTE DOIS
Indo a Algum Lugar

"Went down to the crossroads but the devil didn't want my soul/
Looks like I'll have to practice if I wanna play Carnegie Hole"
(Fui até a encruzilhada, mas o diabo não queria a minha alma/Parece
que vou ter que ensaiar se quiser tocar no Carnegie Hole)

— Tiger Pimp, "Spurned"

"You're so suicidal/I've felt that way too/I'll be your angel baby/
Baby don't be blue"
(Você é tão suicida/Eu já me senti assim também/Eu vou ser seu anjo,
menina/Menina, não fique triste)

— Angel Blue, "So Suicidal"

"Wonder Bread, Wonder Bread, in the polka-dotted package/
Good for breakfast, good for lunch, even good for snackage"
(Pão Maravilha, Pão Maravilha, na embalagem de bolinha/ Bom pro
café da manhã, bom pro almoço, e até bom para o lanchinho)

— Windows by Gina, "Wonder Bread"

A Gostosa

Largar a banda foi a decisão certa. Eles achariam outro baterista. Um bom. Um baterista cujos peitos estúpidos não entrariam no caminho. Eles provavelmente me substituiriam em um piscar de olhos, já que o showcase foi tão bem-sucedido, garotas com baquetas iam fazer fila para tomar meu lugar. E mesmo que demorasse um pouco, não havia pressa. Graças a mim, o 6X não ia assinar nada tão cedo.

Pra mim, seria um alívio. Nada mais de negócios de banda me levando à insanidade. Quer dizer, eu apenas não era capaz de lidar com aquilo — as pressões, as personalidades. E ia ficar cada vez mais intenso. Nós tínhamos dado exatamente um show e já tinha gente gritando conosco. Em algum momento, o 6X seria contratado, comigo ou sem — eu confiava nisso, essa banda tinha algo mais com certeza —, e com fama e fortuna vêm responsabilidades incríveis, e sempre estar alerta, as pessoas ficam sempre de olho em você. Agora eu podia voltar a ser a garota invisível.

Foi a decisão certa. Mas por que pareceu tão errada? Talvez fosse como comer couve-de-bruxelas, ou algo assim, sei lá. *Dormir*, eu pensei, *por favor, me deixe dormir, escapar*. No carro, voltando do Stunt Club para casa, minha mãe estava começando um sermão quando meu padrasto a calou. Lembrei de ele ter dito:

— Cynthia, agora não.

Isso é o que eu chamo de troca de papel. Eu fiquei tão feliz com aquilo. Era como se tudo dentro de mim estivesse quebrado, mancando, arfando — de alguma forma minha pele segurava todos os pedaços, mas se eu abrisse a boca para discutir ou me defender seria como abrir a caixa de Pandora. Todas aquelas coisas estranhas iam sair e não ia dar certo.

Fui para o meu quarto como se estivesse com sapatos de chumbo e caí na cama sem trocar de roupa. Tomar um banho seria um esporte olímpico. Eu tinha recentemente regurgitado as sobras semidigeridas de um mussaca do Cup 'n Saucer e champanhe do Stunt Club, mas escovar meus dentes estava fora de questão. Dormir, infelizmente, também parecia estar fora do meu alcance. Uma batalha final entre minha cabeça e meu coração não seria adiada ou evitada; ia acontecer quisesse eu ou não. Me forçando a ficar na vertical — eu não queria ficar deitada, olhando para a escuridão —, resolvi acender as velas na minha cabeceira. No exato momento em que acendi a chama, no entanto, fui transportada de volta para aquele fatídico balcão com o pervertido da Flaxxön. Eu tinha que pensar sobre isso. Esqueça da minha metáfora de filmes de terror sobre monstros em porões. Da forma como o incidente se desenrolou, eu não tinha pensado no *motivo*, mas não tinha como escapar disso agora. Gemendo, peguei meu diário. Deixe eu pegá-lo agora; posso ler o que escrevi.

Possível razão #1: Tédio.

Besteira. Eu estava sentindo aquele barato de depois de se apresentar, estar cercada da minha família, amigos, colegas de banda e um monte de gente fabulosa que eu não conhecia. Tédio definitivamente não entrou na equação. Se eu quisesse me divertir, só precisava escutar uma das anedotas do Brian. Ou perguntar para alguém dos Tiger Pimps onde eles compraram os lenços. Ou mudar de lugar para poder ficar mais perto da Stella (porque perto da Stella, onde quer que seja, é sempre um bom lugar).

Possível razão #2: Eu estava bêbada.

Só que eu não estava. A adrenalina da apresentação deixou meu metabolismo todo acelerado — as duas ou mais (quem estava contando) taças de champanhe não fizeram nenhum efeito.

Possível razão #3: Dylan Stoppard era um homem muito importante, que queria contratar minha banda para o selo dele e era minha obrigação ser educada com ele.

Ah, por favor! Eu prefiro que me chamem de puta do que de idiota. Ser educada é dizer por favor e obrigado. Não quer dizer aceitar um encontro clandestino com um cara, não importa o quão poderoso ele seja.

Possível razão #4: Dylan Stoppard era gostoso e eu o queria.

Hmmm. OK. Uau. Agora nós estamos chegando a algum lugar. Algum lugar próximo. Algum lugar delicado. Dylan Stoppard era tradicionalmente ABB (alto, bronzeado, bonito). Além disso, tinha algo, eu não sei, de *bom gosto* nele. Pra começar, ele não usava nenhuma joia, nem mesmo o brinco que todos usavam. Joias em caras é uma coisa nojenta para mim. E a forma como ele me tratava era mais um motivo — interessado, mas indiferente ao mesmo tempo —, aquilo me intrigava, acho. Ele não olhava *para* mim como os outros caras, aquela adoração com olhos famintos. Ele não olhava para mim e pronto; ele olhava *através* de mim. Ele não via uma boneca de plástico ou uma deusa ou nenhum tipo de arquétipo de site pornô de segunda. Ele via uma pequena palhaça triste e atrapalhada.

Ele me via como eu mesma me via.

Foi a primeira vez para mim.

Então eu *queria* querer ele. Eu queria que Dylan Stoppard me fizesse sentir como nenhum outro cara (incluindo os dois com quem eu já dei uns poucos amassos) tivesse feito. Caras devem fazer você se sentir de um certo jeito, e eu queria... *aquilo*. Em um clube, às três e pouco da manhã, à luz de velas, com todo mundo com quem eu me importava festejando sem me notar no andar de baixo, me pareceu que Dylan Stoppard poderia me ajudar. Ele era diferente. Ele tinha mãos com dedos compridos que seguravam seu conhaque delicadamente, mas firme ao mesmo tempo, sem ser desengonçado. Ele era um homem que sabia segurar coisas. Ele era mais velho. Sentada na frente dele, fazendo as coisas que ele me falava para fazer, eu de repente me lembrei da Stella e da forma como ela se comportava quando Brian estava por perto. Você não precisava conhecê-la muito bem para saber que o Brian a fazia se sentir... *daquele* jeito. Stella brilhava na sua presença, sua temperatura subia uns dez graus quando ele estava no mesmo aposento. Stella é bonita, mas quando o Brian está por perto, ela é ainda mais bonita. Eu queria aquilo. E eu queria que a Stella soubesse que eu tinha aquilo.

Ah sim. Eu queria querer Dylan Stoppard. Mas quando percebi como seria ficar envolta por seus braços, finalmente identificando o que era aquele cheiro, o cheiro que não era do charuto no seu bolso, o *outro* cheiro... foi aí que eu comecei a ficar enjoada.

Então a Stella chegou e, bem, santo vulcão de vômito, Batman!

EME! EME! EME! Que é a forma shakespeariana de Merda! Merda! Merda! Eu tinha desistido da minha banda, mas, mais que isso, eu tinha desistido da Stella, desapontado ela, deixado ela na mão. Mais que tudo, tinha provado que ela estava certa a meu respeito: eu era a menina rica mimada e preguiçosa que ela sempre soube que eu era. Desistir tinha sido idiota, uma loucura, como se eu tivesse deixado meu cérebro na minha bolsa, se isso significava que Stella ia pensar coisas ruins sobre mim. E como as férias de primavera começavam na segunda, não iria encontrar com ela na sala de aula e a gente não poderia conversar sobre isso. Será que ela me odiava? Será que ela um dia ia ligar para mim? Será que eu devia ligar para ela? O que eu podia dizer? E a Kendall — eu tinha fortes indícios de que ela me odiava. Será que A/B pensava da mesma forma, já que com a minha incompetência eu acabei com suas possibilidades de ser um rock star? O que aconteceria na terça à tarde — será que eles iam se encontrar normalmente para o ensaio? Ou a minha saída significaria o fim do 6X?

Já era oficialmente amanhã. Na verdade, já era há um bom tempo. Eu me arrastei até a cozinha e espiei pela janela. De alguma forma, a vida continuava. Empregadas de uniforme chegavam para o trabalho. Um esquilo tremia num galho do outro lado da rua. Minha boca estava com um gosto nojento e minha barriga roncava, mas nenhuma quantidade de sorvete seria capaz de responder a minhas perguntas. Em vez disso, peguei o meu diário. Até domingo eu não tinha nenhuma resposta — mas eu tinha uma música. Eu a chamei de "Bliss de la Mess".

A Voz

A única coisa que minha mãe tinha para dizer quando entramos no carro que nos levaria do Stunt para casa foi:

— Bem, graças aos céus acabou.

Eu não perguntei o que ela queria dizer, mas eu imaginava. Será que ela estava feliz que a longa noite de brigas tinha acabado? Ou ela queria dizer que o 6X tinha acabado? Eu realmente esperava que não fosse isso. Porque mesmo depois de tudo eu não queria largar a banda.

Apesar de parecer que a Wynn tinha acabado de fazer aquilo. A forma como ela largou os bags da bateria dela comigo, como se ela ter arruinado nosso contrato fosse culpa minha, foi muito grosseira. É claro que eu explodi com ela, mas ela estava sendo egoísta e injusta. Pelo menos eu achava que estava, achava que ela merecia a minha ira. Todo aquele ódio horrível e nojento era assustador para mim, como um alienígena de ficção científica ou algo assim. Eu nunca tinha me sentido daquele jeito em toda a minha vida! Mas uma vez que eu descasquei na Wynn, botei tudo para fora. Depois que ela saiu do clube, comecei a me sentir mal — eu não estava tentando fazer ela sair da banda. Sério.

Assim que ela foi embora, o Sr. Wandweilder correu para mim, me disse para ficar tranquila e o Sr. Gaylord pegou os bags para eu não tropeçar. Eu me senti um pouco melhor imaginando que eles dariam um jeito em tudo. Honestamente, eu não queria mais me chatear com nada disso. Eu disse boa-noite a todos da forma mais alegre que pude e depois desmaiei no carro, antes mesmo de chegar ao Lincoln Tunnel.

No dia seguinte, minha mãe me deixou dormir até depois de meio-dia e eu tinha planos de encontrar as Taras. Elas são as minhas amigas do GEA!, Tara G. e Tara S., e eu nunca mais tinha encontrado com elas desde que deixei o grupo. Fomos ao multiplex assistir a um filme com as gêmeas Olsen e depois comemos comida chinesa. Foi bom ter um dia de folga. As Taras nem me perguntaram milhões de coisas sobre o showcase. Acho que elas devem estar com um pouco de inveja de eu estar em uma banda e fazer shows em Nova York, e todas essas coisas que nunca vão acontecer com elas, mas eu estava feliz de não falar sobre isso. Mais que tudo, Tara G. queria saber do A/B. Tara G. tinha ficado obcecada por garotos ultimamente; ela queria me contar suas paixões também — estava apaixonada por dois garotos diferentes ao mesmo tempo.

O domingo foi bem típico, igreja e tudo mais. Minha mãe e eu falamos sobre nossa viagem. Ela ia trabalhar apenas metade da semana e na quinta de manhã iríamos para Frog Level para uma visita. Ela não deu um pio sobre a banda e eu também não, embora ao tocar uma música da Jessica Simpson no rádio ela tenha comentado que eu cantava muito melhor que aquela "menina do reality show". Será que minha mãe queria dizer que eu devia voltar para aquele tipo de som? Oh, isso me fez tremer por dentro.

Chegando a segunda, o primeiro dia das férias, eu estava sozinha, sem nada para fazer. Passei a maior parte do dia assistindo TV com o telefone no colo, esperando que A/B me ligasse. Nós nos falamos ao telefone algumas vezes; ele é bem falante para um garoto. Minha fúria de sexta à noite não foi muito delicada — mas *foi* meio rock'n'roll — e eu fiquei imaginando o que ele tinha achado de tudo aquilo.

Além disso, se ele me ligasse, me ajudaria a esquecer a comichão incômoda que eu ainda sentia em relação à Wynn. Lá estava eu pensando que a Wynn era de um jeito — bailando pelo mundo sem ligar para nada —, quando na verdade ela era uma massa disforme de insegurança. E aqui estava eu, sem nenhuma das suas vantagens de beleza, altura, magreza e riqueza, mas muito confiante. Isso tudo é graças a Deus, com certeza. Deus deu meu talento e minha confiança; Ele inclusive me apresentou à voz dentro da voz. Eu tenho tanta sorte. Graças ao Senhor! Talvez eu pudesse falar com a Wynn sobre Jesus e ela pudesse se salvar. Isso seria maravilhoso!

Mas como eu poderia? Wynn tinha largado a banda, eu nunca a veria de novo. Pensei em ligar para ela e fingir que nada tinha acontecido — apenas ser eu mesma, tentar animá-la —, mas acabei vendo um seriado, a seguir um programa de jogos, e depois eu fiz uns queijos quentes e acabei deixando para lá.

O telefone tocou exatamente quando eu estava botando os pratos na pia.

— Alô, é a Kendall? Kendall, aqui é Susan, do escritório do Brian Wandweilder.

Eu fiquei desapontada:

— Ah — sussurrei. — Alô, Srta. Susan.

— Olá, querida. Escute, Brian quer mandar um carro para buscá-la; vai chegar aí em vinte minutos.

— Um carro? — perguntei a ela. — Por quê?

— Brian precisa que você venha até a cidade.

— Mas... por quê?

— Eu não sei, querida. Mas é muito importante. Você pode se aprontar em vinte minutos?

Muito importante... vinte minutos...

— Kendall?

— Oh, sim. Desculpe. Estarei pronta. Muito obrigada por ligar.

Ela desligou, e eu olhei para o telefone. Eu tinha que ligar para minha mãe...

Ou será que eu tinha mesmo? Verdade, como minha mãe-empresária, ela não ia querer que eu desse nenhum passo na minha carreira sem envolvê-la. Por outro lado, ela estava tão ocupada tentando acabar com todo o seu trabalho antes de viajar. Será que eu realmente tinha que perturbá-la? Não, isso seria falta de consideração. Troquei de camiseta, escovei os dentes e corri assim que o carro chegou na nossa casa. Mas quando eu estava metade dentro do carro, pedi para o motorista esperar. Corri até meu quarto e procurei debaixo da cama pelas minhas botas. Uma reunião muito importante com o Sr. Wandweilder? Eu imaginei que poderia precisar delas.

O Garoto

A falta de sorte de uma banda é a chance de outra estourar. E se eu tivesse que lucrar à custa de outra banda, não poderia escolher uma melhor que a Angel Blue. Que enganação. Angel Blue, a menina que canta, era de um grupo pop de meninas e de repente ela virou punk. Claro que você poderia dizer a mesma coisa da nossa vocalista, mas Angel Blue é uma piada. Cara, aquelas entrevistas que ela deu tentando ganhar credibilidade com os punks, e depois ela diz que nunca ouviu falar dos Ramones. Além do mais, sua banda é um monte de meninos bonitinhos de penteado igual e tatuagens de designer. Tudo isso seria desculpável se eles não fizessem aquele sonzinho punk de butique que soa como unhas num quadro-negro aos meus ouvidos. E o último hit deles, "So Suicidal"? Vamos apenas dizer que me fez querer pular de uma ponte. Por fim, mas não menos importante, e eu sei que a Stella ia me dar um tapa por falar mal de toda a população de um país, mas eles são canadenses.

Então quando nós nos reunimos no escritório do Brian para uma reunião de banda urgente, na segunda-feira depois do nosso showcase, e soubemos que tínhamos a chance de substituir a Angel Blue na trilha sonora de *Steal This Pony*, eu não consegui esconder um sorriso. Aparentemente, a coitadinha da Sra. Blue teve um acidente andando de skate no fim de semana, deslocando o ombro e quebrando algumas costelas. Ela teria que ficar no hospital por um tempo e o vídeo para o filme estava marcado para ser filmado na semana seguinte, sem espaço para atrasos no cronograma. Uma banda substituta era extremamente necessária, e teria que ser uma banda de adolescentes, porque o filme era um blockbuster para jovens, com metade dos atores jovens de Hollywood no elenco. Universe, a gravadora da Angel Blue, iria lançar a trilha sonora, mas não tinha mais nenhuma banda de adolescentes no seu elenco.

E foi assim que o destino salvou o 6X: aconteceu de a supervisora de música de *Steal This Pony* estar no Stunt na sexta-feira à noite, e ela gostou da gente. Especialmente de "Dirty Boots". Como todo mundo sabe agora, *Steal* é sobre uma menina vaqueira na malvada e perigosa cidade grande, com todo aquele tema kitsch do Oeste contra o Leste. Angel Blue tinha planejado tocar uma original deles chamada "Take the Reins", mas o nosso cover despretensioso do clássico do Sonic Youth podia dar certo. Você sabe: botas, poeira — qual é, deixa a desconfiança de lado.

No entanto, a supervisora de música não tinha moral para convencer Keith Leider, o cabeça da Universe, a nos dar o trabalho só pelo que ela disse. Então, mais coincidências, por favor: ela estava no bar, tomando cosmopolitans e reclamando da falta de moral dela para ninguém menos do que o nosso cara, Gaylord — que tinha acabado de capturar a performance de estreia do 6X na sua câmera de vídeo para a posteridade. Com o clipe na mão, na segunda pela manhã, foi um pulo para chegar à sala de projeção de Keith Leider. Leider ficou impressionado o suficiente para nos dar uma chance — se, claro, nós passássemos no teste.

Mas antes que Wandweilder pudesse explicar isso, algumas penas eriçadas das meninas precisavam voltar ao normal. Foi uma cena estranha — eu me senti como se estivesse passeando pelo set de um reality show cheio de estrogênio. Wynn já estava empoleirada no sofá, toda sem graça, quando eu entrei na sala. Cara, é difícil não imaginar o seio nu da minha baterista (que até hoje eu não vi, já que o vídeo do Gaylord está guardado no cofre de Wandweilder, a pedido da Wynn). Em seguida, Stella entrou, me cumprimentou, e se transformou num personagem que olhava para Wynn como se ela fosse a traidora. Wynn fez uma cara de gatinho de rua, como que pedindo desculpas, mas rapidamente desviou o olhar para o padrão do tapete da sala de Wandweilder. Por fim, chegou a Kendall, falando do trânsito sem parar, agindo como se ela não tivesse partido para cima da cozinha da sua banda alguns dias antes.

Brian e eu nos recostamos em gastas poses masculinas, esperando que as garotas resolvessem aquilo de alguma forma. Tudo que ele fez foi trazer uns mantimentos de loja de conveniência — Red Bull e chiclete Choward's Violet (para a Stella), Dr. Pepper e Butterfinger (o refrigerante e o doce preferidos da Kendall) e os ingredientes de Pom Spritzers (suco de romã e água Perrier) para a Wynn. Ah, sim, e Gatorade verde limão para mim. Com a Stella plantada arrogantemente sobre a mesa do Brian e Kendall escolhendo uma cadeira do outro lado do escritório, dava para cortar a tensão com uma faca de queijo e servi-la sobre uns biscoitinhos.

Brian saiu rapidamente e voltou mostrando os bags de bateria da Wynn:

— Eu acho que você pode querer isso de volta — disse ele.

— Obrigada — sussurrou Wynn para o tapete, pegando uma alça em cada mão delicadamente.

Intermináveis segundos desconfortáveis se passaram — e ninguém perguntou por que estávamos reunidos. Então Brian, encostado no lado da sua escrivaninha que não estava sendo ocupado pela Stella, resolveu começar um discurso, sua marca registrada:

— Vocês sabem, não acho que tive a oportunidade de falar como vocês foram maravilhosos na sexta à noite. Eu já vi muitas bandas, e o que eu vi no Stunt foi mágico.

Stella brilhou com o elogio; Kendall ficou radiante, como se isso fosse não só algo bom de se ouvir, mas também um presente. Só Wynn parecia indiferente.

— E, mesmo que a partir de agora o que quer que aconteça seja decisão de vocês, e eu vou respeitá-la, se eu pudesse oferecer o benefício da minha experiência... — como ninguém concordou nem discordou, ele continuou — isso tudo se resume a uma coisa, duas palavras: briga de banda. O tempo todo. Sim, o público vê a incrível química de vocês e pensa: "Uau, deve ser só amor entre esses caras". Mas não é assim que as coisas funcionam. A rivalidade entre Lennon e McCartney? Lendária! Os Ramones? Vinte e tantos anos de ódio puro. Limp Bizkit, The Vines, The Snooks? Todos os tipos de problemas.

Aos poucos as meninas começaram a trocar olhares.

— O que os manteve juntos? Vocês sabem a resposta: a música!

Ele pausou para beber um gole de água e medir a reação à sua pregação do rock'n' roll.

— Basicamente o que eu estou dizendo é que, apesar de o que aconteceu na sexta à noite ter parecido devastador e continuar parecendo ainda hoje, isso pode ser considerado, no grande esquema das coisas, não completamente intransponível. Quer dizer, se vocês quiserem superar isso, vocês são maduros o suficiente para conseguir.

Stella começou, nenhuma surpresa:

— Que se dane! As pessoas brigam, nada de mais — disse ela. — Eu não me incomodaria de deixar isso para trás, ser profissional.

— Bem, *eu* certamente sou uma profissional — disse Kendall, virada para Wynn, não para Stella. — Eu sou também uma boa pessoa. Eu acredito em perdão. A habilidade para perdoar é uma qualidade cristã maravilhosa.

Wynn suspirou:

— Sei lá. Apenas acho que eu não me encaixo aqui.

Esquentada, Stella deslizou de cima da mesa e marchou na direção da Wynn:

— Olha, eu realmente não quero ouvir esse papo de "eu não sirvo para nada" — disse ela, sentando ao seu lado no sofá. — OK, você não é a melhor baterista do mundo — o seu tom estava mais suave agora — e nenhum de nós quer uma garota nova na banda.

Isso arrancou um sorriso da Wynn:

— E se eu começar a me lamentar muito, vocês vão me avisar?

— Você pode estar certa disso — prometeu Stella. — Eu vou figurativamente, mas com firmeza, chutar o seu traseiro ao primeiro choramingo...

Cadê os violinos? Cadê os abraços calorosos? Isso é o que garotas fazem, não é, beijar e fazer as pazes? Mas elas não fazem isso. Elas apenas ficam sentadas trocando olhares expressivos.

— Obrigada, Stella — disse Wynn baixinho.

Timidamente ela estica sua mão e a põe sobre a mão da Stella:

— Eu... você... obrigada.

— Tudo bem — respondeu Stella.

— Ah, gente! — gritou Kendall saindo de sua cadeira e conseguindo de alguma maneira se posicionar entre Stella e Wynn, separando suas mãos. — Eu estou tão feliz que você está de volta, Wynn: eu simplesmente não conseguia imaginar o 6X sem você! — disse ela. — Não que eu tenha tentado por um segundo que seja!

Brian bateu palmas para interromper e nos falou sobre a oportunidade com a Universe. Antes que ele conseguisse terminar, as meninas já estavam a toda, elogiando as roupas umas das outras como se elas não se vissem há vinte anos e fazendo fofocas sobre Angel Blue. Nossa missão, se nós decidirmos aceitá-la, será ir até o escritório da Universe e tocar uma versão acústica de "Dirty Boots" para Keith Leider — às 18h30 daquela mesma tarde. Nós tínhamos cerca de uma hora para buscar nossos instrumentos no estúdio de ensaio (para Wynn, um pandeiro seria suficiente; não íamos levar a bateria inteira para lá) e sair para encontrar o homem.

Se nós conseguimos? Bem, eu estou aqui falando com uma câmera numa sala de conferência a poucos metros do escritório de Leider, então eu acho que vocês conseguem responder essa por vocês mesmos.

A Voz

Quanto mais alto o macaco escala o poste, mais você vê a sua bunda. Não é um grande ditado? É sobre sucesso — porque é muito importante sempre agir certo não importa o quão longe você vá na sua carreira. Não que isso seja fácil! Depois que nosso teste na Universe nos rendeu um lugar na trilha sonora de *Steal This Pony*, eu estava me sentindo o máximo — mas quando fomos para Frog Level, eu não me gabei nem um pouco. Eu era a antiga LuAnn novamente, sentada na varanda da casa dos meus avós.

O que tornou isso difícil foi a minha prima Carlene. Ela é só um ano e meio mais velha que eu, mas recentemente ela arrumou um noivo. Ele é um nerd que estuda numa escola técnica em Columbia, a capital do estado — eu o conheci e ele era simpático. Ela não está oficialmente noiva na realidade — o rapaz deu a ela apenas um anel de compromisso —, mas durante toda a minha visita, Carlene agiu como se fosse superior a mim. Especialmente quando descobriu que eu não tinha um namorado e nunca tinha tido. Você sabe o que eu tive vontade de contar a ela? Que eu não tinha tempo para namorados idiotas porque estava filmando um vídeo para a MTV. Mas não falei. Fui humilde.

E você sabe o que mais? Eu fui recompensada. Naquele sábado pela manhã, um caminhão da FedEx parou na porta da casa dos meus avós; eles nunca tinham recebido uma encomenda especial antes, então só isso já era excitante. O entregador tinha um envelope endereçado a minha mãe e todos nós nos juntamos ao redor dela. Minha avó pegou um lenço da manga para enxugar a testa — ela estava com medo de serem más notícias. Em vez disso, eram quatro ingressos para ver Alan Jackson e Martina McBride, que tocariam aquela noite em Charlotte, que é na Carolina do Norte, mas apenas a duas horas de Frog Level. Bons lugares, passes para o camarim e tudo mais. O Sr. Wandweilder os enviou com um bilhete para minha mãe nos aconselhando a ir se nós estivéssemos em sã consciência.

Bem, Carlene quase morreu:

— Quem mandou os ingressos? — perguntou ela. — Quem é Brian?

— Ah, ele é só um advogado do ramo de entretenimento que quer representar a LuAnn — disse minha mãe tentando fazer parecer que não era nada de mais.

— Você não quer dizer, um empresário? — perguntou Carlene, como se ela soubesse um pouco de tudo.

— Ah, não — disse minha mãe, displicentemente, se abanando com os ingressos —, é um advogado que está cortejando ela.

Carlene não acreditou:

— Um advogado? Por que motivo no universo a LuAnn precisaria de um advogado? O que ela fez de errado?

Aquela menina parece que usa sua ignorância como maquiagem.

— Meu Deus, Carlene — eu disse —, no mundo da música, se você quer arrumar um contrato de gravação, um advogado é a coisa mais importante.

Então continuei:

— É claro que não teria nenhuma forma de você saber disso, então não se sinta mal.

Bem, nós fomos ao show — minha mãe, eu e meus avós. Foi muito divertido, apesar de aquele som de Nashville começar a me incomodar depois de um tempo. As bandas eram afiadas e as performances eram claras e brilhantes, o que era meio que o problema. Onde estava aquele sentimento de imprevisibilidade, de que qualquer coisa podia acontecer? Eu estava sentindo falta daquilo — uma verdadeira menina do rock, que eu sou agora. Mesmo assim, eu não podia esperar para ir ao camarim. Então, depois da apresentação de Martina McBride, minha mãe e eu deixamos meus avós nos seus assentos (pessoas do interior podem ser tímidas assim) e fomos ver o que acontecia.

Nós não vimos Alan Jackson ou Martina McBride — eles deviam estar em seus camarins particulares —, e era difícil dizer se as outras pessoas circulando eram celebridades ou não. Uma senhora parecia uma membro do grupo SheDaisy, mas eu não tinha certeza. Quase todo mundo estava vestido de uma maneira elegante-casual — jeans e joias brilhantes — e eles falavam muito alto. Era glamouroso e você precisava de um passe para estar lá, mas as pessoas gostavam de agir como se fossem ao camarim dos shows com a mesma frequência com que vão à padaria. Havia bandejas cheias de frutas e frios e homens de gravata-borboleta serviam bebidas — todas de graça, pelo que pude perceber. Eu pensei nas pessoas fazendo fila para comprar salsichas e refrigerantes nas barraquinhas. Aquilo fez eu me sentir especial. Peguei uma uva.

Minha mãe e eu não puxamos conversa com ninguém; era mais uma experiência educacional para nós: então é assim que funciona um camarim de um show. Logo as luzes começaram a piscar indicando que o artista principal ia entrar no palco. As pessoas começaram a esvaziar o recinto. Enquanto saíamos, vi uma enorme tigela repleta de kisses da Hershey. Eu mergulhei minha mão e peguei um montão.

Minha mente começou a viajar durante o honky-tonk animado de Alan Jackson em seu chapéu branco. Eu pensei em como foi educado do Sr. Wandweilder mandar aqueles ingressos para nós. Mas o que a minha mãe falou de ele estar me cortejando? Acho que ele estava mais era cortejando a minha mãe. Até porque, antes de nós irmos para Frog Level, ela não tinha concordado em eu voltar para a banda, estar no vídeo, ou o que quer que seja. Tudo que ela falou para ele — e para mim — foi "vamos ver".

A Gostosa

A filmagem do vídeo de "Dirty Boots" aconteceu no quarto, talvez quinto anel do inferno — na verdade, um cavernoso armazém convertido em algum lugar de Astoria. E um elenco de apoio de malfeitores estava à disposição para ajudar.

— O que eu devo fazer com isso? — perguntou o cabeleireiro com um cacho de cabelo da Kendall como se ele estivesse coberto de antraz. — Quer dizer, de verdade... — resmungou.

— Não me pergunte — respondeu a maquiadora. — Essa criança deve comer caixas de chocolate, a pele dela podia resolver a crise do petróleo.

O cara do cabelo era careca, o que parecia suspeito, enquanto a maquiadora, com pescoço comprido e um coque apertado, lembrando uma bailarina, estava com o humor de quem comeu aranhas em vez de cereal pela manhã. Abaixo deles, em duas cadeiras de diretor, estávamos sentadas eu e Kendall. Tentei fazer contato visual com ela através do longo espelho na nossa frente, mas sua cabeça estava baixa. Tudo que vi refletido foi o rubo-rescer de vergonha que tomava conta do seu rosto.

— As raízes estão oleosas, mas as pontas estão ressecadas. Acho que ela não apara desde o primeiro casamento da Britney Spears — disse o cabeleireiro. — E, me desculpe, eu não corto cabelo no set, estou aqui para *pentear*.

Ele tomou um gole desesperado de café e suspirou, mas acho que tenho que lhe dar crédito: ele mexeu na cabeça da Kendall como se estivesse tentando levantar o fantasma de Kurt Cobain. Ele tentou de tudo — penteou, alisou, brigou com o topete e entrou em acordo com as pontas duplas. O tempo todo uma assistente de direção andava para lá e para cá batendo no pulso, o que só deixava o cabeleireiro mais agitado:

— Quer parar de bater no pulso pra mim? — disse ele sem paciência. — Eu sei exatamente que horas são. Tá na hora de eu ir embora desse set.

Nem o cabeleireiro nem a maquiadora fizeram muita coisa comigo antes de me liberar para o figurino, onde eu achei Stella deitada num banco com uma estilista em cima dela tentando fechar o zíper dos seus jeans com um alicate.

— Vamos lá, querida, puxa o ar com força só mais uma vez... — suplicou a estilista.

Os peitos da Stella, levantados pelo sutiã, estufaram enquanto ela puxava o ar.

— Isso mesmo! Agora segura!

De algum jeito, a estilista, ela mesma confortável em suas calças baggy e camiseta, teve sucesso na sua missão de fechar o zíper dos jeans estilo country sem pré-lavagem e intencionalmente muito apertados da Stella.

— Pronto! — exclamou. — Você pode se levantar agora, querida.

— Como você espera que eu faça isso? — grunhiu Stella do banco. — Eu não consigo me mexer. Eu não consigo nem respirar.

Acho que deixei escapar uma risadinha, porque tanto a Stella quanto a estilista olharam na minha direção.

— Cala a boca e me ajuda!

Stella esticou o braço. Sem esconder meu contentamento, segurei seu braço e a puxei.

— Cacete! — Stella tinha dificuldade em ficar em pé. — Agora eu sei como uma salsicha se sente.

Ela tentou agachar e caiu no chão; eu ri e a ajudei a se levantar novamente.

— Desculpe, querida, não existe nada mais sexy que uma calça marcando muito — a estilista encolheu os ombros. — Você vai se acostumar. E você pode escolher a camiseta que quiser.

Ela cruzou os braços e se virou para mim, dizendo:

— Bom, bom... estou pensando em algo como Emmylou Harris misturada com a Daisy Duke. Vaqueira elegante com um toque de vulgaridade. Tem um monte de tops curtinhos na última arara. Vai lá — ela me empurrou —, experimente.

O figurino me parecia cafona, vulgar — longe do meu estilo de sempre, mas perfeito para a MTV! Eu andei obedientemente até a última arara, me abaixei... e dei de cara com a imagem de A/B usando nada a não ser meias e cueca samba-canção. Eu não sei por quanto tempo olhei. É claro que eu já tinha visto caras de sunga na praia, mas, de alguma forma, ver o A/B de cueca era algo diferente. Especialmente se ele não fazia ideia de que eu estava atrás dele. E, admito, dei uma conferida. Suas pernas eram compridas e pálidas, mas mais fortes do que eu imaginava. Decididamente, uma bundinha durinha. Quadris inexistentes, costas e ombros magros. Enquanto imaginava como espiar um cara quase pelado devia me afetar, eu comecei a rir.

A/B girou e gritou de susto. Ao contrário de alguns caras bombados, o peitoral e o abdômen do A/B eram naturalmente definidos — seu corpo tinha um jeito natural de ser, como alguém que não se esforça muito. Claro que me fixei no seu torso porque meu instinto foi evitar os seus, humm, documentos. Mas suas mãos voaram para aquela direção e meu olhar não pôde fazer nada a não ser segui-las.

— Wynn! Merda!

Ele usou uma das mãos para arranjar um abrigo melhor — um chapéu de cowboy grande o suficiente para se esconder completamente. Isso levou A/B a retomar um mínimo de compostura e seu humor confiável:

— Então, Wynn, a não ser que você queira participar de um jogo de "Eu mostro o meu e você mostra o seu", você acha que podia deixar eu me vestir, por favor?

Fiquei feliz de ele fazer uma piada disso:

— Claro — disse eu, protegendo meus olhos com a mão, como se ele fosse radioativo —, mas você pode ir rápido? Eles querem que eu me troque também, você sabe.

Quando eu estava completamente vestida (por sorte, todos os tops curtos estavam muito curtos para mim, mesmo nos padrões da MTV, e eu acabei usando uma camisa quadriculada, com meus jeans cortados como bermuda, uma alternativa bem menos vulgar), Kendall finalmente chegou do cabeleireiro e maquiagem.

O cabeleireiro e a maquiadora estavam bem atrás dela:

— Meu Deus — disse o cabeleireiro olhando para o teto —, terminei.

Depois de uma olhada rápida em Kendall, tive que me segurar para não rir. Stella estava estranhamente calada — ela não fez nenhum comentário sarcástico. A/B apenas parecia chocado. O cabelo da Kendall estava dividido em três rabos de cavalo, um de cada lado, e outro saindo do topo da cabeça. Agora todo mundo já viu isso, claro... Aquilo fez o seu rosto parecer mais roliço, e, com a maquiagem do olho pesada, pele pálida de pó, e lábios laranja néon... bem, era surpreendente, um visual que alguma megera do hard rock como Courtney Love poderia usar. Mas Kendall? Antes que qualquer um de nós pudesse reagir, ela foi levada para o figurino, espremida em uma camiseta com franja apertada, uma minissaia jeans e umas botas de cowboy loucas — você lembra como aquele designer fez botas Timberland com salto agulha? Bem, agora ele está numa onda country.

O negócio com a Kendall é que, mesmo que ela tivesse um momento para reclamar, não acho que ela teria reclamado. Provocada, espetada, agredida verbalmente, ela aguentou o tratamento mais injusto e ainda cantou como nunca, take após take. Ela provou a profissional que ela é — impressionante. Talvez faça parte da sua natureza "o show deve continuar", ou talvez, lá no fundo, ela soubesse que o que quer que eles tentassem fazer ela parecer, ela era Kendall Taylor, e isso era tudo que importava.

A Chefe

Você quer saber quem é uma piranha? Eu vou dizer quem é uma piranha. Anderlee Bennett — ela é a porra da rainha do Planeta Piranha. Nos filmes ela é sempre a garota popular que é superlegal. Sim, bem, o 6X a conheceu de perto na filmagem do vídeo de "Dirty Boots", e aquela garota é uma piranha presunçosa e mimada de Hollywood, vinda de Connecticut.

Nós achamos que fazer o vídeo ia ser legal, mas o clima estava azedo desde o momento em que pisamos no set. Basicamente, todas as pessoas com quem nós entramos em contato eram escrotas ou estúpidas (adultos, por assim dizer, incluídos). Dava para se afogar no veneno, com certeza.

Eu conseguia entender uma parte da atitude. Depois que a Angel Blue saiu, eles tiveram que se virar para reconfigurar o conceito e os tamanhos e tudo mais para acomodar o 6X, mas, por favor. Conceito? Seu gato poderia ter pensado nisso entre as sonecas: a banda toca "Dirty Boots" enquanto uma máquina solta fumaça, rolos de feno passam e um cavalo — isso mesmo, um cavalo: cascos, crina, cocô — anda sem rumo, estupidamente, pra lá e pra cá.

Não existia muita interação direta entre nós e as estrelas de *Steal This Pony*, o galã-de-TV-transformado-em-garanhão-do-cinema Reid-Vincent Mitchell e a porra da supracitada Anderlee Bennett. Na maior parte do tempo, eles editaram imagens da gente tocando com cenas do filme. Mas, bem, como todos que viram o vídeo sabem, nós fizemos duas cenas com a realeza teen da Cidade das Estrelas. Reid-Vincent, que é lindo, mas burro como uma porta, precisava terminar logo de gravar porque tinha compromisso no set de outro filme, em Vancouver. Não é que as cenas que nós fizemos com eles fossem complicadas. Numa delas, nós não estávamos tocando nossos instrumentos, mas nos combinando em pares em diferentes formações — eu e Wynn, Kendall e Reid-Vincent, A/B e Anderlee —, e pulando de um penhasco falso construído no estúdio. Isso devia representar nosso sentimento de liberdade. Na outra, Reid-Vincent e Anderlee estavam montados no cavalo, passando entre nós, e a Kendall dava torrões de açúcar ao cavalo.

Não me pergunte o que aquilo devia representar, mas quem quer que tenha imaginado que seria uma boa ideia ter um cavalo passando perto de uma banda de rock tocando uma música barulhenta, devia pensar em trocar de carreira. Verdade: a versão do álbum, que ainda não tinha sido gravada, ia ser usada no vídeo, mas eles queriam a gente tocando de verdade pela autenticidade. Bem, o cavalo não estava ajudando, então tivemos que gravar a cena milhões de vezes. Em um take, o cavalo decidiu comer o cabelo do A/B. Em outro, ele empinou e sete — sem brincadeira, sete — assistentes de produção tiveram que correr pro set para acalmar Anderlee Bennett. Mas o pior foi quando o velho Trigger, ou qualquer que seja o seu nome, deu um cagadão no meio de tudo e nós tivemos que fazer uma pausa para deixar a equipe de limpeza entrar.

Eu estava com o cavalo, pensando, *Droga, eu não vim aqui para isso*. Era chato, era cansativo, e as pessoas nos tratavam como se tudo que dava errado fosse nossa culpa. Olhando para trás, imagino que nós éramos os sacos de pancada porque não éramos famosos ainda. Não éramos a Angel Blue, cujo primeiro álbum ganhou disco de platina; nós simplesmente não éramos ninguém. Mas vocês me conhecem, sempre soube quem eu sou, então eu não entendi direito na época — eu esperava ser tratada com respeito e não me sentir como se tivesse que pisar em ovos com ninguém.

Ops, minha culpa.

Era um saco ser maltratado pela equipe da filmagem. A maquiadora e o cabeleireiro foram o aperitivo da chatice. O "conceito" exigia que a vocalista usasse uma saia curta e confortável (ou será que tem uma cláusula contratual no sindicato das galinhas sobre isso?). Bem, a Angel Blue é um palito e a Kendall não é, o que levou o cabeleireiro a ficar fazendo comentários venenosos o tempo todo que ele estava cuidando do cabelo dela. E o pessoal da maquiagem e cabelo continuou falando mal de nós como se fôssemos A) objetos inanimados e B) muito feios.

Duas horas de cabelo e maquiagem depois, nós estávamos em volta da mesa do bufê, nos admirando enquanto mastigávamos cuidadosamente para não estragar nosso tratamento de beleza, quando o assistente de direção apareceu com Reid-Vincent e Anderlee. Enquanto ele nos apresentava, Reid-Vincent grunhiu alguns monossílabos e fixou o olhar entre os peitos da Wynn. Mas Anderlee Bennett fez a imitação de neandertal de Reid-Vincent parecer uma conversa com o Príncipe Encantado. Ela deu um enorme bocejo e deu as costas para nós.

O seu corte flagrante não adiantou, no entanto. Eu resolvi achar que era efeito do Xanax ou algo assim. Meu lado rude acordou depois que o cavalo resolveu cagar e alguns de nós voltarmos para a mesa do bufê para apreciar o novo carregamento de donuts Krispy Kreme.

— Filmagens são assim? Você faz a mesma coisa sem parar até que um cavalo caga ou algo parecido? — perguntei a Anderlee, que estava próxima, lambendo delicadamente a cobertura de um donut.

A piranha me ignorou. O cabelo da minha nuca se arrepiou. Literalmente passei minha mão no local para acalmá-lo, dizendo para mim mesma, *Não, não tire conclusões precipitadas, Stella. Ela não acha que você é invisível. Ela só está concentrada no seu Krispy Kreme.*

Então eu disse:

— Porque, caramba, isso é tão chato. Se isso é que é atuar, eu teria que cortar meus pulsos.

Anderlee se virou para mim com o nariz empinado e um sorriso docemente perplexo. Ela tocou o braço de uma mulher sentada ao lado dela, que devia ser sua assistente ou empresária, ou algum outro tipo de lacaia:

— Jennifer — disse ela com aquela voz de menininha que é sua marca registrada —, você pode dizer a ela, por favor — e com o *ela*, apontou um dedo na minha direção com a mão livre —, para não falar comigo. Eu já estou tendo um dia difícil como está e agora essa... pessoa... está interferindo na minha aura.

Jennifer olhou para mim com os olhos semicerrados.

— Isso não é justo — continuou Anderlee com sua voz infantil. — Eu disse a eles que tinha que ter um trailer só para mim, mas eles recusaram, e agora você veja,

veja só, o que acontece. Qualquer um da rua acha que tem acesso. Por favor, Jennifer, faça alguma coisa...

Jennifer não precisou fazer nada. Eu fiz alguma coisa. Deixei meu donut cair nos sapatos de Anderlee Bennett — não como um desafio, mas por puro choque — e saí, apenas me virei, e fui embora. Porque se eu não fosse, iam rolar uns puxões de cabelo, uns arranhões na cara, e uns tapas sérios, e aquilo ia realmente atrapalhar o cronograma.

A Gostosa

Fora do 6X, tudo estava um mar de rosas. O pessoal da Universe estava agindo como se nós, por conta própria, tivéssemos salvado a gravadora. Isso fazia Brian e Gaylord pularem de alegria, como dois universitários numa festa com cerveja liberada. Internamente, no entanto, uma espécie de gripe mental estava rolando. Era sutil, quase não dava para notar, como uma febre baixa ou uma ideia que você tem na zona do limbo logo antes de dormir. Talvez nem existisse mesmo, sei lá. Mas eu sentia uma estranheza fervilhante que começara na filmagem do vídeo e se recusava a ir embora.

Veja o exemplo do A/B. Se ele soubesse que estava sendo observado, falava mais alto e grosso que o Brian e o Gaylord combinados. Fingimento, claro — o A/B não é fresco, mas não é nenhum Sr. Testosterona também. Quando ele achava que ninguém estava prestando atenção, ele se encolhia dentro dele mesmo, quieto, taciturno.

E a Stella? Ela estava tão próxima de sair na mão com Anderlee Bennett, mas recuou. Nada a ver com Stella. O horror da filmagem do vídeo parece ter penetrado a sua pele, e ela não conseguiu voltar a ser como era antes. Não que eu queira ver Stella magoada de alguma forma, mas vê-la como vulnerável, humana... era estranho.

Mesmo assim, o prêmio de esquisitice vai para a Kendall. Eu já falei sobre como ela se saiu bem no set, mas assim que acabamos de gravar ela sumiu. O que é usual, nada anormal; a Kendall tem tendência a desaparecer. Naquele dia, no entanto, aquilo cansou a nossa paciência coletiva — tudo o que queríamos fazer era dar adeus àquelas pessoas horríveis, ir embora dali. Nós nos separamos, exaustos e de saco cheio, para ir procurar nossa vocalista errante. Eu enfiei minha cabeça no banheiro — Kendall? Kendall? — mas ela não respondeu. Uns 15 minutos depois, entrei de novo porque eu precisava usar o banheiro.

Procurando uma cabine livre para fazer xixi, vi os bicos pontudos de uma bota de cowboy se levantarem apressadamente. Kendall! Ela estava se escondendo ali o tempo todo. Entrei na cabine ao lado, tentando entender qual era o seu problema, enquanto eu fazia o que tinha ido lá fazer. Bem, eu poderia cruzar a Amazônia antes de isso acontecer. A Kendall é... impossível de se entender. Eu não ia fingir que não a tinha visto, mas eu estava com muito medo de confrontá-la. Então comecei a resmungar alto:

— Meu Deus, Kendall. Eu estou morrendo de vontade de sair logo daqui. Você não está?

Quando saí, ela estava em frente à pia. Água quente jorrava da torneira, mas ela não estava lavando as mãos; ela estava olhando para mim pelo espelho. Tinha um sorriso colado ao rosto e seus olhos não tinham nenhuma expressão. Parecia uma boneca de pano, juro. Eu nem mencionei que a estávamos procurando como doidos:

— Vamos lá — disse eu, colocando minhas mãos embaixo da torneira. — Nós temos que devolver essas fantasias estúpidas.

— Tá certo — disse Kendall. — Temos que devolver.

Fileiras de araras cheias de roupas formavam a área de troca. A/B não estava por ali; ele tinha colocado suas roupas de volta rapidamente. Stella estava sentada num banco, amarrando suas botas Doc Martens com cara de brava; ela murmurou enquanto nos aproximávamos:

— Finalmente...

Ignorando Stella, Kendall e eu nos abaixamos atrás das araras. Kendall se virou para o outro lado — ela é tímida para essas coisas, acho — e estava envergonhada, então eu me apressei e dei privacidade a ela.

Uma assistente de estilista estava esperando por mim, com cara de bunda, com as mãos estendidas.

Joguei um monte de roupas em cima dela e ela me olhou feio.

— Isso é tudo?

Ela realmente achou que eu ia roubar aquele short precioso?

— Tori! To-ri! — gritou, irritada, a sua chefe. — Para de enrolar e encha esse baú.

A assistente levou as roupas:

— Eu não estava enrolando — ela resmungou, saindo com o rabo entre as pernas.

Assim que a bruxa do figurino não estava mais à vista, Kendall saiu de trás das araras. Ela despejou uma pilha de jeans e camurça sobre um banco, então caminhou para a saída e se dirigiu a uma fila de carros prontos para nos levar para casa. Enquanto eu a observava indo na direção de um carro, percebi que ela não tinha tirado as botas de salto alto. Então eu me toquei. Não podia acreditar. Kendall estava dando no pé com as botas de pele de lagarto de designer que valiam uns mil dólares pelo menos. Os tênis com que ela chegou estavam abandonados no banco.

A Chefe

Você acredita que tínhamos o vídeo de "Dirty Boots" pronto antes de gravarmos a música? Tudo ao contrário. A Universe tinha um técnico que iria sincar a nossa música gravada com as imagens depois. Tudo que parecia importar era que o vídeo ficasse bom — e ficou. Até mesmo Kendall naquelas roupas de caipiranha e com aquela maquiagem cafona. A iluminação e os ângulos da câmera ajudaram, mas eu tenho que admitir: aquela menina tem presença.

Então todos estavam felizes e tudo mais... menos eu. Filmar aquele vídeo foi como nadar num rio de esgoto — tinha deixado uma gosma teimosa que eu não conseguia lavar. E, depois, ter que esperar para gravar? Veja, o Brian queria uma certa sala num estúdio específico e ela já estava reservada. Deixe-me contar, eu estava deprimida. Não, de verdade, eu ficava deitada na cama sem vontade de fazer nada. Quando o Brian sugeriu que nós saíssemos para fazer compras para celebrar o resultado do nosso vídeo, eu não me empolguei.

Era a última sexta-feira das férias. Brian nos encaixou entre reuniões, mas ele estava muito ocupado e não pudemos ir até o Village ou algum lugar bacana. Nós nos encontramos perto do seu escritório da Quinta Avenida, também conhecida como Central das Lojas de Perua. Sedosa como num anúncio de shampoo, os seguranças nem piscavam quando ela passava, Wynn andou pelos corredores da Sacks da Quinta Avenida, apreciando as mercadorias, mas sem comprar nada. Kendall descobriu a Coach e comprou uma bolsa, uma carteira e um chaveiro. A/B ficou maluco numa loja que vendia eletrônicos.

Brian assistia ao 6X gastar seu dinheiro como se ele fosse o Willy Wonka e o Rockefeller Center fosse a sua fábrica de chocolate. Demais para mim. Eu não conseguia aguentar — fui lá para fora e sentei num banco de madeira, tentando fugir daquela atmosfera. Tecnicamente estava um dia bonito. Quente o suficiente para usar apenas um casaco de capuz. Céu limpo. Narcisos e tulipas alinhados milimetricamente nos canteiros. Mas tudo que eu conseguia ver eram turistas irritantes andando pra lá e pra cá com seus ternos irritantes, posando para fotos, falando no telefone celular, e basicamente me irritando.

Argh!

Eu vi Kendall de relance pela vitrine da Coach, escolhendo entre azul-bebê e rosa-chá. Uma fantasia agradável veio à minha mente: eu entrava na loja com uma arma de paintball e acertava os acessórios de patricinha em tons pastel, as vendedoras e os não tão inocentes compradores com uma rajada de verde-vômito. O sonho durou pouco, no entanto. Eu simplesmente não conseguia me agarrar a nada de bom.

Foi quando Brian se materializou ao meu lado. Eu mantive meu foco num ponto na minha frente. Estava mais puta com ele do que com qualquer outra coisa — não me pergunte por quê. As coisas ruins da filmagem do vídeo não foram culpa dele. Talvez eu tivesse chegado ao meu limite de ficar junto da banda. Será que o Brian não conseguia arrumar a porra de uns trinta minutos para me ver sozinha. Nós podíamos fazer isso na encolha. Eu sei que ele não pode escolher favoritos, deixa só os outros verem ele me dando tratamento especial... Mas meia hora depois do trabalho, ele e eu, passeando pelo mercado de pulgas da Bleeker Street. Tempo bem gasto.

— Qual é o problema, Stella? O dinheiro da empresa não é bom o suficiente para você? — quis saber.

Eu nem olhei para ele. Sério, eu não ligava a mínima.

— Olha, eu sei que falei que isso era uma comemoração, mas a verdade é que eu quero me desculpar com vocês. Fiquei sabendo que a filmagem não foi exatamente um dia na praia.

Apenas bufei, então falei para ele em pensamento: *Esquece, essa sou eu, Stella Anjenue Simone Saunders, e você não pode comprar a minha simpatia.* Eu podia praticamente sentir seu coração e seu cérebro conspirando para descobrir o que dizer para acertar as coisas. *Bom*, pensei, *sofra*.

Nesse exato momento uma perua com um bronzeado de garrafa e um cachorro saindo da bolsa passou por mim. Eu balancei minha cabeça e grunhi. Brian teve a mesma reação. Por trás dos meus óculos escuros, olhei para ele de relance.

— Você vê, é isso que eu quero dizer. É isso que me surpreende — disse ele.

Do que ele estava falando?

— Nada escapa a você, Stella, não é verdade? Então, francamente, estou perplexo que de todos vocês, tenha sido justamente você que não percebeu. Você realmente está chateada porque não a trataram como a realeza na sua primeira filmagem? — ele estalou os dedos como eu faço, só que seu estalo não é tão alto. — Acorda pra vida, Stella.

Eu quase abri um sorriso, mas não estava nesse clima. Só um sorrisinho amarelo apareceu.

Brian entendeu aquilo como uma licença para continuar:

— Só existe uma razão para fazer o que você está fazendo: você ama tocar música com essa banda. É tudo parte do processo, no palco, no ensaio, na gravação. O resto é besteira. Você tem que manter as coisas em perspectiva.

Braços cruzados, pernas separadas — a pose dele era quase igual à minha. Ele continuou com a palestra:

— Aquelas pessoas na filmagem — disse ele — são a ponta do iceberg. Espere até vocês estarem oficialmente contratados. O seu A&R, seu advogado na gravadora, aquele que devia cuidar de você, nutrir seu talento, protegê-la dos fascistas? Bem, A&R devia significar "artistas e repertório", mas você vai descobrir logo que significa asquerosos e retardados. E não me deixe começar a falar sobre esses parasitas.

Olhei para ele de verdade pela primeira vez naquele dia. Ele não perdeu o ritmo:

— Empresários, gerentes de produto, jornalistas — explicou, sem explicar —, os puxa-sacos de hoje te esfaqueiam pelas costas amanhã.

De repente, parou de falar. Ele deve ter percebido que não podia me falar nada — eu tinha que descobrir as coisas sozinha. Ele baixou seu olhar dos arranha-céus para a rua e nós dois ficamos sentados calados. Depois de um tempo, ele me cutucou nas costelas e chegou perto do meu ouvido. Não pude evitar — senti minha defesa quebrar:

— Olha só — murmurou Brian.

À nossa esquerda estava essa... visão. Sapatilhas de balé, calças balonê, camisa de manga estufada, brincos de argola. A moça parecia uma figurante de *Piratas do Caribe*.

— Tudo o que ela precisa é de um tapa-olho.

— E uma perna de pau... — acrescentei.

Rimos privadamente. Nós nos sentamos um pouco mais perto. À nossa volta, as pessoas passavam, mas parecia que estávamos sozinhos, ou que éramos invisíveis, ou de uma outra espécie. Aquele mau humor, que tomava conta de mim há dias, milagrosamente foi embora de uma vez. Eu inalei um pouco do ar puro de Manhattan e deixei minha cabeça recostar sobre o ombro do Brian. Encaixou perfeitamente. Realmente estava um dia lindo.

O Garoto

Não tem nada de falso ou de malandro em Brian Wandweilder. Ele não força a barra ou intimida ninguém. Ele não o manipula com o cérebro ou o submete com a força. Mas, cara, ele conseguiria vender cerveja para os straight edges, bronzeador para os góticos, camisas polo para os punks. Pode ser por causa do seu entusiasmo verdadeiro — ele quer tanto algo e acredita nisso tão completamente, que convence você a ir junto. Ou talvez ele seja um motivador nato: ele descobre em um segundo o que você mais quer ou teme e fala diretamente sobre aquilo. Se você é inseguro, ele massageia seu ego; se você é durão, faz você se sentir mais forte; se você se acha engraçado, ri das suas piadas — dando a você o que você precisa, ele consegue tudo de você.

Ainda assim, eu acho que a maior pedra no sapato dele foi JoBeth Taylor, a mãe da Kendall. Ela é outra que eu não consigo entender — a mãe de artista mais estranha que eu vi na Terra. Ela quer que a Kendall tenha sucesso, mas ao mesmo tempo ela resiste a cada manobra de Wandweilder. É uma loucura. Kendall me disse que ela não entende também.

Um dia, no entanto, Brian a levou para almoçar. No dia seguinte, ele estava como Aquiles em Troia. O herói conquistador. Não só conseguiu dobrar a Sra. Taylor a aceitar o contrato da Universe, mas deu outro enorme golpe a respeito do dia a dia de sua filha. No próximo semestre, Kendall ia trocar a escola normal por um tutor particular, à custa da gravadora. E a Universe ia fazer mais. É uma boa gravadora, compreensiva; ela sabe como é difícil ir e vir para a cidade para fazer as coisas que um futuro rock star deve fazer. Por isso Kendall vai se mudar para um apartamento só para ela, a 14 andares do East Village, lugar inspirador de criatividade e onde tudo acontece. Muito legal.

A Voz

Muitas coisas incríveis com que eu nunca tinha sonhado começaram a acontecer de uma vez. O vídeo, claro. Uma estreia de filme — o 6X foi convidado para a festa de *Steal This Pony*. Meu próprio apartamento — oh, meu bom Jesus. Minha mãe concordou com o apartamento porque é nas Teen Towers. Ah, ele não tem esse nome na entrada ou nada desse tipo, mas um monte de jovens atores e músicos mora lá. O edifício tem inclusive acompanhantes para quando seus pais não podem estar lá. É bem chique — a entrada tem carpete roxo e vidro fumê —, mas minha mãe se esforçou ao máximo para me arrumar o melhor apartamento lá.

Doce como uma torta e forte como aço, assim é a minha mãe:

— Oh, esse é um lugarzinho bonitinho, mas eu duvido que seja o suficiente para Kendall — disse ela ao corretor quando nós fomos ver. — Minha filha, Kendall Taylor? Ela precisa estar voltada para o sul. Ela é uma cantora, você sabe, vocalista do 6X? E cantores precisam de muito sol. Eu tenho certeza de que Keith Leider, o presidente da Universe Music?, bem, ele não ia querer sua mais brilhante nova estrela num apartamento *sombrio*.

Ela estava batendo nas paredes, medindo tudo com sua cabeça e dizendo coisas como:

— Esse é o único armário? Bem, ele é ótimo e tudo, e eu tenho certeza que é grande o bastante para uma adolescente normal. Mas posso te dizer quantas grifes têm entrado em contato sobre patrocínio! Além do mais, você sabe como estilistas adoram dar presentes para celebridades, para as pessoas verem suas peças. Seria questão de tempo até Kendall acabar com esse espaço mínimo. Tem que existir um apartamento com um closet.

Foi legal escutar minha mãe negociar. Todo aquele papo de contratos de patrocínio, bem, foi a primeira vez que eu ouvi falar daquilo. Certamente nenhum estilista me deu nada mais que uma meia (a não ser que você conte as botas da filmagem do vídeo — era claro que Manolo Blahnik *queria* que eu ficasse com elas, já que não as pediu de volta). Não é que minha mãe estivesse mentindo; como ela disse, era só uma questão de tempo — e aquilo me fez parecer importante. Meu Deus, eu tenho sorte de ter uma mãe tão esperta. O acordo que nós fizemos é que eu vou ficar nas Teen Towers quando tiver compromissos na cidade, o que é a maior parte do tempo ultimamente; fora isso, ficarei em Nova Jersey como uma pessoa normal. Minha mãe me deixando fazer isso mostra o quanto ela confia e acredita em mim, e isso é um sentimento tão bom.

Isso mostra o quanto a Universe acredita em mim também, já que eles aceitaram pagar a conta mesmo antes de o 6X ter assinado. Nosso contrato de verdade estava dependendo de como "Dirty Boots" ia se sair. Naquele momento, a gravadora tinha um acordo de desenvolvimento conosco, o que basicamente mantinha outras gravadoras afastadas de nós. Honestamente, era muito complicado e eu estava feliz de não ter que me preocupar. Tudo que eu tinha que fazer era cantar.

Mas o apartamento nem era a melhor parte. Alguém que não me conhece pode achar que tudo o que eu quero é fama e fortuna, mas a verdade é que eu sou uma garota normal. Quero as mesmas coisas que todas as meninas no colegial querem. E, sim, posso ser um pouco insegura sobre essas coisas. Com a minha voz, eu sou muito confiante porque confio em Deus e no dom que Ele me deu. Mas com algumas coisas — coisas pessoais, sociais —, sou tão insegura quanto qualquer um.

Coisas como saber se um garoto gosta ou não de mim. Isso pode ser muito difícil de dizer, já que os garotos nunca querem mostrar seus sentimentos. Mas agora eu sei com certeza que A/B gosta. Gosta de mim, quero dizer. Ele deve gostar. Pois outro dia, depois das compras, nós estávamos andando no centro da cidade juntos — eu estava indo pegar o ônibus para Port Authority, e ele estava indo para a Penn Station para pegar o trem. Agora eu tenho um truque para falar com A/B, para que não existam silêncios constrangedores: eu pergunto a ele sobre coisas de escola — ele está no último ano e já passou por tudo que eu estou passando no segundo ano. Esperto, não? Naquela tarde eu perguntei a ele sobre geometria.

— Não sei responder, Kendall — respondeu A/B.

Com tanta gente passando na rua, gostaria que nós estivéssemos de mãos dadas.

— Desde que eu comecei a aprender trigonometria ano passado, geometria foi apagada da minha mente.

— Ah, tudo bem — disse eu.

Continuei — é muito importante, quando se está conversando com garotos, fazer muitas perguntas:

— Deve ser ótimo não ter que ter nenhuma aula de matemática esse ano. Você gosta de estar no último ano? Qual é a melhor parte?

— É legal — disse ele, encolhendo os ombros. — Eu estou meio... desligado.

— Deus, eu nem consigo imaginar isso — contei a ele. — Pessoalmente, eu adoro a escola.

Nós havíamos chegado à Rua 42 — onde íamos nos separar —, mas eu queria tanto falar mais com ele. Puxei sua manga:

— Na verdade — disse —, fico triste quando penso que no ano que vem vou ter um tutor.

A calçada estava tão movimentada — eles não chamam a Times Square de encruzilhada do mundo à toa —, que eu tinha que gritar.

— Ah, qual é, Kendall, não fique triste — gritou A/B de volta. — Vai ser ótimo, eu prometo. Nada de lanchonete fedorenta. Nada de ter que pegar um passe quando você precisar fazer xixi. Nada de educação física!

Eu sorri para ele — ele realmente estava tentando fazer com que eu me sentisse melhor.

— Mas nada de jogos de futebol americano? Nada de festa? Nada de baile de formatura?

Ele encolheu os ombros de novo:

— Isso é realmente muito importante?

Aquilo me chocou. Até os maiores nerds sabem que o baile de formatura é o auge da experiência do colegial.

— A/B Farrelberg, não seja ridículo! — exclamei. — Você sabe muito bem que o baile de formatura é a melhor noite da sua vida. Para uma menina, pelo menos. O vestido, o penteado especial, o buquê... e, bem, tudo.

— Jura? — disse ele olhando para a esquerda e para a direita.

Puxei a manga da sua camisa novamente para ele olhar para mim.

— Bem, se é tão importante assim, você quer ir no meu?

Naquele momento, parecia que um terremoto tinha atingido a Times Square. Eu tinha que me concentrar em manter meus pés no chão e não cair em cima da vitrine do Bubba Gump. Néon pulsava ao nosso redor, eu quase conseguia ouvir o zunido:

— Seu...?

— A parada do baile de formatura — disse ele. — Você quer ir?

— A/B! — gritei e segurei seus dois braços porque se eu fosse bater na vitrine do Bubba Gump, queria que ele fosse comigo: — Você acabou de me fazer a garota mais feliz de todo o mundo!

O Garoto

Quando a banda se reuniu novamente foi num lugar sagrado. Hit Factory, o lendário estúdio, com um nome que combina muito bem com ele. Se aquelas paredes acusticamente perfeitas pudessem falar — elas não falariam, elas cantariam. Eu não estava sonhando — me belisquei — eu estava realmente lá, gravando "Dirty Boots", o single para a trilha sonora de *Steal This Pony*, oferecimento daqueles simpáticos colecionadores de sucessos na Universe Music.

Sim, o cronograma estava todo errado, fazer o vídeo, voltar para a escola por algumas semanas depois das férias, e então matar aulas para as sessões de gravação. Isso realmente não me preocupava. Me formar no colegial era a menor das minhas preocupações.

Uma vez que estávamos no estúdio, só conseguia pensar em "Dirty Boots". Alan Slushinger e eu trabalhamos no meu solo de guitarra em dolorosos detalhes; eu tocava, ele escutava, nós nos arrepiávamos. O som daquela sala! Eram múltiplos orgasmos sônicos para mim.

— Tá certo, então esquece tudo que ensaiamos — disse Alan quando chegou a hora de eu gravar minhas guitarras.

Fiquei tão surpreso, que deixei cair minha palheta.

— Não, sério — disse ele. — Você tem a habilidade necessária, Gafanhoto, você está em ótima forma. Mas tem que ser espontâneo. Você não quer deixar de lado as imperfeições. Isso é, como dizem os poetas, somente rock'n'roll...

— Sim, mas...

Mas o quê? O 6X não podia ter pedido um produtor melhor que Slushie. Ele tinha produzido todos os discos do Windows by Gina e mais um monte de outros artistas legais. O cara tem ouvido excelente, ótimos instintos — tinha feito um trabalho maravilhoso na música até ali. O baixo e a bateria tinham uma pegada que parecia que o Armagedom estava chegando — você podia sentir o *cheiro*. O feedback na minha guitarra principal fazia ela soar sombria, barulhenta, brilhante. E os vocais? Slushie trabalhou até altas horas tirando coisas da Kendall que me deixaram embasbacado — ela soava inocente, ameaçadora, feroz e cansada ao mesmo tempo. A música estava praticamente pronta; tudo o que faltava era o meu solo. Slushie era o cara — eu tinha que confiar nele.

— Cara, não se preocupe — ele me assegurou. — Nós temos tempo e fita de sobra. Você vai acertar essa parada.

E eu acertei. Umas 17 vezes. Cada vez que eu tocava o solo, ele soava um pouco diferente e, modéstia à parte, incrível. Eu não sabia como a gente ia escolher uma versão para entrar na música.

Eu estava no topo do mundo. Tirando que eu estava completamente fora da realidade. Enquanto tivesse minha Danelectro na mão, eu estava bem. Mas assim que eu parava de tocar, meu cérebro voltava para o modo biruta. No começo do ano, eu tinha me inscrito para duas faculdades como o BGJ que sou. Naquela semana, fiquei sabendo das boas novas: eu tinha sido aceito em ambas. E eu tinha tomado uma decisão: não ia fazer nenhuma das duas. Só não sabia como contar isso para os meus pais. Isso os mataria. Ou eles culpariam — e matariam — um ao outro. Ou eles juntariam forças e me matariam. Um banho de sangue iria acontecer, de qualquer forma que eu olhasse para o problema.

E, no mais, eu não estava pensando direito em outras coisas e acabei caindo num barril de merda. Vou ter que cometer um pecado capital, algo que jurei que nunca faria. Eu me meti numa armadilha, fiquei preso numa árvore, encurralado, pego. Meu destino está selado — não tem como eu sair dessa: vou ter que ir ao *baile de formatura*.

A Voz

Gravar é realmente um trabalho árduo! Nas sessões de "Dirty Boots", o Sr. Slushinger queria o tempo todo ouvir diferentes versões — ele dizia coisas como "Agora faz o vocal escorregadio" ou "Cante do seu lugar secreto". É claro que eu dei cento e dez por cento de mim, mas foi um trabalhão, e mesmo que eu nunca tenha sonhado em ser grosseira com o meu produtor — ou com qualquer um, na verdade — algumas vezes eu deixava escapar alguma coisa desbocada. E se por acaso as sessões atrasassem e ficássemos sem Dr. Pepper? Isso aconteceu uma vez e eu fiquei muito fula; fiz o estagiário do estúdio sair para comprar mais para mim, e quando ele comprou diet, em vez do normal, bem, eu odeio refrigerante diet, o gosto é estranho, então tive que mandar ele sair de novo.

Esse é o princípio da coisa. Eu sou Kendall Taylor e devo ter o que quiser. Estou me tornando uma estrela agora e espero ser tratada como uma estrela. Eu não vou deixar as pessoas pisarem em mim. Como na filmagem do vídeo, quando peguei aquelas botas. Eu simplesmente estava tão irritada pela forma como aquelas pessoas me trataram — como eles ousam!? Mesmo que eu tenha que ter me trancado no banheiro por vinte minutos para botar os nervos no lugar, bem, aquelas botas são minhas agora. E toda vez que eu as uso, sinto dentro de mim que eu mostrei a eles! Além do mais, é importante para uma pessoa requisitada estar pronta para os paparazzi o tempo todo. O problema é que eu provavelmente podia ter alguma ajuda nessa área. Porque algumas vezes que eu li a *Teen People* — aquela coluna de in/out onde falam da moda das celebridades —, eu preferi, na verdade, os outs aos ins. Ia ser o fim do mundo acabar ali.

Decidi falar com a Wynn. Ela realmente sabe das coisas finas. Nós estávamos sentadas na recepção chique da Universe, esperando eles nos mostrarem o nosso vídeo sincado com a música. Deus, era uma época de nervosismo — nós ouvimos falar que a MTV estava louca pelo clipe e estávamos ansiosos para a estreia. Mas A/B estava atrasado, algum tipo de descarrilamento no seu trem de Long Island. Por sorte, uma estagiária muito eficiente estava cuidando de nós, nos trazendo revistas e nos servindo bebidas, e quando eu disse a ela que eu estava morrendo de fome, disse que sabia onde alguém guardava um carregamento de M&Ms. Como éramos só nós, as meninas, achei que eu ia aproveitar e conseguir alguns conselhos de moda. Sentei perto da Wynn e perguntei para ela muito casualmente:

— Ei, posso fazer uma pergunta?

Ela lambeu a espuma de cappuccino dos seus lábios e disse que é claro que eu podia.

— Bem — disse eu —, andei pensando sobre a estreia de *Steal This Pony*, sobre como vai ser chique e o que eu devo vestir.

Stella olhou por cima da sua revista, enojada. *Steal This Pony* era o assunto de que ela menos gostava.

— Quem dá a mínima? Nenhuma daquelas pessoas do cinema liga para a gente; a estreia vai estar cheia de paparazzi para essas revistas idiotas. Eu pretendo ir de jeans, e eles podem ir pra puta que pariu se não gostarem.

Então, acredite, Stella deitou no sofá como se ela vivesse na recepção da Universe, com os tênis nas almofadas e tudo mais. Ela abriu sua revista novamente. Fim da discussão. Como se ao menos eu tivesse falado com ela. Olhei para Wynn.

— Na verdade, acho que Stella está certa. Você pode praticamente vestir o que quiser — disse ela. — Olha na *In Style*. As estrelas aparecem no tapete vermelho de qualquer jeito. Você pode usar um jeans e um top elegante e vai estar excelente. Ou você pode usar um vestido bonito. Ou você pode ir além e usar um longo.

Um longo, eu pensei. Isso ia ser maravilhoso:

— Você decidiu o que você vai usar?

Wynn tomou um gole do seu cappuccino, pensativa:

— Na verdade, não — respondeu ela. — Mas agora que você falou disso, hmmm...

Eu a imaginei passeando pelo o armário, mentalmente revistando pilhas de saias e vestidos e sapatos.

— Eu provavelmente vou escolher a opção do vestido bonito — disse ela quando acabou de fazer seu inventário. — Não que eu não tenha nada que goste. Acho que está na hora de pegar o cartão de crédito Gold da minha mãe emprestado — Wynn soprou a franja. — Ela vai ficar tão feliz.

Bem, eu duvidava que a minha mãe tivesse um cartão de crédito Gold para me emprestar, mas eu imaginava que ela me deixaria comprar algo novo para uma ocasião especial. Conhecendo minha mãe, no entanto, ela insistiria que, o que quer que eu comprasse para a estreia, teria de usar no baile de formatura do A/B também. Ela é assim e não vai mudar. Mas esse era o meu problema — eu teria que achar algo que servisse para as duas ocasiões.

— Wynn...? — oh, eu achei que ela podia me ajudar. — Você acha que a gente pode fazer compras juntas? Vai ser muito bom ter a sua opinião, principalmente porque, o que quer que eu compre para a estreia, vou ter que usar para o baile de formatura do A/B e...

— O quê?

Wynn sacudiu sua cabeça como se tivesse traças nos seus ouvidos.

— O QUÊ? — gritou Stella do sofá.

Chega de ela ser muito cool para a nossa conversa. Ela se levantou, marchou até nós e cruzou os braços na frente do peito.

Eu olhava para as minhas duas companheiras de banda, uma de cada vez.

— Caia na real — falou Stella crescendo para cima de mim. — A/B? Indo no baile de formatura?

— Stella... — disse a Wynn, como se estivesse tentando evitar problemas.

Mas não tinha como parar a Stella.

— Com *você*? — disse ela. — Sem chance...

Então ela caiu na gargalhada.

A Gostosa

Fazer compras com Kendall foi... interessante. As coisas que ela escolhia. Horríveis. Laços em cima de laços. Lantejoulas com lantejoulas. Eu tentei guiar, mas ela tem um mau gosto terminal.

— O que você acha disso?

Eu sugeri um crepe da China. Abaixo do joelho com a cintura alta. Ia combinar com o corpo dela.

Kendall torceu o nariz:

— É tão simples — disse ela — e tão... *preto*.

Ela pegou uma monstruosidade de chiffon fúcsia e azul-turquesa e segurou sobre o corpo. Suspirei. Não tinha jeito. Então ela olhou a etiqueta e se calou. Decidimos dar uma olhada em outro departamento, e enquanto esperávamos pelo elevador, algo memorável aconteceu.

Uma garota veio andando na direção do elevador. Ela devia ter uns 12 anos, com o corpo de um barrilzinho, roliça e desajeitada. Enquanto sua mãe falava ao telefone celular, sem dar a mínima atenção a ela, a garotinha olhou para nós — para a Kendall, na verdade. Visivelmente surpresa, com os olhos do tamanho de bolinhos, ela levantou o braço, apontando o dedo.

Qual é o problema dessa criança?, fiquei pensando.

Mas a Kendall sabia. Ela balançou a cabeça e sorriu cordialmente. Isso fez com que a menina ficasse ainda mais alucinada, e quando Kendall andou na sua direção, achei que íamos ter que chamar a emergência. Um grito histérico saiu da menina. Seu corpo inteiro começou a tremer. Ela estava tendo um ataque, juro. Não conseguia ouvir o que falavam — elas estavam a uns bons cinco metros de mim —, mas Kendall e a pequena barrilzinho estavam brilhando como satélites.

Então a menina começou a puxar tão forte o braço da mãe, que a mulher quase deixou cair o telefone. Depois de um curtíssimo ataque de ódio, a mãe parecia quase mais excitada que a filha. Ela abriu a bolsa e remexeu cegamente dentro dela, nunca tirando os olhos da Kendall. Saíram da bolsa uma caneta e um monte de envelopes — contas, convites, o que quer que seja. Kendall pegou um, escreveu algo e entregou-o à menina. Quando ela se abaixou para apertar sua bochecha, a menina jogou seus braços gorduchos e sardentos em volta do pescoço da Kendall e se pendurou. As outras pessoas no saguão do elevador estavam olhando a essa altura. Você podia sentir a área toda cochichando.

Eu sou tão estúpida. A cena se desenrolou bem na minha frente, e ainda assim eu demorei uma eternidade para perceber que Kendall tinha sido reconhecida por uma fã. Ela assinou um autógrafo — o primeiro de muitos.

Por mais que tenha sido surreal, fazia um certo sentido. O vídeo de "Dirty Boots" tinha estreado na MTV naquela semana — peça promocional de *Steal This Pony*, que estrearia na sexta seguinte. E foi um sucesso. Um sucesso instantâneo. Claro, com uma forcinha de Hollywood para impulsionar; foi assim que o vídeo foi apresentado no *Brand Spanking New*. Mas ninguém esperava que o vídeo decolasse como aconteceu.

Hoje todo mundo já viu; ainda está nos mais pedidos. E claro que "The Kendall" — o look que ela usa no vídeo — pegou na hora que "Dirty Boots" apareceu. Três rabos de cavalo, minissaias insinuantes, batom laranja. Finalmente as pré-adolescentes tinham um modelo a seguir.

Mesmo que você não use o look, se você se sentir muito gorda, ou muito idiota, ou muito qualquer coisa, ou que não é algo o suficiente, você olha para a proliferação do "The Kendall" nas ruas de cada cidade e você fica feliz.

Ah, e todas aquelas meninas que sempre se sentiram muito cool e magras, privilegiadas e lindas, acima de todo o mundo — as meninas perfeitas de plástico —, elas olham para "The Kendall" e, admitindo ou não, ficam um pouco nervosas.

O Garoto

O Tempo estava do meu lado, ah ele estava.
Logo depois que mixamos "Dirty Boots", o single magicamente apareceu na internet. Não, de verdade, eu não sei como foi parar lá, mas suspeito que o diabolicamente brilhante Gaylord Kramer tenha tido algo a ver com isso. De qualquer forma, ficou lá uns dois dias juntando poeira virtual. Então o vídeo estreou no Brand Spanking New e um frenesi de downloads começou. A resposta foi tão gigantesca que Keith Leider, o chefão da Universe, atrasou tudo no seu cronograma para ter tempo de discutir com Brian os detalhes do nosso contrato. Dois discos, ajuda maciça para excursionar... não, não, não, eu não posso revelar quanto dinheiro.

Realmente espero que o valor não vaze. As pessoas já têm razões suficientes para resmungar do 6X — é o lado ruim da fama repentina. E, tudo bem, talvez nós tenhamos saído do nada, talvez Wynn e Stella mal saibam tocar seus instrumentos. E daí? Talvez o universo tenha se alinhado a nosso favor porque nós queremos muito, nós merecemos, nós trabalhamos pra cacete, e nós somos tão bons quanto qualquer bandinha alternativa de merda que a indústria revela. É assim que eu gosto de pensar sobre isso, de qualquer forma.

O bônus? Me deu a melhor desculpa no mundo para contar a meus pais que eu não ia para a faculdade. Um contrato de não-posso-dizer-quanto.

A Chefe

Sushi, camarão jumbo, patas de caranguejo, caudas de lagosta — tinha mais vida marinha na festa da estreia de *Steal This Pony* que no aquário de Coney Island. Para os carnívoros, um rosbife do tamanho de um brontossauro era fatiado por um cara vestido de cowboy. Caldeirões de chilli e barris de guacamole seguiam o tema country, assim como os canapés — pequeninas quesadillas e pequenos tacos. Além disso, pastéis e biscoitos, morangos do tamanho de um pulso cobertos de chocolate e baldes de frutas exóticas. Uma variedade e tanto, vou te contar.

O filme — que surpresa — era horrível. Mas eu, de alguma forma, sobrevivi às atuações de Anderlee Bennett e Reid-Vincent Mitchell, e nós todos nos enfiamos numa limusine para ir à festa. Apesar de tudo, eu me diverti horrores. Nosso vídeo tinha estourado àquela altura, então todo mundo queria nos conhecer. Fotógrafos tiravam fotos nossas e jornalistas, com ou sem câmeras, faziam perguntas estúpidas do tipo o que nós achamos do filme e como é se tornar conhecido.

Reid-Vincent Mitchell tinha vindo direto de Vancouver para o evento, e ele estava agindo como se ele e o 6X fossem amigos de infância. Até mesmo aquela vaca da Anderlee Bennett estava se comportando bem, posando para fotos com os braços em volta de nós. Piranha falsa. Tudo aquilo era revoltante, mas são os ossos do ofício do showbiz.

Eu andava pela festa como se fosse a dona do pedaço, com Wynn grudada em mim como se fosse um fiapo. É engraçado, ela é toda rica e linda, você imagina que ia se sentir em casa, mas ela parecia um rato na convenção dos gatos. Segurava minha mão e me deixava levá-la através da aglomeração. Era muito irônico — ali estava uma gata por quem todos os caras da festa estavam babando, e ela estava grudada em mim.

Andando sem rumo, procurei A/B. Ainda não tinha tido a chance de tirar satisfação com ele sobre o seu par no baile de formatura. Mas quando o encontrei, conversando com Brian, de repente perdi a vontade de dar um esporro nele. Um baile do colegial? Era muito imaturo para mencionar na frente do Brian.

Nós quatro ficamos lá comendo morangos e jogando conversa fora, e de repente fiquei desesperada, pensando como seria bom se fôssemos só Brian e eu, sozinhos em algum lugar, observando o circo, fazendo comentários sobre tudo. Eu estava quase propondo isso a ele — era só chegar de mansinho e sussurrar isso no seu ouvido —, quando aquela chata da Denni, Danni, a rainha da fofoca na internet, apareceu na nossa frente usando uma camiseta de anime, minissaia em camadas, meia-calça de bolinhas e um balde de plástico daquele de levar para a praia como sua bolsa:

— Ah, meus favoritos! — gritou ela. — Como eu amo vocês! Como vocês são brilhantes e geniais! Eu preciso tirar uma foto para o site. Onde está meu fotógrafo...?

PARTE TRÊS
Tempo Real

"My body — my decision/I defy your x-ray vision/Don't stalk me with your hungry stare/That's why it's called underwear."
(Meu corpo — minha decisão/Eu desafio sua visão de raios X/Não me persiga com seu olhar faminto/É por isso que chamam de roupa de baixo)

— "(I'm not a) Lingerie Model"

"Somewhere west of Amsterdam/How can you know who I am?/Daddy, I don't give a damm."
(Em algum lugar a oeste de Amsterdã/Como você pode saber quem eu sou?/Papai, eu não dou a mínima)

— "My Real Dad Lives In Prague"

"Uch! Scat! Shoo! I don't care how popular you are — I can't stand you!"
(Uch! Scat! Shoo! Eu não ligo para o quão popular você é — eu não suporto você!)

— "Hello Kitty Creeps Me Out"

Letras de Wynn Morgan
Música de Morgan/Saunders/Taylor/Farrelberg (HotShit Music — BMI)

A Chefe

Chega de histórias do passado. Chega de como nós nos conhecemos, começamos e essas coisas. Nós assinamos nosso contrato; estamos começando oficialmente a gravar nosso disco de estreia. Estamos no tempo real agora — de verdade. Tempo presente.

Como de costume, no entanto, existem problemas. Aquela coisa de oferta e procura — problema sério. Vejam, graças a "Dirty Boots" ter estourado, nós temos muita procura mas, oops, não temos mais nada para oferecer. É uma loucura: nós somos uma banda famosa, mas temos apenas uma música lançada... Nós só *sabemos* tocar quatro músicas no total. Então, a ideia é nos deixar o mais visíveis possível enquanto trabalhamos para acabar nosso disco o mais rápido possível.

Nos deixar aos olhos do público é a maior prioridade para a Universe. Nosso A&R, Preston Schenk, é um filho da puta esperto. Ele também é A&R do Windows by Gina — sim, nós somos companheiros de gravadora agora —, e parte do seu plano para a dominação do mundo é fazer Kendall participar do próximo single deles, "Wonder Bread". Eles vão remixar a música com o vocal que ela gravou, além disso, ela vai aparecer no vídeo. A estratégia é nos aproximar do público do WBG — eles são grandes no meio universitário e com um público mais velho, então nós estaríamos expostos para um público mais velho que poderia realmente sair e comprar CDs, em vez de baixar tudo como as crianças fazem. Quer saber a verdade? Me incomoda um bocado que a Pequena Miss Esquisita tenha a chance de fazer isso, mas eu tenho que deixar isso para lá. É para o bem da banda.

Quanto ao resto da banda, nós temos uma miniturnê agendada: Boston, Atlanta, Chicago, LA. Cidades-chave. Nós vamos tocar, dar entrevistas, visitar estações de rádio. Phoebe Stones, nossa empresária, está marcando algumas aparições na TV também. Conan O'Brien aaaaaama a gente; nós vamos aparecer no show dele com certeza. Além disso, Phoebe está nos arrumando convites para todos os eventos legais de jovens celebridades — é tudo uma questão de se misturar com uma galera que está pronta para a câmera.

O que mais? Ah, sim, nosso website. Gaylord achou um cara, Nathan DaWeen, que é bem esquisito. Olhos esbugalhados, barba grande, dorme com as roupas que usa o dia inteiro. Mas qual é o problema de um pouco de odor corporal? DaWeen prometeu que vai botar nosso site no ar já, já. Então nós poderemos nos conectar com as massas. E elas poderão se conectar a nós.

A Gostosa

Olhe para as minhas unhas. Ah, Deus, não — elas são tão nojentas. Eu não consigo parar de roê-las. Nós fizemos uma sessão de fotos às pressas — o departamento de divulgação da gravadora estava desesperado por imagens —, e eu deixei minhas mãos no bolso o tempo todo. Eu ando um caco esses dias.

A escola está estranha. Algumas pessoas são arredias e antipáticas, outras estão babando por nós, "Uau, vocês estão na MTV". Isso não só me deixa envergonhada, mas é uma distração. Foco? O que é isso? Stella não tem esse problema. Apesar das coisas da banda, ela está adiantada no Aprendizado Flexível; ela já fez as provas e, se fizer algumas aulas durante o verão, vai alcançar o último ano em setembro, na idade madura de 16 anos.

Sábado passado foi o aniversário dela e nós estávamos em LA. Chegamos lá na sexta e nos hospedamos no Villa ChinChilla, um hotel bacana na Sunset. Kendall ficou obcecada com o frigobar. Toda vez que ela pegava um doce, anunciava quanto custava:

— Esse Toblerone custa 10 dólares!

A piscina no topo do prédio era uma pintura, mas eu fiquei tão cansada depois de apenas um mojito sem álcool, que fui dormir. Não faço ideia de até que horas eles ficaram acordados.

No sábado à tarde, tocamos em um shopping no Valley e então fizemos uma sessão de autógrafos. Toneladas de garotos apareceram, foi uma loucura. Todas aquelas meninas vestidas como a Kendall — tão bonitinhas. Naquela noite nós tocamos no Whisky. A/B estava tão empolgado — é uma casa de shows tradicional —, que juro que achei que ele ia beijar o chão.

O show do Whisky foi totalmente o oposto do show do shopping. Esnobes, gente que não estava nem aí, a elite antenada de Hollywood. Vários jornalistas apareceram, todo o escritório da gravadora na Costa Oeste, todas as celebridades certas. Na festinha pós-show, conversamos com Crimson Snow e Jake Pfstadd, ícones do cinema alternativo e casal celebridade do momento, esse era nosso selo de aprovação entre as pessoas cool.

Depois disso, comemoramos o aniversário da Stella — a banda, Brian, um pessoal da Universe e a mãe da Stella. (Para não aumentar demais as despesas, a regra é ter um pai designado para cada show fora da cidade; como era mãe da aniversariante, a Sra. Saunders foi conosco a LA.) Fomos ao Mahogany Room — fotos em preto e branco de estrelas do cinema que já morreram, um lustre de cristal gigante, muito kitsch. O entretenimento ficou por conta de Sheldon e Sheila, tocando música lounge. Ele usava um paletó de veludo e tocava piano; ela estava de vestido de noite e tiara, e ela cantava. Eles eram casados há cem anos. Entre as músicas eles discutiam — era hilário.

Como todos nós éramos menores de idade, Brian, ou alguém, teve que mexer os pauzinhos para que nos deixassem entrar. Ninguém bebia álcool, mas eu não tenho certeza se era por respeito a nós ou pela típica consciência de saúde da Califórnia. Um bolo com 16 velas que tilintavam foi trazido num carrinho até a mesa, e Sheldon e Sheila nos guiaram no "Parabéns pra você".

Hora dos presentes. O pessoal da Universe deu a Stella um iPod, e a chefe da promoção da Costa Oeste brincou que programou o aparelho com todo o catálogo da gravadora, certamente as únicas músicas que ela ia precisar. Ela ganhou uma pulseira da sua mãe — e parecia ser mais do gosto da Sra. Saunders que do da Stella — e Kendall deu a ela velas com formato de anjos. Velas, tudo bem. Mas anjos? Para Stella? O presente de A/B era realmente adorável — uma camiseta da Taurus com um touro correndo em um campo de margaridas —, mas também um pouco menininha demais para a Stella.

Eu acho que se você vai dar um presente a alguém, você tem que pensar no que ele realmente gosta. Eu suei para achar o meu presente: um anel pro polegar com uma caveira com pedras verdes nos olhos. Stella pareceu gostar; ela se inclinou sobre a mesa para me agradecer com um beijo e depois colocou o anel no dedo. O presente do Brian foi o melhor, no entanto. Você sabe como Stella adora os Ramones? Bem, de alguma forma ele achou uma jaqueta de couro preta vintage autografada nas costas por todos os membros da banda. Ela ficou pasma. E então ele fez um brinde incrivelmente doce sobre o dia em que ele a conheceu, e como ela continua sendo uma pessoa incrível no dia a dia. Um momento Kodak.

Brian realmente ficou vermelho quando ele e Stella se abraçaram, e todos nós batemos palmas. Stella parecia tão feliz — seu sorriso, seus olhos, suas orelhas estavam brilhando. Eu estava feliz também — feliz por ela, feliz pelo 6X. Ainda assim, um pouquinho de melancolia estava preso na minha garganta, tornando impossível que eu falasse, e eu não sei por quê. Quando Sheldon e Sheila começaram a tocar "You're Sixteen (You're Beautiful and You're Mine)", eu só consegui mexer meus lábios acompanhando a música.

O Garoto

Não chamam o voo da noite de Los Angeles para Nova York de red eye (olho vermelho) porque as aeromoças entregam um baseado junto do saquinho de amendoins. Ele levanta voo às dez da noite e pousa no Aeroporto Kennedy por volta das seis da manhã, então o apelido se refere aos passageiros não conseguirem dormir no caminho. No nosso caso, entretanto, dormir parecia ser uma opção: nós não somos ainda tão rock stars para viajar de primeira classe, mas o avião não estava cheio, então cada um de nós ocupou uma fileira inteira na classe econômica para se esticar.

Mas será que eu conseguiria dormir? De jeito nenhum, cara. Acabei passando todo o voo numa nova função — rabino do rock'n'roll.

— Cara... — um sussurro rouco veio na minha direção. — Ei, você está acordado?

— Sim... sim... — minha visão se ajustou à cabine escura. — Ei, Stella.

— Vamos lá, levanta — erguendo os meus ombros, ela se sentou ao meu lado. — Quero falar com você.

— Sim, claro.

Eu imaginei como meu bafo devia estar péssimo e procurei um chiclete no meu bolso. Peguei um e ofereci a Stella. Um filme da Anderlee Bennett passava no monitor de alguns assentos na nossa frente.

— Então...
— Então? Então me fala sobre isso, Rei do Baile.

Eu resmunguei. Sabia que Stella ia me encher o saco por causa do rito de passagem no qual eu estava prestes a embarcar — só não sei por que ela demorou tanto.

— O que eu posso dizer, Stella?

— Diz que não é verdade. Você não iria nem morto para o Baile de Formatura — ela fez uma bola de chiclete. — E, acima de tudo, diz que você não vai levar a Srta. Mimada de Calças Largas.

Ah, a Stella... tão cruel, mas ao mesmo tempo tão divertida:

— Olha, simplesmente aconteceu — eu tentava lembrar o melhor que podia. — Nós estávamos falando sobre eu estar no último ano, surgiu o assunto do baile, e ela começou a falar sobre como deve ser mágico, mas como ela provavelmente nunca poderia ir ao dela, já que ela vai ter um tutor a partir do ano que vem.

— Ah, Cristo — falou Stella. — Você percebe que isso foi uma armadilha, certo?

— De jeito nenhum... tenho certeza disso. Ouvi rumores de que alguns membros do seu sexo podem ser manipuladores, mas Kendall? Que nada. Estou dizendo, nós estávamos apenas conversando, e, quando eu menos esperava, estava convidando-a.

Impacientemente, ela fez mais uma bola de chiclete:

— Você é um idiota tão grande — me informou ela de uma vez.

— Acredite em mim, ir ao baile é a última coisa que eu quero fazer. Mas vai valer a pena ter deixado a Kendall tão feliz.

Stella dobrou as pernas, aproximando os joelhos do seu queixo. Ela ficou silenciosa de repente. Anderlee Bennett desapareceu do monitor. Alguém roncava numa outra fileira.

— Ei, A/B...? — disse ela depois de um tempo.

— O quê?

— As pessoas me odeiam?

— Claro, Stella. Como se você ligasse para o que as pessoas acham de você.

Ela me deu um soco no braço:

— Cala a boca — disse ela. — Isso não é verdade.

Se não era verdade, era novidade para mim.

— Eu andei pensando nisso — continuou — desde a filmagem do vídeo. Eu quero dizer, aquelas pessoas eram horríveis. Elas nos trataram como lixo e nós não merecíamos aquilo. Eu não estava esperando que nos dessem caviar na boquinha mas... onde eu quero chegar é o seguinte: é assim que eu trato as pessoas? Sério, A/B, diz para mim. Porque se for assim, não é nada bom.

Como você consola alguém que amedronta você? Eu fiz o melhor que podia:

— Você não é tão má — disse a ela. — Você é direta e honesta e você diz o que você sente.

— Sim, termina! — mandou ela. — Eu estou sentindo que vem um "mas" por aí...

— Nenhum "mas" — disse eu. — Só que...

— Ah! — diz ela. — Pior que um "mas" só mesmo um "só que".

— Só que as coisas seriam mais fáceis se você não falasse as verdades de um jeito tão cru.

Ela ficou sentada lá por mais um minuto, mastigando o meu comentário junto com o chiclete:
— Sim — disse ela. — Que se dane!
Então ela foi para outra fileira.

Em algum lugar do Meio Oeste:
— Ei... você está dormindo? Me desculpe, estou incomodando, eu vou...
Eu me levantei passando por uma cortina de cabelo:
— Não, Wynn, tudo bem...
Ela tinha virado a cabeça, mas, ao ouvir minha voz, ela se virou de volta. Bang! Nós batemos com a testa um no outro. Doeu muito, mas rimos baixinho.
— Merda! — sussurrei. — Wynn, você está bem?
— Au, sim, eu acho — respondeu ela. — Isso foi engraçado. Dolorido, mas engraçado.
— Aposto que nós dois vamos ter um galo amanhã — eu entrei no modo nerd. — É porque na cabeça existem muitos vasos sanguíneos. Para proteger o cérebro. Na verdade, esquece de amanhã, os galos devem crescer instantaneamente...
Suas roupas fizeram barulho quando ela se ajeitou ao meu lado, com as pernas cruzadas ao estilo ioga.
— Só chupões seriam mais suspeitos.
Eu dei um risinho e tentei não imaginar aquela imagem em particular. Até porque, desde que a Wynn deu uma longa olhada em mim quase pelado, fico imaginando o que ela achou de mim. Como se ela estivesse escrevendo uma resenha para o gatinho.com, quantas estrelas eu receberia? No mais, o fato de ela ter me visto nas minhas roupas íntimas naturalmente me leva a pensar nela

nas dela — sem dúvida um lugar que não é produtivo ou profissional para a minha mente se meter.

— Então, o que houve?

— Eu só quero dizer que acho que você está fazendo uma coisa maravilhosa. Sério.

— Obrigado... hmm, o que é exatamente que eu estou fazendo?

— Qual é, eu sei que você vai levar a Kendall ao baile — disse ela. — E é verdade, A/B, você é realmente um fofo.

Por que será que a proximidade de uma loura escultural com perfume de baunilha me faz falar tanta besteira? Com um sopro, ela tirou a franja da frente dos olhos.

— Eu só... olha, não é da minha conta, mas você tem que saber que Kendall tem uma queda por você. E eu posso estar errada, mas sinto que você é só amigo dela, e um, um fofo, então você quer ser legal. Mas, sério, A/B, você não ia querer que ela achasse que você também gosta dela da forma como ela gosta de você, a não ser que você goste — as palavras vinham a galope agora —, porque em algum momento ela vai descobrir que seus sentimentos verdadeiros não combinam com os dela e seria uma coisa ruim. Ruim para a Kendall, ruim para você e ruim para o 6X. Eu quero dizer, longe de mim querer ser especialista na vida amorosa de alguém, mas amor não correspondido... isso é trágico, é isso.

Antes que eu pudesse responder, ela se levantou e foi para o seu assento.

Nenhum descanso para o morto. Quando estávamos entrando no fuso horário do Leste, um "oi" incrivelmente alegre me assaltou. A luz do crepúsculo entrava na cabine, e lá estava a Kendall segurando seu travesseiro vagabundo de avião e seu cobertor:

— Eu adoro viajar de avião, já falei isso para você? — disse ela. — Eu não tenho nenhum medo de avião. Mas nunca consigo dormir nem um pouco. Você consegue?

Eu estava tão, tão cansado, mas tinha que assistir a trilogia por inteiro. Deixei a Kendall se aconchegar.

— Eu vou me mudar para o apartamento essa semana — contou ela animada. — Vou mandar fazer uma chave para você, para que você possa aparecer quando quiser. Mas acho que nós devíamos manter isso em segredo. Eu não ia querer que a Stella e a Wynn ficassem com ciúmes, mas eu não posso sair distribuindo chaves por aí. E, meu Deus, nós simplesmente não podemos deixar minha mãe saber, ela não ia entender de jeito nenhum...

Ela continuou falando como um papagaio cheio de anfetaminas, realmente feliz por cada momento, até que de repente ela apagou com sua cabeça encostada no meu ombro. O céu começou a clarear. Olhei para o rosto da Kendall. Ela sorria enquanto dormia, e um pequeno fio de baba escorria do canto da sua boca. Olhei para ela mais um pouco e depois cheguei à conclusão que era melhor nós pousarmos em fileiras diferentes.

Eu tinha toda a intenção de sair de fininho e cobri-la com o cobertor vagabundo do avião...

Eu tinha, eu tinha, eu juro que tinha.

Mas, assim que tentei, Kendall ajeitou seu corpo mais para cima de mim. E ela arqueou suas costas. E abriu seus olhos sonhadores.

— A/B...

A forma como ela falou meu nome foi como mel e ouro e uma doce chuva de verão... e alguma coisa mais, algo que eu certamente não me lembro de alguma vez ser remotamente ligada ao meu nome. Ela disse meu nome com absoluto, não diluído, *desejo*.

Então ela chegou mais perto, com seus olhos sonhadores e seus lábios ainda abertos com o meu nome neles.

O que mais eu podia fazer? Eu a beijei.

A Voz

Podemos falar de primeiros beijos por um minuto? Muitos primeiros beijos acontecem em festas, ou numa varanda, ou num carro, mas eu não imagino que muitas meninas tenham seu primeiro beijo em um avião. Mas não é só o lugar — tudo sobre esse beijo é perfeito, especial e romântico. Claro que eu não fazia ideia de que A/B ia me beijar. Certamente não me joguei em cima dele, ou nada assim; estávamos simplesmente sentados juntos tendo uma das nossas maravilhosas conversas. Eu não lembro direito — talvez tenha adormecido.

Até que eu senti A/B se mexendo ao meu lado. Meus olhos se abriram. Seu rosto era tudo que eu via; seu rosto era o meu mundo todo. Naquele momento, sabia que era isso. Eu queria tanto que ele me beijasse, mas eu não pedi — e mesmo assim cada batida do meu coração pedia: me beija, me beija, *me beija*.

E ele me beijou. Foi chegando cada vez mais perto, e eu estava quase convencida de que ficar próxima o suficiente para beijá-lo, mas não beijá-lo, era melhor que qualquer beijo podia ser. Então ele pressionou seus lábios contra os meus. Como se ele quisesse muito — como se ele *tivesse* que fazer isso. E todas as células no meu corpo começaram a fofocar para suas células vizinhas que isso estava realmente acontecendo: A/B estava me beijando.

E eu apenas... o beijei de volta. Sem mesmo saber como, o que é provavelmente a parte mais incrível. É como cantar. Ninguém nunca me ensinou a fazer isso também. É automático, instintivo. Meu braço passou em volta do seu pescoço para abraçá-lo, minha boca se abriu levemente contra a dele. É muito intenso e concentrado, mas ao mesmo tempo, espalhado como estrelas. Droga, eu não sei se eu estou descrevendo corretamente, já que não tenho nada para comparar. Só posso dizer que beijar está no mesmo nível de rock'n'roll e Toblerone.

É claro que eu não sei o que o nosso beijo significou de verdade. Uma semana se passou e nós não repetimos a dose. Tudo está na mesma, o que eu acho que é uma coisa boa. Uma menina que conheço beijou o garoto que ela gostava numa gincana, e ela estava toda se gabando disso, mas depois o garoto começou a tratar ela mal. A/B não está me tratando mal. Só houve um segundo de constrangimento, quando nosso beijo foi interrompido pelo capitão anunciando que estávamos descendo no aeroporto JFK e que o encosto de nossos assentos e bandejas deveriam voltar à posição correta.

Desde então tem sido normal. Ele é apenas o bom e velho A/B. Eu sou apenas a boa e velha Kendall. Claro que uma pequena parte de mim está nervosa, esperando por mais beijos. Mas sei que é bom ir devagar. Daí eu penso sobre o nosso beijo — e como isso vai fazer a nossa noite do baile mais especial.

Só uma coisa mudou. Agora existe música dentro de mim. Normalmente eu escuto músicas ao meu redor — passarinhos, pessoas falando, o trânsito da cidade. Eu sou simplesmente uma daquelas pessoas que ouve uma sinfonia nas coisas comuns — mas é sempre fora de mim. Agora existe uma música *dentro* de mim. Uma melodia magicamente criada com o meu primeiro beijo, ela é mais pura e doce do que qualquer outra canção que eu conheço.

O Garoto

McManus acenou para mim com a cabeça e segurou a porta. Pelo menos eu acho que ele é McManus. São tantas pessoas uniformizadas nas Teen Towers que é difícil reconhecer todo mundo. Kendall se mudou para lá há apenas algumas semanas e eu ainda não fui muitas vezes, e mesmo assim todos eles parecem me conhecer. Imagino o que a Kendall contou a eles.

— Hoje é a grande noite, não? — perguntou McManus ou quem quer que seja.

Eu levantei a embalagem de plástico que protegia meu smoking:

— É — disse, entrando no elevador.

Ah, 14G. Meu novo lar, longe do lar, meu esconderijo secreto, minha segunda casa. A arrumação é bem bacana. No estilo das Teen Towers, o apartamento mobiliado da Kendall é decididamente aprovado para jovens. Sofá aveludado e alguns pufes, um amplo centro de entretenimento, tapetes coloridos protegendo o chão de madeira de derramamentos com os quais a gerência conta. É um espaço retangular com uma cozinha pequena e uma cama Murphy, como é conhecida aquela cama escondida na parede. Aquele Murphy era um gênio. Você puxa uma alavanca na parede e tá lá: uma cama. Você não precisa mais dela? Pronto: ela desaparece de volta na parede.

É uma coisa linda. Eu, mais a Kendall, mais um sofá é muita tentação; uma cama aberta no meio de tudo poderia ser demais. Até esse momento nós não tínhamos repetido nosso pequeno amasso a uns quilômetros de altura, e eu vinha evitando o assunto, já que não tinha ideia de como queria que as coisas acontecessem dali em diante. Mas chegou a noite do baile, Kendall é minha acompanhante, e ela deveria me encontrar aqui em duas horas. Esperando tirar minha cabeça da coisa do "relacionamento" de uma vez, eu fui até a varanda fumar um baseado. No entanto, o efeito foi o contrário. Em vez de me acalmar, eu fiquei obcecado.

Eu inclusive fiz uma lista. Aqui, olha — vou ler.

Pontos positivos:

1) Kendall age como se eu tivesse inventado o oxigênio.
2) Ter uma namorada na banda seria muito conveniente.
3) Eu realmente gosto dela. Você sabe, um pouco.

Pontos negativos:

1) Kendall é cristã. Entre a inevitável conversão e a dor no saco, um cara pode ficar maluco.
2) Ter uma ex-namorada na banda seria extremamente inconveniente.
3) O espectro da desaprovação da Stella me despedaça.

Empate. Dane-se. Entrei, tomei um banho, passei um produto no cabelo e fiquei assistindo TV de cueca. Eu queria ter levado uma guitarra; não consigo ver TV sem tocar junto. Eram quase cinco horas — hora de botar o traje a rigor.

Por sorte, minha acompanhante concordou com algumas condições na experiência do baile, que eu propus por praticidade ou ironia.

1. Nós íamos deixar a limusine de lado. Kendall tecnicamente ainda reside em Nova Jersey, eu vivo em Long Island, e o baile era no Central Park South (minha escola esnobe não sonharia em fazer sua última festa em nenhum lugar que não fosse um hotel de Manhattan). Logo, um carro de luxo seria loucura em muitos níveis. Além do mais, para estrelas do rock como nós, limusines não são nenhuma novidade — mas não ia ser muito divertido pegar o metrô todo vestido de gala.
2. Nós também vamos pular a foto de antes do baile no jardim de algum amigo. Outro pesadelo geográfico. Além disso, só um amigo meu de verdade vai ao baile: Dave Blume, meu antigo companheiro da Rosemary's Plankton.

O plano é a Kendall se emperiquitar em Nova Jersey, vir até seu apartamento com a mãe, então deixá-la tirar algumas fotos antes de a gente pegar o metrô para encontrar Dave, sua acompanhante e outras pessoas para um jantar pré-baile. Essa era uma parte do ritual do qual eu não consegui convencer Kendall a desistir. E eu nem tentei convencê-la a esquecer as flores.

Droga, as flores. Rapidamente, removi todas as evidências da minha presença no apartamento e saí para comprar o buquê da Kendall. Então eu ia fazer hora até seis e meia, quando poderia voltar a salvo para as Teen Towers e tocar a campainha para buscá-la. Esse era o nosso plano, nossa conspiração — a Sra. Taylor nunca poderia saber que eu tinha a chave do apartamento.

A Voz

O sotaque de Long Island é agressivo e anasalado, não é muito bonito mesmo. Então, na noite do baile, quando fui até o banheiro me refrescar depois de dançar com A/B, não foi música para os meus ouvidos.

— Então você está com o Fartelberg?

Uma menina estava passando gloss nos lábios enquanto falava, e, por isso, eu não conseguia entender direito:

— O que foi? — perguntei.

Ela pressionou os lábios e sorriu para mim, mas foi a menina ao seu lado, na bancada de mármore, que repetiu, bem devagar:

— Fart... el... berg. Você... está... com... *Fart*... el.... berg...

Fiquei imaginando se elas eram irmãs. Seus vestidos eram tão parecidos — simples, pretos, acima do joelho (o que a Wynn chama de "comprimento de cocktail"). Brilhantes e muito lisos, seus longos cabelos pretos são salpicados com idênticos flocos de canela. Uma menina tem olhos juntos e lábios cheios, a outra tem olhos grandes e lábios finos, mas elas têm exatamente o mesmo nariz. Elas também são muito magras, e têm um bronzeado combinado.

— Talvez ela não saiba o nome do acompanhante dela — disse a primeira menina, inspecionando suas sobrancelhas no espelho.

— Ah, vocês estão falando do A/B.
Fiquei feliz de saber do que elas estavam falando.
Então, eu entendi. Elas estavam zombando de A/B e era doloroso para mim, mas eu era obrigada a dar a outra face; apenas olhei para as minhas mãos enquanto as ensaboava e tirava o sabão.

— Então ele é seu namorado?

Olhando para as meninas, percebi que uma era um pouco mais alta. Essa pergunta veio dela.

— Oh...

Eu ponderei sobre a pergunta. Realmente não sabia a resposta e, mesmo que soubesse, não sei se eu ia querer contar a elas.

— Você sabe, nós tocamos juntos numa banda...

— Ah, sim — disse a mais baixa. — Você é uma das garotas daquela banda.

— Isso mesmo, nós a vimos na MTV — disse a mais alta. — É um penteado... *interessante*, aquele do vídeo.

— Sim — disse a sua amiga —, é realmente *interessante*.

— Por que você não está usando aquele penteado hoje?

Eu estava enxugando as minhas mãos e imaginando como sair educadamente. Aquelas meninas estavam sendo grosseiras, mas eu não ia me rebaixar ao nível delas:

— Aquele penteado era parte do conceito. O cabeleireiro o criou especialmente para mim, para o vídeo — expliquei. — Minha mãe arrumou meu cabelo para o baile.

Da forma como elas caíram na gargalhada, parecia que era a coisa mais engraçada que elas tinham ouvido na vida:

— Sua *mãe*!

— Que *bonitinho*!

Eu dei uma olhada no meu cabelo no espelho — minha mãe tinha feito um bom trabalho. Tentei jogar a toalha no lixo, mas a essa altura as meninas estavam bloqueando a minha passagem:

— Com licença... — disse.

— Não, com licença digo eu — disse a mais baixa. — Eu quero lhe fazer uma pergunta. Veja, nós soubemos que a sua banda foi contratada porque sua baterista pegou um executivo de uma gravadora.

— Especificamente, nós ficamos sabendo que ela chupou ele — disse a outra.

Eu deixei minha toalha na pia. Gostaria de pensar numa forma de botar essas garotas no seu lugar, mas agora elas estavam sendo cruéis além de indelicadas, e eu não sei lidar com uma situação dessas.

— Na verdade não era isso que queríamos saber — continuou a garota. — Nós estamos loucas para saber dos detalhes sujos do que rola entre você e o Fartelberg. Então, diz para a gente, você chupa ele? Chupa?

Minha boca estava aberta, mas nada saía dela. Apenas a ideia de pegar uma coisa pura e decente como meu amor pelo A/B e macular com... com... oh, meu Deus, eu não conseguia aguentar!

Um véu vermelho caiu em frente aos meus olhos. Meus pés, mãos e testa formigavam e ardiam. Não sei como eu consegui chegar de volta à mesa, mas assim que cheguei não tive nem um segundo para me recompor. O MC estava falando meu nome. Todo mundo na mesa do A/B estava de pé olhando para mim. A/B me pegou pelo braço.

— Vamos lá... — falou ele no meu ouvido. — Eles querem que você cante. Vamos lá...

Cantar? Era mais fácil eu desmaiar. Mesmo assim, um pé foi na frente do outro de alguma forma. E lá estava eu no palco. Um, dois, três passos. Se ao menos o chão se abrisse e me engolisse...

E, de repente, tive uma ideia. Eu entrei em contato com a voz dentro da voz, e eu estava iluminada. Eu tinha razão. O formigamento e a ardência eram a faísca que gerou um incêndio. Segurei o microfone como se fosse uma espada.

— Como vai, querida? — me perguntou o MC. — O que você vai cantar?

Eu escolhi a música e ele disse ao guitarrista. Claro que ele conhecia. Bandas que tocam em formaturas e casamentos precisam de um repertório extenso. Além do mais, tinha sido um hit tão grande há algum tempo. Muito antes do 6X, eu cantei essa música em um concurso; ainda sei a letra toda de cor. O guitarrista balançou a cabeça, mas eu puxei a sua manga — tinha que dizer para ele o ritmo. Ele me olhou como se quisesse ter certeza de que eu tinha certeza, mas eu tinha certeza. Eu tinha muita certeza.

— Essa é para todas vocês, Rainhas de Sabá — disse eu ao microfone. — Considerem um conselho...

A princípio ninguém reconheceu o que eu estava cantando. Eles a conheciam como uma balada pop, cheia de cordas. Eu estava destruindo tudo e montando tudo de novo com a pureza da minha ira; eu estava mandando ver, tomando a música para mim, e na hora que o refrão entrava — "Eu sou linda, não importa o que digam..." — o salão virou um imenso mosh pit.

Minha última nota bateu no teto e caiu sobre a plateia como uma chuva de granizo. Para combinar, o aplauso veio como um trovão, mas eu não estava nem aí. Para ser graciosa, eu me curvei, mas a forma como separei meus ombros e empinei minha cabeça dizendo um "obrigada" seco diz mais sobre a forma como eu me sentia. Já tinha sido o suficiente para mim. A/B me encontrou na escada; ele começou a me abraçar e a me levantar do chão. Garotos suados usando roupas caras vieram atrás de mim, dizendo o quão maravilhosa eu era, e que eles não podiam esperar até o nosso disco sair. A/B estava com os braços em volta dos meus ombros, me ajudando a passar.

Demorou horas para cruzar a pista de dança. Quando chegamos de volta à mesa já era quase a minha hora de ir. Tínhamos que correr para eu chegar em casa a tempo. Eu estava um pouco triste porque não ficaríamos nenhum tempo sozinhos, mas enquanto A/B me acompanhava pela porta até o ar quente da noite, eu me sentia maravilhosa, poderosa e, sim, linda, exatamente como a música diz.

A Chefe

Quer saber o que é bom de uma escola chique, onde os alunos estão sempre faltando para visitar seus pais atores nos sets de filmagem? Ninguém liga quando você fala que vai ficar fora por uns dias para gravar um disco. Só que esquece o Hit Factory. Nós íamos fazer o disco no Broken Sound. É menos badalado (e mais barato), mas tudo bem por mim. Aquela vibe muito pop não tinha a ver com a gente. Além disso, Slushie diz que grandes estúdios têm cheiro de suor de vaidade e ganância.

Ele é o nosso produtor... até agora. Pelo menos ele ia trabalhar conosco nos covers. O grande elefante rosa na sala sobre o qual ninguém queria falar era o material original — era o que faltava para a gente até então. A gravadora nos mandava sem parar demos de diferentes compositores-produtores. Você pode achar que nós estávamos ansiosos para falar sobre isso na nossa próxima reunião da banda. Mas não. Aqui está a conversa, literalmente:

Wynn: Vamos lá, fala. Detalhes, por favor. Não deixe nada de fora.

A/B: Bem, antes de tudo, a Kendall estava bonita.

Kendall: Ah, você é um mentiroso. Você sabe que eu estava usando aquele mesmo vestido que usei na estreia.

Wynn: Eu aposto que você estava linda. Tem alguma coisa de especial no baile de formatura que dá aquele algo mais. Como foi o jantar?

Kendall: Eu fiquei um pouco nervosa de conhecer os amigos do A/B.

A/B: Correção, amigo.

Kendall: Eu não sei por que você fala isso. Todo mundo parecia gostar de você. E eles foram todos legais comigo. Além disso, Wynn, aquele restaurante que você sugeriu era perfeito. Muito elegante.

A/B: É, a parte mais elegante foi quando Josh Klein enfiou um camarão no nariz.

Eu (começando a perder a paciência): O que esse idiota fez depois? Injetou o molho do bife na veia?

Wynn: Vamos lá, cheguem no baile...

Kendall: Bem, aquele hotel parece um palácio, como algum lugar que você veria na Europa. O salão foi tirado de Cinderela.

Wynn: Vocês dançaram?

Kendal: Sim...

A/B: Não...

A/B e Kendall: Hehehehehe.

Kendall: Bem, nós arrastamos o pé na pista algumas vezes, eu acho que conta.

A/B: Mas, espera, a melhor parte foi quando o MC anunciou que Kendall Taylor estava no recinto, e ele a chamou ao palco para uma canção...

Você está pronto para vomitar? Meu estômago estava embrulhando aqui só de ouvir. Assim que Kendall terminou de descrever as unhas do pé de alguma menina, o assunto finalmente se encerrou e nós começamos a falar de negócios. Falamos sobre as músicas e tem uma coisa com que todos nós concordávamos: eram todas uma merda.

— Bem, isso não é horrível? — disse eu. — Estamos aqui falando de bobagens enquanto a gravadora quer uma amostra das coisas novas. Eles não vão esperar para sempre.

— Stella tem razão — disse A/B. — Gaylord prometeu a eles que teríamos uma demo de algo na semana que vem.

Kendall acenou:

— Vocês me conhecem, eu consigo cantar qualquer coisa.

Ela acha tudo tão bom que tenho vontade de estrangulá-la.

— Sei lá... — Wynn roía as unhas — se nós apenas gravarmos qualquer música, vai ficar claro que nossos corações não estão ali. Eu preferia não dar ao Preston uma música feita sem paixão.

Nossa garçonete deixou a conta na mesa e eu joguei algum dinheiro.

— Nós temos que sentir a música, tá certo, mas algumas vezes você tem que forçar — disse eu. — Veja, nós temos que estar no Broken em 15 minutos. Então, o que vocês acham disso: nós escolhemos uma música, qualquer uma, e ralamos. Assim, quando Preston e os outros reclamarem a gente pode dizer que não é nossa culpa eles terem escolhido compositores de merda.

Ninguém gostou muito da ideia, mas, me perdoem, pelo menos eu tive alguma.

A Gostosa

Que desastre! Stella tentava nos apressar, mas nós estávamos nos arrastando até o estúdio e então a gente ficou só enrolando. Eu juro, A/B teve que rearrumar os pedais 18 vezes. Alan Slushinger estava ficando inquieto, mexendo no cabelo. Eu me sentia mal, mas eu não conseguia me animar para nenhuma daquelas músicas. Nenhum de nós conseguia.

Não é que elas fossem ruins; elas só não tinham a ver conosco. "Happy Lies" é cheia de energia, e o Alan me ajudou a encontrar uma forma de tocá-la com pegada, mas a letra é insípida, é o que alguém de 20 e poucos anos acha que os adolescentes pensam. E "Dolly" é um punk rock legal, mas um desperdício do alcance da Kendall; é basicamente um acorde e meio, sem nenhuma melodia. Tem mais uma que nem tem nome, apenas "Hino Potencial do 6X", mas essa é retardada — você tem que acreditar num hino. É diferente com os nossos covers — eles se estabeleceram com outros artistas, mas nós os reinterpretamos completamente. Essas novas músicas são ostensivamente feitas sob medida para a gente, mas elas não se encaixam nem um pouco.

Eu ficava olhando para a Stella — ela tinha que dividir comigo minha frustração. É diferente com o A/B e a Kendall; eles não têm que se esforçar tanto quanto nós. Para nós, já é difícil aprender qualquer música, mas uma música escrita para você por pessoas que não o conhecem, uma música cuja alma é de mentira... não tem graça. Eu falaria com ela, mas a impaciência dela era tóxica. Slushie falava para ela tentar isso ou aquilo, e ela apenas o imitava. Ou então ela olhava de cara feia para Kendall, que passava a maior parte do tempo na poltrona devorando M&Ms ou lançando olhares apaixonados para A/B.

Bem, Stella pode ter o pavio mais curto, mas eu sabia que não ia demorar até que nós começássemos a nos engalfinhar. Alan podia sentir isso também; ele nos falou para darmos um tempo.

E foi aí que o milagre começou a se desenrolar.

O Garoto

Eu tinha começado a me interessar muito por café. Não apenas beber, mas fazer também. É isso o que acontece com garotos. É só nos botar num pijama de super-herói quando somos crianças que nós vamos querer ser super-heróis pelo resto da vida. Quando tem algum problema, queremos dar um jeito, e quando não podemos dar um jeito, fazemos outra coisa. Por exemplo, café.

O problema em questão: séria disfunção musical. Cada fibra do meu corpo acreditava que eu seria capaz de corrigir isso — pensar num arranjo ou criar um riff que faça qualquer canção soar como 6X. E eu tentava. Mas não conseguia fazer isso. Então eu fazia café.

A máquina no Broken Sound era minha mais nova melhor amiga — agora que eu tinha com carinho e amor a limpado de cima a baixo com vinagre destilado. Eu comprava grãos gourmet (um blend de Kona e colombiano) e depois de vários experimentos acertei na moagem. Naturalmente, eu preferia bebê-lo puro; ficava visivelmente chateado se você o estragasse com mais que um pouco de creme. O Slushie e a Wynn aguavam o café com tanto leite que dava vontade de chorar. A xícara da Kendall era na maior parte açúcar e creme, mas mesmo assim ela tinha que fingir que gostava. Stella era a única aficionada. O que a tornava dependente de mim. O que, perversamente, eu gostava.

— Então, quem quer café? — esfreguei minhas mãos depois de mais uma tentativa miserável de tocar "Dolly".
— Eu sei que eu quero.
Coloquei minha guitarra no apoio.
— Sim, claro, por que não? — disse Stella.
Como eu já tinha tomado três xícaras, parei no banheiro antes de me encontrar com minha amada cafeteira. Quando cheguei na pequena cozinha, vi Kendall com a cabeça dentro da geladeira.
E ela estava cantarolando.
— Uau, o que é isso? — perguntei a ela.
Ela se levantou rapidamente e virou para mim. Será que ela pensou que eu estava olhando para a sua bunda?
— Ah! Oi! — disse ela. — O que é o quê?
— Essa coisa... essa música.
Ela me encarou como um androide com um fio solto.
— Você sabe, isso que você está cantarolando.
De repente ela ficou vermelha, ao mesmo tempo ela estava sorrindo, mas tentando não sorrir, basicamente parecia um tomate maduro com um tique nervoso.
— Ah, aquilo...
— Aquilo mesmo — disse eu. — Isso está em alguma das demos?
— Oh, Deus... não... — disse ela evasiva.
— Porque eu não lembro dessa. E se eu tivesse escutado, certamente me lembraria, é linda.
— É mesmo? — perguntou ela.
— É... então, o que é isso?
Passando os dedos no balcão da cozinha, ela disse, quase culpada:

— É minha.

— Como assim é sua? — eu estava embasbacado. — Você *escreveu* isso?

Kendall balançou a cabeça e olhou para o chão:

— Ela apenas veio até mim — ela levantou os olhos. — Tem andado em minha cabeça por todo lado... desde... o avião.

O avião? Eu fiquei pensando:

— O avião? — disse eu.

Ela abaixou os olhos novamente.

— Ah... o *avião*. — Entendi agora. — Uau, sério? Você quer dizer depois que nós...?

Ela olhou para mim ao mesmo tempo atordoada e sóbria:

— É...

— Uau...

— É...

Eu dei um passo gigante na direção dela. Ela se encostou ao balcão.

— Uau, isso é... isso é maravilhoso.

— Então, cadê o café? — Stella entrou com a caneca vazia na mão.

Mas ela não conseguiu quebrar o encanto:

— Faz de novo — disse eu a Kendall. — Faz para a Stella.

— O que está acontecendo aqui? — perguntou Stella. — Tem café ou não tem?

— Shhh, Stella. — Eu não acredito que mandei a Stella se calar. — Escuta isso. Kendall, em vez de hmm, faz lá-lá-lá.

E ela fez. E aquilo calou a Stella.

— É bonito — ela esqueceu completamente da sua necessidade de cafeína —, quase bonito demais.

— É — concordei —, mas se nós transpusermos... Espere um segundo...

Eu corri para pegar minha guitarra, mas elas me seguiram para o estúdio — eu ouvi a explicação mais simples da Kendall de que a melodia apenas veio até ela. Eu toquei um acorde.

— Viu, não tem nada mais triste que um lá menor — disse eu. — Então quando você pega algo muito bonito e bota nesse tom...

Eu dedilhei a melodia da Kendall de memória.

— Ela muda — se maravilhou Stella. — Dá uma nova cara a ela.

— Ei... — Wynn se juntou a nós. — Onde você arranjou isso?

— Eu inventei — disse Kendall, agora confortável com a ideia. Ela fez lá-lá-lá novamente enquanto eu tocava.

— E a linha de baixo podia ser toda suja — sugeriu Stella —, para dar peso.

— Eu posso cantar ela mais grave também — se ofereceu Kendall. — Toca uma oitava abaixo.

Nós começamos a tocar em volta daquele arremedo de gancho, só para ver até onde aquilo nos levava. Logo nós já tínhamos um refrão. Slushie entrou e ficou lá, parado com os dedos entrelaçados, sua expressão de aprovação e de estranhamento.

Então tudo parou de forma brusca. Kendall parou de cantar.

— O que houve? — perguntei a ela. — Por que você parou?

Ela suspirou:

— Porque é bobo — disse ela. — Eu não quero ser estraga-prazeres; adoro minha melodia e tudo mais. Mas o que é isso? De que vamos chamá-la: "Alguma coisa em lá menor"? Eu não posso fazer lá-lá-lá a música toda.

Ela estava certa, claro. Nós estávamos ferrados.

— Ah, bem... — eu larguei minha guitarra. — Acho que vou fazer aquele café.

— Esperem... — disse a Wynn, muito calmamente. — A/B, gente, esperem.

Sua voz estava mais decidida agora, comprometida:

— Deixa eu pegar meu diário...

A Chefe

O que foi que eu disse? Não, sério, o que foi que eu falei para vocês? Por trás daquele jeito de menina rica e daquele sorriso de quem é muito tímida para tentar, existia uma alma de poeta. Minha menina Wynn é uma princesa guerreira das palavras e ela está a toda. Quem liga se ela andou escondendo, nos fazendo pensar que não havia nada em seu caderno, além de confissões típicas de uma adolescente. Aquele maldito diário está lotado de letras: músicas engraçadas, músicas tristes, músicas sobre como a vida pode ser tão incompreensivelmente estúpida.

Kendall pode ter trazido alguns lá-lá-lás, mas não entenda errado: Wynn é quem está transformando o 6X em compositores de verdade. Já temos três músicas e nós mandamos a Preston Schenk uma versão demo de "All Over Oliver" — anteriormente conhecida como "Alguma Coisa em Lá Menor". A gravadora está adorando. Eles estão falando de singles. Mas eles não ouviram nada ainda. "Oliver" é grudenta e fácil de se identificar — é sobre uma menina que fica com o menino de quem ela gosta, mas depois descobre que ele só foi atrás dela porque seus amigos duvidaram que ele o faria. Nós dizemos que é um melodrama bubblegum. É legal, mas espera até nós gravarmos "Lingerie Model", que a Wynn vai cantar e "Bliss de la Mess", minha favorita.

Brian está louco com esse novo desenvolvimento da banda, mas isso não o afasta do seu modo advogado. Ele montou a HotShit Music para publicar nossas músicas — royalties e coisas do gênero. Vamos deixar claro: a Wynn ganha extra — ela escreve as letras. Mas a música é de todos nós, já que cada um contribui com suas partes.

Se você me perguntar, a Kendall não ajuda em nada de criativo. Tudo bem, ela arrotou o gancho de "Oliver", mas o A/B tomou a frente a partir daí e ele é também a força musical por trás de "Lingerie Model" e "Bliss". Basicamente a Kendall aparece e canta como é necessário. Essa semana ela está gravando os vocais e o vídeo para aquela música do Windows by Gina, então ela mal tem aparecido no estúdio. E adivinha? Eu acho isso ótimo.

A Gostosa

Eu estava descendo a Segunda Avenida hoje e um carro parou no sinal, "School's Out" do Alice Cooper bombando nas caixas de som. Um cara velho com um rabo de cavalo estava esmurrando o volante e gritando junto, sem dar atenção a ninguém. Essa música é um pouco prematura — ainda falta uma semana inteira de aulas —, mas eu já consigo me identificar com ela.

Eu realmente estou ansiosa pela chegada do verão, apesar de que nós vamos ralar muito nesta época. Despir minha alma como letrista do 6X não é exatamente fácil, mas todos estão me tratando como se eu fosse Dylan Thomas ou Bob Dylan ou alguém — muito apoio. Uma coisa legal de estarmos fazendo nossas músicas é que Alan Slushinger está oficialmente a bordo o tempo todo. As demos que recebemos eram todas de times diferentes de compositores-produtores; se a gente fosse trabalhar com eles, era melhor instalar uma porta giratória no estúdio. É uma sensação mais natural trabalhar com uma pessoa que você conhece e em quem confia. Nós adoramos o Alan e ele é um excelente produtor — nos ajuda quando não sabemos para onde ir.

O processo de composição é demais. Minhas palavras estúpidas inspiram A/B a tocar alguns acordes, ou Stella entra na cadência, ou Kendall começa a cantarolar... e acontece. No mais, está melhorando nossa dinâmica como grupo. (Tudo bem, a Stella continua considerando Kendall um sinônimo para praga, mas ela parece estar recanalizando seus instintos mais perversos. E Kendall deve estar tão apaixonada pelo A/B que parece não ligar.)

A forma como nós funcionamos é a seguinte: se a musa estiver conosco, nós compomos e gravamos demos; se não, gravamos nossos covers. Existem chances de "You're All I've Got...", "Teenage FBI" e "The Waiting" — e "Dirty Boots", claro — estarem todas no nosso disco de estreia. Deixar alguma delas de fora seria como amputar um membro.

Então serão dois meses de uma Nova York suarenta, grudenta e fedida e o confinamento das quatro paredes do Broken Sound para nós. Glamouroso? Nem tanto. Mas é melhor que acampamento. Eu odeio acampamento. Natureza, florestas, deitar perto do rio — ótimo. Mas acampamento de verão é basicamente uma desculpa para jovens excitados darem uns amassos no escuro. Minhas duas ficadas aconteceram no acampamento no ano passado. Nojo. Não que eu consiga apontar com precisão o que exatamente foi tão nojento nisso tudo — os dois garotos eram extremamente fofos. O Sr. Julho era uma sensação do lacrosse, com um bronzeado dourado, cabelo dourado curto, típico atleta e com cheirinho de grama. O Sr. Agosto era o extremo oposto — um gatinho melancólico e pálido, que fumava cigarros e nunca tirava os óculos escuros (mesmo quando estava com a língua enfiada na minha garganta); ele não conseguia compreender como seus pais conseguiram convencê-lo a fazer algo tão burguês quanto ir a um acampamento.

Acredite, essa falta de ardor por qualquer um dos dois me deixou perplexa. À noite, eu deitava na beliche e escutava as minhas colegas de quarto falarem sobre o beijo desse ou daquele garoto, e pensava, *como eu não sinto isso?* Quando voltei para casa, longe da vigilância da vida no quarto coletivo, tentei entender o porquê. Como um projeto de ciências. Como um plano para me desenvolver. Comprei um exemplar da *Cosmo* — aquela revista sempre tem pelo menos seis artigos sobre orgasmo por edição. "Dê prazer a *você mesma* para deixá-*lo* louco!" é o tipo de excelência jornalística de que estou falando.

Bem, eu li a história e botei mãos à obra com uma lanterna e um espelhinho. Olá, clitóris — não é que você é bonitinho! Era tudo muito técnico; aprendi muito sobre anatomia. Deixei o espelho de lado, me recostei em algumas almofadas e comecei a me tocar. Realmente concentrada no que eu estava fazendo — mas sem resultados. E juro que eu não desisti; continuei tentando toda noite. E tentei de tudo. Movimentos bruscos, movimentos delicados, movimentos irregulares. Quer dizer que eu estava comprometida a gozar. E era prazeroso — era bom. Até que começava a me irritar. E eu ficava frustrada. Não passava de me esfregar. Depois de um mês de masturbação assídua, me convenci de que apesar de ter todas as partes nos lugares certos, havia algo definitivamente de errado comigo.

A Voz

Amanhã A/B vai ser um formando do ensino médio. Ele não está animado para a cerimônia, andar pelo corredor para o que ele chama de "Pompa e Circunstância de Vômito", mas ele vai assim mesmo para agradar seus pais. Ele não me convidou, e eu meio que gostaria que ele tivesse me convidado, mas formatura é coisa de família, e família é sagrada. Mesmo assim, estou muito orgulhosa dele.

Mas também estou me sentindo um pouco por fora. Um pouco solitária, desconectada. Viajando o tempo todo entre Nova Jersey e as Teen Towers. Sabendo que a partir de setembro eu não vou mais estar numa escola normal — e imaginando como eu vou manter contato com as Taras e minhas outras amigas. É claro que é muito excitante e muito adulto cantar "Wonder Bread" com o Windows by Gina, aparecer no vídeo e tudo. O conceito é tão legal: tem uma cama elástica no formato de um pão e eu fico pulando para cima e para baixo nela. Além disso, as pessoas na gravação? Elas foram muito mais simpáticas comigo do que as pessoas na gravação de "Dirty Boots". Mas senti um frio na barriga o tempo todo — eu não sou do Windows by Gina, não sou parte da equipe, eu... só estava flutuando.

Sobre o 6X, as coisas estão indo muito bem, agora que nós estamos compondo nossas próprias músicas. Wynn é uma letrista muito talentosa. Alguns dos seus versos não são o tipo de coisa que eu costumo falar. Como quando a menina em "All Over Oliver" fala sobre masturbação. Minha roqueira interior tem que trabalhar dobrado nessas horas, ou as palavras ficam presas na minha garganta. Mas, de uma forma geral, eu gosto de cantar o que Wynn escreve. Ela realmente consegue entender o que uma menina comum sente. Às vezes, é meio indelicada, às vezes é meio pudica, mas, quando a música está pronta, você não tem como não se sentir como se ela soubesse exatamente como você se sente. Ela fala exatamente isso — e ainda rima. É engraçado, eu posso ser uma tagarela e fazer sua orelha cair de tanto falar, mas quando é para escrever, as palavras não saem. Então eu admiro muito a Wynn. É só que o foco saiu um pouco de mim; eu não sou tanto a estrela mais. Não que isso me incomode nem um pouco.

Afinal, nossos fãs ainda me veem como a atração principal. É só dar uma olhada no website do 6X. Eu gastei uma parte da grana que ganhei em um novo laptop (minha mãe concordou, já que nosso computador antigo estava uma carroça e eu vou precisar de algo mais moderno no próximo semestre quando começar a estudar com o tutor). Desde que eu o comprei, tenho passado muito tempo no nosso site, e sou eu quem mais recebe mensagens dos fãs. Da forma como é feito, as pessoas podem contatar cada membro da banda diretamente, e eu me sinto como se o mundo todo estivesse falando comigo. Muitas meninas me veem como um modelo. Mas eu tenho fãs garotos também.

Na verdade, tenho recebido muitas mensagens de um garoto. Acho que ele deve ter uma queda por mim. Ele escreve os e-mails mais fofos — sempre cheio de elogios. E a forma como ele escreve... é quase como se ele me conhecesse. Penso nele um bocado — especialmente quando o A/B fica fora de órbita. A/B às vezes se fixa numa progressão de acordes de uma forma que não pensa em mais nada (ou ninguém), como se fosse uma mensagem cifrada do Todo-Poderoso.

Eu tenho esperado e esperado que o A/B me beije novamente. Ele se concentra demais nas outras coisas que estão acontecendo; às vezes, eu acho que ele se cansou de mim. Mas é legal que o A/B seja um cavalheiro — ele me respeita muito para ficar passando a mão em mim no sofá quando nós estamos sozinhos. Essa é uma das razões por que estou ficando apaixonada por ele.

Então é fácil para a minha mente simplesmente fantasiar com o meu superfã. Mas a única coisa que eu sei dele é o seu nick. Ele se chama CountryBoy.

A Gostosa

— Uau, Kendall, isso é...
Eu queria dizer que era loucura, queria dizer que era assustador, queria dizer que, na verdade, aquilo era meio nojento. Eu gostaria de ter continuado com a poesia política feminista que naquele momento estava no meu colo, mas o meu QI aparentemente caiu para 20 negativo — e eu não conseguia entender mais nada do que Adrienne Rich escrevia. Enquanto isso, Kendall virava páginas ao meu lado no ônibus para Boston, no caminho para um show — pontuando cada virada com ai-ais —, e eu mordi a isca, fechei meu livro para saber qual era o motivo dos seus murmúrios. A forma como ela tenta esconder faz parecer que ela estava lendo documentos confidenciais. Mas, no fim das contas, me pediu segredo e me passou as páginas impressas. Três segundos depois, percebi que a compreensão de texto dela é comprometida também. As mensagens fazem o meu marcador de nojo explodir.

— Isso é... intenso.

Foi o melhor que consegui. Kendall estava toda prosa com aquela pilha de mensagens de fãs e eu não conseguia tirar isso dela.

— É mesmo — ela olha em volta procurando espiões. — Os primeiros não acho que são tão legais. Mas agora...

parece que ele é obcecado por mim. Eu não dou esperanças a ele, claro, não seria justo com A/B.

Obcecado é verdade. Dá para engasgar com a bajulação desse CountryBoy apaixonado:

Querida Kendall, Desde o momento em que te vi na MTV soube que você era especial. Eu amo o geito que você canta. Eu aposto que você sempre cantou bem assim, desde quando você era um bebê. Quando escuto a sua voz, você ilumina o meu mundo todo. E você pareci tão real! Muita daquelas meninas na MTV são falsas e magras, mas você não preciza ser assim. Você é uma estrela natural.

Oi, menina! Vi seu vídeo novamente e tive que escreve. Porque eu não consigo me cansar de você. Eu fiquei louco quando fui comprar a trilha do Steal This Pony e vocês só tinha uma música nela. Me diz — vocês vão lança um disco só de vocês? Eu compro na mesma hora. Eu pudia escuta você cantar dia e noite. Algo na sua voz me toca como nada mais.

Olá Anjo, é eu. Eu quiria muito que você me respondesse um dia. O site diz que essas cartas vão diretamente para você, e eu sei que você é uma dama ocupada, mas ia fica tão felis em sabe de você. Não apenas porque você é uma estrela famosa e tão linda. Esta é a razão. Quando eu vejo você canta, você está com a banda — mas você está separada deles também. É assim que eu também me sinto nessa vida às veses. Como que mesmo que existam pessoas em volta — amigos e garotas e tudo — eu tou sozinho.

Talvez eu seja paranoica. Ou louca... de inveja. Minha caixa de entrada no site do 6X não é exatamente um buraco negro, mas não recebo nem de perto tantas mensagens quanto a Kendall. Talvez eu quisesse que alguém ficasse babando por mim. Não, inveja não causaria a vibração que eu estou captando de que existe algo errado no superfã da Kendall. E não tem nada a ver com o fato de ele escrever como um analfabeto — eu não sou tão esnobe.

Não dá para fugir. Eu sinto nos meus ossos. Esse CountryBoy é P-O-B-R-E-M-A.

A Chefe

Esquece a louca da semana; Kendall Taylor é a louca do século. Tudo bem, nós estamos todos um pouco nervosos porque essa noite vamos tocar "All Over Oliver" pela primeira vez ao vivo. Eu estou com uma espinha enorme na bochecha. E A/B está resfriado — ele está agindo como um bebê. Caras ficam assim quando ficam doentes, eles precisam da mamãe, mas é seu pai que está conosco na viagem para Boston e o Sr. F Pai é um inútil. Claramente, ele nunca ouviu falar de xarope.

Além disso, a casa de shows era uma espelunca. O banheiro não era limpo desde que Jessica Simpson usava sutiã com enchimento. Passagem de som? Estava mais para inferno de som — o PA estava fodido, ou algo assim. De qualquer forma, nós estávamos passando "All Over Oliver", e Kendall deu uma pirueta quando — *creck!* O salto da bota quebrou e ela caiu de bunda no chão. Ela começou a berrar. Todos corremos para ver o que tinha acontecido. E, se ela tivesse torcido o tornozelo, ia ser uma droga. Mas ela estava bem. Nenhum osso quebrado, sem necessidade de uma ambulância.

Mesmo assim, a chata não se acalmava. Era a hora da diva:

— Isso não pode estar acontecendo! — gritou ela. — Eu não posso subir no palco hoje!

— Oh, Kendall, está tudo bem, não se preocupe — disse Wynn calmamente.

A/B e seu pai a apoiaram em seus ombros, mas ela se livrou deles:

— Nada está bem! — gritou ela. — Não me fale que está tudo bem, Wynn Morgan. Você não sabe de nada.

Ainda gemendo, ela desceu do palco mancando e sentou numa mesa, com a cabeça entre os braços. Todos a seguiram como o seu séquito.

— Desculpe, Kendall; você está certa, nós não sabemos — disse Wynn, também conhecida como a Oprah Winfrey branca. — Vamos lá, conta pra gente. O que está acontecendo? O que está errado?

Kendall soluçava. Wynn olhou para A/B e seu pai como que dizendo: *Fiquem fora disso, isso é coisa de menina*. Eles ficaram aliviados de poder se afastar. Então Wynn olhou desesperada para mim, como se eu soubesse o que fazer — eu esbugalhei meus olhos para ela, mas os olhos dela imploravam de volta: *por favor*. Eu puxei uma cadeira e nós sentamos cada uma de um lado dessa chorona sulista.

Toda descabelada e com os olhos inchados, ela levantou a cabeça.

— Os outros sapatos que eu tenho... são... *tênis*.

— Ah é?

Eu estava tentando ser sensível, mas não entendi:

— E então?

— Eu não posso cantar de *tênis*...

Mais uma rodada de soluços.

— Shh, shh...

Wynn tentava fazer barulhos reconfortantes:

— Você pode usar meus sapatos.

— Nãããooo! — uma sirene ligou dentro dela. — Você só usa sapatos sem *saaaaalto*.

Claro. Estou entendendo agora. Wynn devia estar entendendo também, já que nós vimos esse filme tantas vezes: Kendall tem um problema sério com sapatos — seu fetiche por salto alto não é brincadeira. Duas soluções vieram à minha cabeça:

— Kendall, se você fizer o favor de se calar, nós podemos dar um jeito nisso — disse a ela. — Nós podemos A) procurar um sapateiro nessa cidade e consertar sua bota. Ou B) se nós sairmos agora você pode comprar um novo par de sapatos de salto, o que é a minha recomendação, porque, não sei se você percebeu, mas já é quase verão e você ainda está enfurnada nessas botas.

Kendall parou de chorar. Wynn olhou para mim como se pudesse me indicar ao Prêmio Nobel.

— Talvez umas sandálias bonitas? — seduziu Wynn. — O que você acha?

Kendall limpou o rosto com a manga da camisa:

— Sim — disse ela —, isso ia ser legal...

Então Wynn foi pegar dicas com a garçonete sobre lojas e, em vez de descansarmos no hotel, nós duas fomos com a louca comprar um novo par de sapatos.

Se todo problema pudesse ser resolvido tão facilmente.

O Garoto

O show de Boston foi um fiasco. Não porque nós tocamos mal — na verdade, tocamos muito bem... para aproximadamente três pessoas. Veja bem, Boston é uma cidade universitária enorme, mas as aulas acabaram há algumas semanas e qual ser humano com uma carteira de identidade falsa, ou de verdade, resiste quando os bancos de bar e as praias de Cape Cod e do Vineyard chamam? Agora, a galera de colégio, tudo bem, nosso show no The Rat era liberado para menores. Mas era na mesma noite do festival Summer Spank, de uma rádio local bombada. Pelo preço de um ingresso, você via o Ludacris, Good Charlotte e Angel Blue tocarem duas músicas cada.

Mas o show tem que continuar, certo? Na minha cabeça, esse show foi apenas um ensaio em uma espelunca em uma cidade onde a pizza é horrível. Eu era a favor de a gente pegar o ônibus de volta para casa depois do show, mas nós tínhamos dois programas de rádio para ir no dia seguinte — incluindo a rádio bombada, que não nos chamou para o seu festival. Eu estaria furioso se naquele momento eu não fosse um poço de catarro. Para piorar tudo, meu pai estava nos acompanhando. Aqui, à sombra de Harvard. Não que ele tenha estudado lá — bem que ele queria. Ele não falava nada; ele estava esperando que eu respirasse os ares de Cambridge e resolvesse seguir meus instintos de ensino superior. Só que não vai adiantar: no momento eu estou tão congestionado que não consigo nem respirar.

Meu pai escreveu o livro sobre ressentimento. A forma como ele se *orgulha* da Wynn, com seu livrinho de poesia misterioso. E Stella, os dois falando espanhol, ele babando sobre sua conjugação e dizendo que ela devia tentar italiano depois. Que saco! Pais com grandes expectativas deviam ter um monte de filhos. Para melhorar suas chances de conseguir o que querem. Filhos únicos sofrem — quem aguenta a pressão?

E claro que nós estamos dividindo um quarto (dividir o quarto com o pai designado faz parte do nosso plano de contenção de despesas), o que significava escutar os roncos de desapontamento do meu pai a noite toda. Enquanto ele tomava banho, pensei na possibilidade de atar um peso ao meu pé e me jogar no rio Charles. Quando o telefone começou a tocar, eu estava tão ocupado com esse pensamento que pensei em deixá-lo tocar. Mas não resisti; atendi antes que desligassem:

— Venha até o quarto da Wynn, agora.

Era Stella.

— Para quê? — choraminguei. — Ei, não estou me sentindo bem. Acho que estou com febre...

Ela cuspiu o número do quarto e desligou na minha cara.

Eu obedeci.

E não me arrependi.

— Eeeeeiiii! Agora a gente pode começar a festa!

Eu fui puxado para dentro por... qual delas era — Evangeline ou Epiphany? Difícil dizer; as coisas começaram a ficar nebulosas muito rápido. Evangeline é a barwoman do The Rat, Epiphany é sua parceira no crime — nós nos referimos a elas apenas como as garotas E — E1 e E2. As duas são exemplos de primeira de uma certa raça. Idade? Algo entre maior de idade e aposentadoria. Tatuadas. Cheias de piercings. Elas parecem que acabaram de sair do *Final Fantasy*. Sem dúvida gostosas. E elas trouxeram material: duas garrafas de Jack Daniels e uma bola de haxixe do tamanho de uma bola de basquete — o quarto já estava enfumaçado e cheirando devido aos tragos no cachimbo.

Wynn e Stella estavam lá também, claro. A farra teve origem quando a Wynn e E1 fizeram uma amizade relâmpago no banheiro do The Rat — por causa de alguma coisa como uma tatuagem de coelhinho ser a coisa mais fofa do mundo. E1 então se convidou para ir ao hotel com ela; E2 saiu de uma cabine e quis ir também.

— Nós nunca fizemos isso com crianças — disse E1.
— Nunca fizeram o quê? — perguntou Wynn.

E1 e E2 riram como pandeiros gêmeos:

— Farra, claro — disse E2, que acrescentou que queria pentear o cabelo das meninas.

Não que ela seja uma cabeleireira profissional; ela é mais uma sábia dos cabelos.

E1 acendeu um isqueiro e Wynn deu um trago. Ela mal conseguia segurar, rindo enquanto soltava a fumaça. Stella deu um trago, soltou a fumaça devagar e deliciosamente, e então começou a pular na cama.

— É melhor essa TV estar bem presa — bradou ela.
— Ou então ela vai voar pela janela.

Então ela passou para mim, enquanto E1 me dava fogo, e me bateu nas costas, o que me fez engasgar com a fumaça e parecer um novato na frente das Garotas E.

— O que você acha, A/B? — perguntou Stella. — Devemos chamar a Kendall?

— Claro! — disse E1. — A vocalista tem que vir.

— É, ela é uma graça — disse E2. — Eu queria mexer na cabeça dela também.

Tudo bem, Stella estava brincando — mas a Kendall é uma roqueira em treinamento e as Garotas E tem PhD no assunto. Aí, para a surpresa de todos, eu tomei um gole de Jack e peguei o telefone.

A Voz

Demorei horas para dormir — por algum motivo, se eu fico acordada até muito tarde é muito difícil de me desligar — e quando o telefone tocou, fiquei toda agitada, achando que já era de manhã e que eu estava atrasada para ir à estação de rádio. Meu coração estava batendo a mil enquanto eu atendia o telefone. Era tanto barulho no fundo que eu não conseguia escutar quem estava falando. Mas não era alguém da recepção do hotel para me acordar.

Era A/B.

Meu coração continuava disparado — por outro motivo. Quando o garoto que você gosta liga quando você está sozinha numa cama estranha numa cidade estranha... bem, é extremamente romântico. Talvez ele estivesse se revirando na cama, torturado pelas suas emoções — ele precisava muito falar comigo.

Mas não. Ele estava gritando que eu devia ir para o quarto da Wynn para uma festa.

Bem, eu estava de pijamas. Já tinha escovado meus dentes. E francamente, depois de passar o dia inteiro e metade da noite com meus companheiros de banda, já estava cheia daquelas meninas. Eu estava tentando descobrir uma forma educada de dizer isso para que ninguém se ofendesse quando A/B gritou por cima do barulho:

— Vamos lá, Kendall! Evangeline e Epiphany estão loucas para conhecer você.

De repente, meu coração vai de disparado para o que parece ser uma parada brusca. Até tirei o telefone do ouvido e fiquei olhando para ele sem acreditar, usando o facho de luz que saía pela porta semiaberta do banheiro. A/B não só estava de madrugada com Wynn e Stella, mas com mais duas outras garotas. E ele esperava que eu me juntasse a eles? Nunca! O código sob o qual fui criada está muito entranhado em mim: uma dama não corre quando um garoto a chama; e ela certamente não sai da cama no meio da noite e briga por posição com uma legião de outras garotas.

Nem pense que isso é uma coisa antiquada, não mesmo, justamente o contrário. Minha mãe é uma mulher forte e independente, que me ensinou a nunca deixar um homem controlar a minha vida ou a me convencer de me afastar do que é certo. Ela nunca fez isso e nunca fará. Meu pai a tratava com todo o respeito e, depois que ele foi chamado por Jesus, ela se manteve fiel à sua memória em vez de se contentar com qualquer coisa.

Enquanto eu imaginava como transmitir essa informação vital sem deixar dúvidas, escutei A/B gritar "Ai!" seguido pelo barulho do telefone batendo em um móvel ou algo assim. Eu devia desligar naquele mesmo instante, mas aquele tumulto intrigava meus ouvidos — uma manada de elefantes e uma revoada de cacatuas estavam dançando quadrilha no quarto, pulando, gritando, rindo.

Finalmente A/B voltou ao telefone:

— Kendall, você ainda está aí? Desculpe. Então, você vem? Vamos lá!

— Não, A/B, você me desculpe — disse a ele —, mas eu não tenho nenhum interesse em farrear com um bando de animais selvagens. Boa-noite!

Eu bati o telefone tão forte que minha mão continuou vibrando. Então afofei os travesseiros, rearrumei os cobertores e fiquei rolando na cama, mas eu estava com muita raiva e não conseguia de jeito nenhum voltar a dormir. Fiquei deitada naquela cama de hotel enorme até que o dia começasse a aparecer entre as cortinas.

Então, botei uma roupa e desci até o restaurante para comer panquecas, linguiça e ovos. Não, eu *não* quero café.

Quando eu terminei o café, fui até a recepção para saber se tinha algum computador à disposição dos hóspedes — eu não podia carregar muita coisa, então deixei meu laptop em casa. A moça atrás do balcão nem se atreveu a me dar um olhar, como se eu fosse uma adolescente irritante. Ela me disse prestativa que o hotel tem um escritório totalmente equipado à minha disposição. Fui direto para lá e entrei na internet.

Caro Countryboy...

Pela primeira vez, ao escrever, as palavras saíam de mim com facilidade.

A Chefe

Rock'n'roll é a minha vida, mas se eu tivesse que fazer alguma outra coisa? Antropologia. Entender como a cultura determina o destino, isso é interessante para mim. É uma pena que isso não dê dinheiro. Vamos dizer que isso é meu novo hobby. Educação *versus* natureza, essas coisas. Por que a Kendall é tão maluca: é o seu cérebro ou foi a forma como ela foi criada? O que faz a Wynn tão passiva — biologia ou ter nascido rica?

E eu? Acredite, eu sei o que é, o que significa, ser negra — e, ao mesmo tempo, tenho todo o lado italiano também. Meu bairro é basicamente de classe média, mas minha educação sempre foi em escolas de primeira. É um milagre eu não ter que fazer terapia, com crise de identidade, mas eu sei exatamente quem sou. A pergunta é: por que eu sou assim? Eu sei como sou — sei que não vou ganhar nenhum concurso de "Miss Simpatia"; é do meu jeito ou rua, e eu não levo desaforo para casa. Mas por quê? É uma coisa dos negros? É uma coisa do Brooklyn? Ou a cultura é irrelevante e a sua personalidade é um mero acaso?

Veja o "frohawk" — eu estou usando o meu choque de culturas na minha cabeça nesse momento. É a obra-prima de Epiphany. Ela convenceu A/B a roubar o barbeador elétrico do pai dele, então ela o usou na minha cabeça. Bem curto nos lados — mas sem zerar de vez —, com uma crista levantada. Meus pais ficaram horrorizados, mas é problema deles: é o meu cabelo. Eles têm sorte de eu não descolorir e pintar de verde.

Tudo bem que eu estava doidona quando fiz isso — mas e daí? Eu estava consciente; foi uma decisão minha. Eu sabia que Epiphany ia acertar. As duas Garotas E, eu gostei delas desde o começo. Não tinha enrolação. Tudo o que elas queriam era farrear com estrelas do rock. Groupies. Isso é um prato cheio para um antropólogo. Eu não conseguia parar de interrogá-las; não só sobre as bandas com quem elas já andaram, mas sobre como elas se tornaram groupies, que tipo de rede de informações elas tinham, como era a hierarquia.

Quando eu não estava perguntando, estava ocupada observando como A/B e Wynn interagiam com elas. Aquele haxixe estava realmente expandindo minha mente. A/B? Caso típico de garoto do rock tentando agir de forma descolada. Mas com a Wynn, era estranho. Depois que a Epiphany cortou o cabelo dela — um corte meio picotado, meio desarrumado, com mullets, que a fazia parecer ainda mais uma modelo — parecia que E2 estava dando em cima dela seriamente. Comigo, E1 e E2 eram como irmãs, como as meninas malvadas da sua rua que andam com seu irmão mais velho, e acham que seria engraçado deixar você doidona. Mas com a Wynn, E2 se transformou em uma conquistadora — eu a ouvi dizer que os pulsos da Wynn eram sexy, nessas palavras. Era difícil saber se, ao menos, Wynn estava percebendo isso tudo.

Estranho. Mas assim são as pessoas. Estranhos por toda parte. Até alguém tão sério quanto Brian. Tem alguma coisa com ele. Ele passa no Broken Sound ocasionalmente para ver como vão as coisas, discutir nossa agenda, e o que mais precisar. Falar pessoalmente com a gente sempre foi raro, mas existe uma comunicação silenciosa — um gesto, um sorriso —, que sempre ocorrem entre nós nas reuniões. Ainda acontece, mas, ultimamente, nós quase não temos tido a chance de nos encontrar.

Olha, eu sei que isso não fica bem no papel, nós como um casal. Nós trabalhamos juntos e é o caso típico a ser evitado. E, claro, a diferença de idade. Mas a coisa da idade, trabalhar junto — detalhes como esses não deviam importar quando duas pessoas se conectam como nós. Mesmo assim, ainda existe uma chance de que ele goste de mim apenas como amiga. Ou ele fica me dando corda só para que eu me empenhe mais musicalmente. Ou, pior, eu poderia estar ingenuamente imaginando coisas e Brian pode já ter uma namorada que ele convenientemente não mencionou. De forma alguma eu vou ser a outra!

Eu não posso lidar com isso. Não sou o tipo de pessoa que se senta para se acalmar. Preciso saber o que está acontecendo, de uma forma ou de outra. Então a hora de fazer alguma coisa é agora! Mas como? O que eu devo dizer? Ou eu não falo nada e armo uma para ele — você sabe, como um beijo vale mil palavras? Droga, isso é tão patético. Eu, desesperada por conselhos amorosos. Sem ter ninguém, absolutamente ninguém, com quem eu possa falar.

O Garoto

Vaqueiro? Astronauta? Presidente dos Estados Unidos? Vamos lá, tinha que ser música para mim. Mas estrelato? Não. Não é que eu me importe com coisas como as Garotas E se jogando em cima de mim, mas eu ficaria muito feliz com uma carreira no anonimato como a do Slushie.

Em questão de fama, nós somos a melhor coisa que o Windows by Gina fez. "Wonder Bread" é o primeiro single deles que entrou nas paradas, graças à Kendall. Mas eles ainda são uma banda loja-descolada e sempre vão ser, enquanto o 6X está virando um mega store do rock'n'roll. Slushie pode andar na rua sem ser incomodado; pode fazer a sua música como ele quiser, produzir pessoas que ele gosta (e ganhar para isso), e, a chave para o seu sucesso nos bastidores, ele é um ótimo compositor de jingles. As peças que ele escreve ajudam a vender chicletes, carros, chocolates — e elas pagam as prestações de seu apartamento em Chelsea e do seu Lexus.

Sim, eu ficaria mais do que feliz de ter uma vida assim na idade dele. Algo para ocupar a mente, pelo menos. Já no que diz respeito a relacionamentos — eu tive uma mostra outro dia, quando ele recebeu o 6X no seu apartamento para jantar — é extremamente duvidoso que um dia eu entre nessa. Slushie é casado. A mulher dele é *francesa*. Muito bonita, com aquele jeito de quem acordou assim. O nome dela é Sylvie. Ela tem uma galeria de arte em Chelsea, é fotógrafa — suas obras decoram a casa deles —, e ainda cozinha: ela nos preparou um cassoulet, um tipo de feijoada com feijão branco só que mais chique. Ela e o Slushie se dão tão bem, como se eles nem estivessem tentando.

Considerando minha média de gols com o sexo frágil, eu só posso olhar para aquilo com espanto. Cara, a forma como a Kendall bateu o telefone na minha cara em Boston, eu achei que ela estava muito puta. No dia seguinte, vai entender, ela não estava nem um pouco chateada (a não ser que eu tenha interpretado errado os sinais, o que seria normal com uma ressaca monstro, fazendo minha cabeça parecer um bumbo de uma criança autista). Ela estava pior que puta. Ela tinha me superado. A forma como ela canta "All Over Oliver" agora, dá para dizer que ela queria substituir o nome no último verso, quando a menina esculhamba a sua ex-paixão em triunfante feminilidade. Antigamente, quando eu ia para a casa dela, ela era superatenciosa. Certa vez ela até fez cookies para mim. Ultimamente... ela não tem sido fria, ela tem sido doce — ela simplesmente parece que seguiu adiante. Outro dia, passei lá vindo da Penn Station, achando que nós íamos juntos para o Broken; ela me convidou para entrar com um oi rápido e voltou correndo para o laptop.

Essa é outra mudança. Há um mês, eu não conseguia nem fazê-la jogar um joguinho besta na internet; agora ela comprou um Mac top de linha, com todos os acessórios; ela tem até wi-fi para poder usar a internet em qualquer lugar, mesmo a 35 mil pés do chão. Mas, mesmo assim, não é que ela tenha se tornado uma nerd. O jeito de menina do Sul, e todas as formas de maltratar os homens que vêm acopladas a isso, estão começando a funcionar nela. Na verdade, ela tem feito várias perguntas "hipotéticas" ultimamente — do nada me pergunta:

— O que garotos acham de perfume?

Ou:

— Garotos acham que têm que pagar tudo?

Stella diria que ela está apenas me provocando — tentando me deixar com ciúme. Infelizmente, eu acho que está funcionando...

A Voz

Se Deus não tivesse me dado o dom de entreter, eu não conseguiria pensar em nenhuma missão mais nobre e mais gratificante do que ser uma esposa e mãe. Tenho certeza de que minha mãe, se não tivesse sido obrigada a seguir sua carreira por causa da morte do meu pai, teria dedicado sua vida à nossa família. Eu aposto que teria um monte de irmãos e que meu pai estaria muito orgulhoso.

É claro que eu acho possível ser uma estrela do rock e uma mãe de família se o amor for verdadeiramente forte. Tendo em vista que eu encontrei o Príncipe Encantado, é natural que eu pense nisso. Meu Deus, como eu quero contar para minha mãe sobre o CountryBoy. Acho que ela o aprovaria — ele é um cavalheiro. Ele inclusive me pergunta sobre minha mãe — quantos garotos você conhece que teriam essa consideração?

Meu segredo é capaz de ser revelado no avião para Atlanta. Eu já estou arrependida de ter contado a Wynn sobre o CountryBoy (ah, eu sei seu nome verdadeiro agora: é Jesse), mas eu tinha que contar para alguém, e a Wynn não é do tipo de sair falando para todo mundo. Além do mais, ela dá bons conselhos — embora eu não possa dizer que segui cada palavra. Por exemplo, ela recomendou que eu não escrevesse de volta para ele; disse que estrelas do rock devem manter uma certa distância dos fãs. Mas o CountryBoy não é apenas um fã. Ele me entende de verdade.

Além disso, ela, Stella e A/B não tiveram problemas em se misturar com aquelas garotas em Boston. Aquilo realmente provou que A/B não merecia o meu amor — e fez me sentir mais próxima do Jesse. Ele me faz tão feliz, apesar de não termos nos conhecido pessoalmente. Ah, eu tinha esperanças de que ele fosse um garoto da Geórgia e que pudesse aparecer no nosso show em Atlanta. Bem, ele nunca mencionou de onde é, mas admitiu que não tinha carro e não poderia ir. É provavelmente melhor para mim ficar junto da minha mãe esse fim de semana de qualquer forma — é a primeira vez que ela tem a chance de vir a um de nossos shows fora de Nova York.

E nós estamos nos divertindo tanto. Jantamos — só nós duas — num restaurante legal sobre o qual minha mãe leu numa revista. Agora que estou crescendo, minha mãe e eu estamos começando a ser como duas amigas. É claro que eu sempre vou respeitá-la e obedecê-la, mas ela é muito nova para ser a mãe de uma adolescente. Ela também está se acalmando sobre todo mundo em Frog Level saber sobre minha carreira. Fofoca maliciosa é o que a preocupa. Mas, segundo a minha avó, as pessoas só têm dito as melhores coisas. Eu sei que "Dirty Boots" pode ser um pouco pesada para alguns, mas que se dane, eu não acho que eles prestam atenção em todas as palavras; eles só sabem que eu estou na MTV e que Anderlee Bennett está comigo, e ela é a namoradinha da América. Além disso, "Wonder Bread" não tem nada de maliciosa, então se as pessoas me virem ou me escutarem nessa música, não tem nada que eles possam falar de ruim.

Na verdade, não consigo pensar em uma simples palavra negativa que alguém em Frog Level possa falar sobre mim, minha mãe, minha música, ou o que for.

A Gostosa

Dar aula para o jardim de infância deve ser legal: moldar jovens mentes inocentes. Mas e se a personalidade for formada ainda antes? Seus pais poderiam arruiná-los na infância. Ainda assim, as coisas são ao menos mais simples no jardim de infância. Quando a puberdade chega, pode esquecer. Eu nunca gostaria de ser uma psicóloga, apesar de, ultimamente, me sentir como uma.

Doutora do Amor. Eu, de todas as pessoas. Que ironia! É claro que estou falando da história da Kendall com o tal CountryBoy. Isso me preocupa. Ela está fantasiando que ele é seu namorado de verdade — e, apesar de as coisas que ele diz serem doces, acho, e sensíveis, suas mensagens não são precisamente românticas, certamente não são eróticas; não são cartas de amor. Mesmo assim, por baixo do charme casto, a vibração que eu sinto é... *sinistra*, como vermes rastejando naquela massa de e-mail. É provavelmente uma ansiedade irracional, e mesmo que não seja, ele se chama CountryBoy — ênfase no country —, e, pelo que eu posso dizer, juntar dinheiro para uma viagem para Nova York seria difícil para ele. Eu devia ficar feliz porque a Kendall arrumou outra coisa além do A/B para cismar.

Uma banda é muito melhor sem envolvimentos românticos — e a prova são as nossas sessões de gravação, que estão indo muito bem. Ainda temos atritos, mas agora nós os resolvemos com uma recém-achada maturidade. Essa viagem a Atlanta é outro sinal do nosso progresso. Sábado à tarde, estávamos na piscina do hotel, estava tudo tranquilo, calmo — você não nos distinguiria de um grupo de amigos de férias, a não ser quando éramos interrompidos para dar alguns autógrafos.

Chegando na hora do show, rolou aquele nervosismo que cada um de nós tem do seu jeito, mas já nos acostumamos com os sintomas de cada um — e a não piorar as coisas nessas horas. E, quando nós subimos no palco, foi lindo. Tocar juntos no estúdio quase todo dia nos deixou mais confiantes musicalmente, então nós conseguimos relaxar e realmente nos divertir tocando. Até mesmo o novo material que nós adicionamos ao set: é um pouco mais tenso, mas ainda assim relaxado. Você sabe, divertido.

Depois do show foi tudo muito para menores. Com a Sra. Taylor nos acompanhando, a coisa mais endiabrada em que poderíamos pensar era ir a um restaurante com um serviço de rodízio de panquecas. Na verdade era uma enganação — você paga mais do que pagaria por uma porção de panquecas e só depois descobre que você não conseguiria comer tantas assim antes de ficar com a barriga cheia. Ir para a casa de panquecas deve ser *a* coisa para se fazer depois de um show de rock em Atlanta; metade do povo que estava na casa de show estava nas mesas. Nós fomos reconhecidos, mas a situação não ficou fora de controle.

Voltando para casa no dia seguinte, a Kendall deu um jeito de sua mãe se sentar com Gaylord, e ela se sentou ao meu lado, uma forma de ela poder conversar pelo computador com o CountryBoy em segurança durante o voo. Assim que estávamos no ar, ela se conectou para mandar uma mensagem, mas como ele não estava on-line, ela escreveu um testamento por e-mail. Ao seu lado, eu lia uma revista de fofoca (desculpe, mas eu desisti de Adrienne Rich), enquanto a ajudava com alternativas de vocabulário (adoro? venero? amo? gosto muito, muito?). Depois de algum tempo ela clicou em enviar e dormiu com o laptop aberto sobre a bandeja. E ela continuou dormindo, até quando o avião passou por alguma turbulência. O balanço do avião chacoalhou seu computador. Com um barulhinho, ele voltou à vida. A tela clareou. Percebi que a Kendall tinha recebido uma mensagem.

Tudo bem, eu sei que isso é errado. Mas eu sou o único membro do público dessa novela e, aparentemente, o comercial acabou. Então eu me estiquei. Apertei uma tecla. A mensagem abriu:

Querida! Eu li seu e-mail e você tem uma grande ideia. Me transferi o dinheiro que eu pego o próssimo avião pra Nova York. Não posso espera pra esta com você.

O Garoto

— Nós precisamos conversar.

Encurralando-me no canto da pequena cozinha, Wynn enterrou seus restos de unhas roídas no meu braço:

— A/B, isso é sério.

Deu para perceber. Soltei o meu precioso saco de café kona-colombiano para dar toda a atenção e ela soltou tudo: o namorado virtual da Kendall, a sua estranheza vaga, mas persistente, e a forma enxerida como ela descobriu o plano dos dois para se encontrarem em carne e osso.

— Nós temos que fazer alguma coisa — sussurrou ela. — O que devemos fazer?

Wynn estava em pânico e aquilo era contagioso. A doce e inocente Kendall nas garras de um maníaco! Naturalmente eu entrei numa fase de negação:

— Você tem certeza disso?

— Pelo amor de Deus, A/B — disse ela. — Eu li a mensagem com meus próprios olhos. E a forma como ela vem agindo toda agitada e avoada. Ela está tão distraída que nem consegue cantar "Hello Kitty". Ela vai adiante com isso, eu tenho certeza.

É verdade. Kendall estava no décimo quarto take de "Hello Kitty Creeps Me Out", e essa música não é uma ária de Verdi. Mas ao menos nós podíamos discutir a situação sem medo de ela entrar a qualquer momento — até que ela acertasse a música, é claro.

— Certo, certo. Nós vamos fazer alguma coisa, vamos agir.

Eu estava tentando me recompor, mas cenas em fast-forward da Kendall sendo seduzida (ou pior) passavam na minha cabeça como trailers com anfetaminas.

— O quê? O quê?

Wynn quer saber. E ela quer saber *agora*.

— Porra, Wynn, eu não sei. Deixa eu pensar.

Eu pensei.

— Já sei — disse.

Ela apertou mais meu braço. Estava começando a perder a circulação.

— Vamos contar para a Stella.

Wynn me soltou e deu um suspiro misturado com uma lamentação:

— Esse é seu plano? Contar para a *Stella*?

— Olha, eu sei que a Kendall não é a favorita dela, mas mesmo que Stella fosse a encarnação do diabo, ela liga muito para o 6X para deixar alguma coisa acontecer com A Voz.

Eu bati na minha cabeça e acrescentei:

— Nesse momento eu tenho um hamster correndo numa roda aqui dentro. Ele está correndo, mas não sai do lugar. A mente da Stella é uma estrada aberta. Ela vai saber o que fazer.

Wynn olhou para mim, ainda sem se convencer.

— Vamos lá — insisti —, é a coisa certa. Sem dúvida. Nós temos que contar para a Stella.

— Contar o que para a Stella?

Acabou o debate. Stella entrou na cozinha, a tempo de ouvir minha última frase. Wynn quase caiu dura, mas eu fiquei feliz de saber que não tínhamos outra alternativa. Enquanto contávamos tudo para ela, Stella digeria a informação quieta. Quando acabamos, ela tinha uma estratégia.

— Certo, se esses dois infelizes vão se encontrar, isso vai acontecer logo — disse ela, se apoiando no balcão —, ele pode já estar no avião. Então nós fingimos que nada está acontecendo e a vigiamos.

Stella é Napoleão, Boris Spassky e 007 em um só. Metódica. Inabalável. Três passos à frente. Wynn e eu ficamos só olhando enquanto ela continuou:

— Nós vamos convidá-la para fazer coisas. Eu não, claro; até mesmo a Kendall é esperta o suficiente para suspeitar se eu começar a ficar muito amiguinha dela. Mas... deixe-me ver... aquele documentário das meninas roqueiras está passando no Sunshine. A/B, você diz que ela tem que ver e a convida para ir hoje à noite. Calma, calma; ela superou você; nada ia deixá-la mais feliz que se recusar a sair com você. Em vez disso, diz que o Brian quer que ela veja. Então, Wynn, você diz a ela que você tem uma promoção de dois por um numa pedicure ou qualquer dessas coisas de menina. Lembrem-se, nós só estamos esperando ela recusar; aí nós saberemos que é a hora.

"Então nós a seguimos. De longe. Bem, a Kendall não é exatamente o Guia Quatro Rodas; quantos lugares ela conhece? Se ela não encontrar com ele no Cup 'n Saucer, ela vai marcar em algum lugar aqui nesse quarteirão... talvez o Donna's Donuts; ela sempre diz que é melhor que o Krispy Kreme. Ou aquele Starbucks em frente às Teen Towers.

Nesse momento Stella falou o que Wynn e eu nem ousamos pensar:

— Ela não vai para o hotel dele de jeito nenhum — disse ela. — Nós estamos falando da Cristã do Ano...

Verdade, a Kendall que nós conhecemos não iria nem sonhar em encontrar com ele no seu quarto de hotel. Mas será que ela ainda é a Kendall que nós conhecemos?

A Gostosa

Foi impressionante como a Stella tomou conta da situação. Ela marchou de volta para o estúdio e, quando nós percebemos, tudo que a gente conseguia ver era Bertram, o estagiário magricelo do estúdio, enrolando cabos:
— Ei, cadê a Kendall? — perguntou A/B.
— Não sei, cara.
Bertram continuava com a cabeça baixa e respondeu com o sotaque de alguém que passou uma temporada em Sydney e voltou afetado.
— Você não *sabe*? — perguntou A/B. — Como assim, você não *sabe*?
Bertram levantou a cabeça lentamente. Ele é um daqueles caras largados cuja expressão nunca muda, uma característica que ele provavelmente teve que treinar. E ele é bom nisso. Feliz, preocupado, chateado — você realmente não tem como saber:
— Eu não sou pago para saber — disse ele feito bobo enquanto voltava para o ninho de cabos no chão. — Eu não sou pago, ponto.
Slushie entrou na sala, terminando uma ligação com sua mulher.
A/B gesticulava como um mímico amador. Slushie olhou para ele com atenção, sem entender, disse "*A bientôt*" e fechou seu telefone. Ele olhou para nossas caras chocadas:

— O que houve?

— Slushie, onde está a Kendall? — perguntou Stella calmamente.

— Ela não contou? Ela tinha algum tipo de compromisso...

— Ela *saiu*...? — perguntou A/B, nem um pouco calmo.

— Ela está no banheiro agora... mas ela disse que tinha que sair por algum tempo — informou Slushie. — Por que vocês...

Ao ouvir os passos da Kendall, Stella fez um movimento com o dedo pelo pescoço: *Chega!*

— Então você acha que uns barulhinhos soariam bem nessa faixa, hein? — disse ela, convincentemente fazendo parecer que estávamos discutindo "My Real Dad Lives in Prague", a próxima música que iríamos gravar.

Slushie encolheu os ombros, mas foi na onda:

— Sim, eu pensei em criar uns loops, vocês escutam, e nós vemos o que cabe...

A/B e eu continuávamos sem fazer nada, olhando escondidos para Kendall. Ela tinha trocado de camisa e estava usando maquiagem suficiente para entrar para o concurso de Miss Drag Queen Adolescente.

— O que você acha, Kendall? — perguntou Stella a ela, calma e fria como gelo.

Kendall não ouviu, ou estava tão imersa em seus próprios pensamentos que não conseguiu achar palavras para responder.

— Ei, garota, estou falando com você — disse Stella estalando os dedos.

— Meu Deus, Stella. Sim, sim... isso ia ser ótimo — disse ela para sua bolsa, sem conseguir olhar ninguém nos olhos. — Eu volto logo, humm, por volta das quatro.

Stella botou as mãos na cintura e arregalou os olhos:

— O quê? — disse ela fingindo não acreditar. — Você acha que pode sair por três horas? Você tem ideia do quanto *custa* a hora nesse estúdio? Você... quer saber, esquece. Vai lá, não importa. *Nós vamos* trabalhar com o Slushie nos loops. É claro que a superstar tem suas prioridades...

— Stella!

A voz da Kendall era petulante, mas ela logo mudou o tom. Stella estava certa: ela *tinha* suas prioridades.

— Obrigada, eu vou, humm, oh Deus... eu preciso... até mais tarde, tchau.

As últimas palavras ainda soavam e ela já tinha ido.

Nós esperamos uns sete segundos, então saímos atrás. A/B correu até a janela da recepção, olhou Kendall e voltou:

— Ela foi na direção do Donna's!

— Alguém quer me dizer o que está acontecendo? — perguntou Slushie.

— Não posso — disse Stella firmemente. — Não dá tempo...

Enquanto nós saíamos do Broken, escutamos Slushie resmungar:

— Acho que vou trabalhar nos loops... ou comprar papel higiênico...

A Chefe

— Pior situação possível — disse Wynn, encostada à parede de tijolo, tirando seus óculos escuros. — Meu Deus, gente, é sério — contou ela —, a coisa está feia.

Ela nem precisava falar. Sua cara dizia tudo.

Quando nós não achamos Kendall na loja de donuts, eu imaginei que na sua mente de criança ela ia querer um lugar mais romântico para o seu encontro. Então mandei a Wynn checar os dois bistrôs que ficam um de frente pro outro na esquina da Broome Street. Wynn não teria problemas em chegar até o bar; ela ia parecer qualquer modelo do Soho chegando elegantemente atrasada para a sessão de fotos. O único problema era Kendall não perceber que ela a estava espionando. Nós estávamos esperando perto da entrada de serviço do Comme du Buerre quando Wynn começou a contar o que viu para mim e o A/B.

— Aparentemente a Kendall ficou bastante sofisticada nesses últimos meses; ela sabia o suficiente para fazer uma reserva. Eu olhei no caderno do maître e lá estava o nome dela — disse Wynn. — Não dava para ver onde ela estava sentada, mas eu pedi uma coca e fiquei vigiando a porta. Eu o vi entrar, você teria que estar em coma para não perceber. Ele é um *daqueles* caras; parte lobo, parte cachorrinho, parte apresentador de circo... mas principalmente, eu juro por Deus, Elvis.

— Elvis Costello? — perguntou A/B.

Wynn olhou como se ele fosse de outro planeta:

— Elvis *Presley* — disse ela. — E não é o Elvis gordo de calça brilhante também. É o Elvis *gato*. Topete brilhante. Jeans escuros com cinto grosso. Camiseta branca com a marca na manga feita por um maço de cigarros. Tatuagem de um coração sangrando no bíceps que podia quebrar nozes.

Eu conheço o tipo:

— Parece o tipo de cara que vai no Acme nas Terças Rockabilly. Eu fui lá atrás de soul food com os meus pais uma vez; é como estar num filme dos anos 1950.

— Exatamente.

Wynn tremia na luz do sol — ela estava claramente assustada:

— Ele estava falando com a recepcionista enquanto me dava uma olhada de cima a baixo no outro lado do bar, e então ele *piscou* para mim! Com olhos azuis que você podia ver a um quarteirão de distância. Eu quero dizer que ele é muito atrevido, simplesmente grosseiro e óbvio e rude... mas ele tem carisma. Eu fiquei lisonjeada, apesar de tudo. É claro que não quis ficar olhando para ele, então desviei meu olhar para a Coca, como se ela fosse cair do copo.

Espere um minuto. A Wynn estava realmente impressionada com um cara... e ele gostava da Kendall? Putz!

— Por que você acha que ele é o CountryBoy? — perguntei decidida.

— Quando eu ouvi a recepcionista rindo, imaginei que ele estivesse dando atenção total a ela, eu o chequei de novo. Então eu vi o que ele segurava na mão — disse Wynn, tirando a franja do rosto. — Uma rosa vermelha.

Ela piscou e arrancou uma cutícula com os dentes:

— Enquanto a recepcionista o levava para a mesa da Kendall, percebi que ele ia passar bem ao meu lado. Eu continuei olhando para o meu refrigerante. Senti cheiro de cigarro e do tipo de colônia para homens que se vende aos litros. Aí eu não sei o que deu em mim, mas tive que olhar para ele. E eu tive que me segurar no balcão para não cair. Gente, o negócio é que ele é velho. Não é *mais* velho, não tem 20 e poucos, eu quero dizer, velho *mesmo*. Eu juro, ele deve ter pelo menos 40 anos.

Eu engoli essa como se fosse um shot de uma bebida muito forte, mas, em vez de me deixar tonta, eu me sentia superconsciente:

— Muito bem, isso é pior que a pior situação possível — disse a eles.

Claramente, estava fora do nosso alcance. Eu sei o que é um pedófilo. Eu peguei meu celular para ligar para o Brian, falei com a secretária dele, disse a ela para tirá-lo da reunião urgente, e ela fez isso. Eu passei para ele um resumo da situação, ele disse que nós devíamos voltar para o Broken e trabalhar nas músicas e parar de nos preocupar. Ele iria tomar conta de tudo.

E eu fiquei aliviada, de verdade. Imagino que o Sr. Brian Wandweilder, advogado respeitado da Quinta Avenida, ia chegar lá e ameaçar aquele pervertido com a força da lei. E ele foi lá. Só que antes de sair, ele fez uma ligação. Afinal, o que ele realmente sabe sobre os corações tenros e os egos frágeis de meninas adolescentes? Ele não queria ir lá sozinho.

A Voz

Nós estávamos comendo a sobremesa. *Crème brûlée.* Mesmo não sendo chocolate, eu adoro, é tão elegante — o toque final perfeito. Nosso almoço estava durando horas, e eu não queria que acabasse. Eu prefiro contar esse como meu primeiro encontro, já que o Baile era um grupo — apenas um monte de garotos. Assim é que um encontro de verdade deve ser. Se fosse à noite, se tivesse velas, seria perfeito, mas não dava para reclamar. E ainda era em um restaurante francês. Os guardanapos eram de linho rosa. A água vinha em garrafas de vinho. E Jesse era mais bonito do que eu me deixaria imaginar.

Assim que ele chegou à mesa, tomei um susto. Porque ele era tão bonito, e também porque ele era mais velho. Eu podia dizer pelos seus e-mails que ele não estava mais no colegial, mas imaginei que ele ainda era um adolescente, talvez com 18, 19 anos. Bem, ele era bem mais velho que isso — eu não sei dizer a idade dele com certeza, e não é educado perguntar. Mas a forma como ele dizia meu nome, de uma forma arrastada que me fazia lembrar de casa e meio que sem conseguir falar como se ele não pudesse acreditar que realmente estava comigo:

— Kendall Taylor? Oh, meu Deus, como você é linda...

Eu fiquei toda derretida. Ele era simplesmente a coisa mais fofa. Ele me trouxe uma rosa vermelha, e quando ele se sentou, em vez de me dar a rosa, ele a passou na ponta do meu nariz, então a deslizou pela minha bochecha até meus lábios, me fazendo sorrir.

De repente a diferença de idade desapareceu; não significava nada. Nós estávamos nos dando tão bem. E ele me fazia me sentir especial, nunca sendo convencido e falando só dele. Em vez disso, perguntava tudo sobre mim — minha escola, meus amigos, e, principalmente, da banda e do nosso contrato. Ele estava superinteressado em mim. É claro que eu fiz perguntas a ele de volta e acabei descobrindo que ele é um cantor também. Só que não é profissional. Ele ficou todo tímido e humilde, dizendo que ele teve uma banda uma época, mas eles estavam apenas brincando.

— Mas eu ainda adoro cantar uma canção — disse ele sorrindo — no chuveiro...

Seu sorriso ficou melancólico então:

— Sabe, Kendall, quando eu vi você pela primeira vez na MTV, eu me lembrei de uma das minhas canções favoritas.

— Sério? — e continuei. — Qual é essa canção?

Aproximando-se de mim, Jesse disse:

— Vem aqui.

Eu me movi na direção dele. Ele pegou minha mão e aproximou sua boca do meu ouvido. Seu rosto era macio, mas pude sentir os cabelos nas suas costeletas. Sua loção pós-barba tinha um aroma fresco e o seu cheiro particular fazia minha cabeça flutuar. Então ele começou a cantar, sua voz como um segredo derretendo no travesseiro:

— In dreams... I walk with you. In dreams... I talk with you. In dreams... You're mine... All the time... (Nos sonhos... eu ando com você. Nos sonhos... eu falo com você. Nos sonhos... você é minha... o tempo todo...)

O *crème brûlée* chegou — um para nós dois dividirmos — então nos separamos. Ele soltou minha mão e falou suavemente:

— Isso é do Roy Orbison! — disse ele. — Já ouviu falar dele?

— Hmm, não — disse eu, pegando uma colher. — Mas é uma canção muito bonita.

— Bem, você é jovem. Sua mãe, ela deveria lhe ensinar sobre o Roy Orbison. Ele é um dos maiores, mas ele já faleceu.

— Oh — disse eu —, isso é triste.

Jesse coçava o queixo como se estivesse pensando em algo mais profundo e importante do que a sobremesa. Ou talvez ele nunca tivesse comido *crème brûlée* antes, então eu mostrei como quebrar a crosta de caramelo glaçado com o lado redondo da colher. O aroma do açúcar se ergueu entre nós. Então, justamente quando eu botei um pedaço na boca, percebi que o seu olhar se levantou. O olhar mais estranho adornava o seu rosto — duro, de uma certa forma, mas também meio que satisfeito — com aqueles olhos azuis se fechando e sua boca encurvando.

Eu me virei para ver o que ele estava olhando, ao mesmo tempo que ouvi uma voz dizer:

— Olá, Jesse.

Ela não parecia chocada, chateada ou magoada. Assim como ele, ela parecia dura. Tinha uma certa satisfação no olhar dela também, como se algo que ela sempre tivesse temido finalmente tivesse acontecido.

Era um combate.

— Bem, olá... — disse ele com aquele sorriso torto e satisfeito.

Eu não pude fechar minha boca. O pedaço pálido de pudim que eu tinha na boca escorregou e caiu, estilo câmera lenta, no meu colo. A colher escorregou da minha mão e bateu no chão de ladrilhos azuis soando como um pequeno sino. O restaurante estava bem vazio a essa altura — a turma do almoço já tinha voltado para as lojas e galerias do Soho —, mas o Sr. Wandweilder estava lá, fazendo cara de poucos amigos encostado a um arco. Ele deve tê-la trazido aqui. É claro que reconheci a mulher atrás da minha cadeira, olhando para o Jesse, mas eu não conseguia imaginar o que ela estava fazendo ali. E eu não queria imaginar. Eu ficava olhando para um e para o outro, minha mente cavando um buraco como uma marmota, mas o chão estava se partindo, desintegrando, não oferecendo um lugar para me esconder...

Jesse esticou seus braços, estalando os dedos da mão direita com a esquerda, depois repetindo o gesto até que todos os dez fizessem o som de galhos secos se quebrando sob uma bota pesada. Seu sorriso ficou maior, mais satisfeito:

— O que você tem feito nos últimos 15 anos, JoBeth? — perguntou ele à minha mãe.

Foi então que eu percebi que meu rosto estava todo grudento e molhado. Eu estava chorando, mas as lágrimas eram absolutamente silenciosas. Eu entendi, e o entendimento tinha um preço: ele roubou minha voz.

A Chefe

Que confusão! E dizem que os negros é que têm dramas. A banda não vai ao estúdio há mais de uma semana e ninguém nos explica nada direito — estão nos tratando como bebês. É tão injusto. São as nossas vidas que estão em jogo. Enfurnados em três diferentes CEPs — A/B em Long Island, Wynn em Manhattan e eu no Brooklyn —, tudo que nós podemos fazer é resmungar no telefone, tentando juntar pedaços de fatos, como um quebra-cabeça.

Aqui está o que nós descobrimos:

Todo aquele lixo sobre o pai da Kendall ser um herói de guerra morto? Haha! A mãe dela a tem alimentado com uma cuidadosa dieta de mentira desde o dia em que ela nasceu. Procure "vagabundo sulista" no dicionário e você vai achar a foto dele. Jesse Taylor: vigarista em meio expediente, funcionário do Kinko's de Columbia, Carolina do Sul (daí vem seu acesso à internet) em meio expediente, escroto em tempo integral. O casamento deve ter sido sob a mira de uma espingarda há uns 15 anos para salvar a reputação da família da Kendall. Mas o papai não ficou por muito tempo e a família ficou feliz com isso — antes só do que mal acompanhado.

Só que o canalha resolveu aparecer de volta quando sentiu o cheiro do dinheiro que a filha ia ganhar com o contrato com a gravadora. Jesse Taylor ouviu falar da ascensão da filha na cena rock e viu os cifrões na sua frente. Então ele jogou a isca no ciberespaço e a fisgou como um bagre de boca grande. Que loucura — a pobre menina achava que ele era seu príncipe encantado. Imagina ficar a fim de um cara... só para depois descobrir que ele tem idade para ser seu pai... só para descobrir que ele *é* seu pai!

Foi demais para a Kendall. Depois daquele fatídico pedaço de *crème brûlée* no Comme du Buerre, ela correu direto para seu canto nas Teen Towers e não arredou pé de lá desde então. A princípio, ela não deixava nem sua mãe entrar. O Brian ligou para o escritório da Sra. Taylor e a fez encontrá-lo no restaurante; nenhum dos dois tinha ideia do quão bizarro o encontro realmente seria, mas ele imaginou que, depois que os pegasse no flagra, sua mãe deveria estar por perto para consolá-la. Acabou que devido às circunstâncias, a mamãe tomou um gelo daqueles.

Se ao menos fosse restrito à sua mãe — mas não é. A Voz não falou uma palavra — ou cantou uma nota — desde o incidente. Porra, se eu descobrisse que a minha vida toda e tudo em que eu acreditava fosse uma mentira, eu ia falar muito. Mas a Kendall não. Será que ela estava mentindo? Ou é mudez histérica de verdade? Será que o caso dela é médico ou místico? Mandá-la para um psiquiatra está fora de questão, já que sua mãe acredita que Freud era o ajudante do demônio. Claramente a Sra. Taylor está contando com orações para curar a laringe da filha. Quanto ao, por falta de um termo melhor, "pai" da Kendall, ele não deve estar dando a mínima porque continua por aí, se transformando numa praga de primeira, cobrando seus direitos.

Fingindo, ou realmente abalada, não importa, ela está tratando todos igualmente — ela não fala com nenhum de nós também. Todos tentamos mandar e-mails para ela também, mas não surpreende que ela tenha perdido o gosto por bater papo on-line. É um total colapso nas comunicações.

Então para onde isso nos leva? Vagando como zumbis no limbo. Nove músicas prontas, mais sete escritas e prontas para gravar — mas as gravações, o show de Chicago, nossa carreira toda foi colocada em espera. Pelo menos o que se pode fazer está sendo feito para controlar os estragos. Brian está cuidando da parte legal. Um mix final de "All Over Oliver" vazou num site de download — foi a gravadora mesmo que botou a música no ar, uma tentativa de manter o 6X na cabeça das pessoas. E a Universe quer que nós três continuemos a gravar esses videodiários para que a gente tenha algum tipo de plano B se a Kendall não sair dessa.

Enquanto isso, os pais do A/B estão enchendo o saco dele com coisas de faculdade novamente. E a mãe da Wynn quer levá-la para a Suíça pelo resto do verão — num "spaspital" onde Wynn possa descansar de toda essa loucura, e onde a Sra. Sherman possa finalmente fazer algo a respeito daquelas linhas de expressão. O único consolo para mim é que meus pais já tinham desistido das férias de família (já que eu ia ficar gravando durante todo o verão), planejando, em vez disso, uma segunda lua de mel em Niagara Falls. Graças a pequenos favores — e ao fato de eu assegurar que estava bem —, eles não cancelaram a viagem, o que significa que a partir de amanhã, eu vou ficar sozinha sob os cuidados do meu irmão JJ.

Normalmente isso ia querer dizer zona. Mesmo que eu realmente mereça uma chance de parar de me preocupar e relaxar um pouco, eu simplesmente não estou no clima. Por outro lado, eu me recuso a ficar pelos cantos chorando — não é o estilo da Stella. Então, a primeira coisa que vou fazer é ir até as quadras de handball e checar o meu garoto Tee. Eu sei que já se passaram meses, mas ele ainda está a fim de mim. E eu sinto... droga, eu sinto uma coisa mudando dentro de mim, como se eu tivesse chegado ao meu limite de loucuras da carreira, de fazer tudo que mandam e fazer calos nos meus dedos de tanto tocar — sem contar todos os fakes e os poseurs e malucos que aparecem. Nesse momento eu só quero estar com alguém do meu bairro, alguém com quem eu possa conversar e que eu saiba que gosta de mim por mim mesma. Alguém *real*.

O Garoto

Lentamente, mas com certeza, meus pais estão me levando à loucura. Eles não estão gritando; eles estão se lamentando. Eles não estão dando ordens; eles estão fazendo sugestões construtivas cheias de esperanças. Meu pai tem me levado para jogar golfe. Golfe, cara! Se eu digo que não, ele fica praticando sua tacada curta no jardim, intermitentemente sentando na varanda pensando onde ele errou. Minha mãe tem me comprado cuecas. O tempo todo. Todo dia ela sai e compra quatro. Meu quarto está entulhado de sambas-canções, sungas, pacotes com três brancas básicas, meias, meias e mais meias. É como se eu tivesse falado para ela que repensei minha decisão e em setembro eu fosse para a universidade em uma terra que não conhece cuecas.

Eu *tenho* que sair de Long Island. Não são só meus pais, é... tudo. A grama é verde demais, as meninas são muito vazias, os becos sem saída são muito inocentes. Eu peguei a linha ferroviária, mas em vez de ir para a Penn Station, eu troquei na Jamaica Station para o trem do Brooklyn, então estudei o mapa do metrô. Concluí que uma dose do amor bruto da Stella (tá bom, carinho bruto) ia ajudar a preservar o que sobrou da minha sanidade. Eu nunca tinha ido à sua casa antes, mas sei o endereço e pensei, ora, é uma aventura.

Ah, o Brooklyn. Agora sim. O pôr do sol confuso sobre o Canal Gowanus. Um cheiro de gordura e alho que vem da lanchonete chinesa-latina na esquina. Garotos arremessando bolas de futebol americano no meio da rua, gritando versos de canções em uma mistura de inglês com espanhol. Uns fortões de camiseta branca justa sentados na escada de seus prédios, fumando, tomando tequila da garrafa e encarando os transeuntes. Garotas com brincos e bundas que parecem monumentos passam nos encarando de uma forma muito mais intimidante que os caras; essas garotas têm a minha idade, mas eu não sou digno nem de um olhar de desprezo vindo daqueles olhos fundos com cílios longos. Um caminhão de sorvete tocando canções de Natal e músicas tradicionais: "Joy to the World", "On Top of Old Smokey". Pequenos e valentes jardins brigando por espaço com latas e móveis descartados.

Lá estava eu. A residência dos Saunders — uma suntuosa casa com fachada de pedra, precisando de alguns reparos. Eu toquei a campainha, então me recostei na parede. Depois de um tempo, o irmão da Stella abriu a porta. Ele estava usando jeans cortados e chinelos de coelho; em uma das mãos ele segurava uma long neck e na outra empanada.

— Ei, JJ, tudo bem? — eu já o conhecia, ele foi ao nosso showcase.

— Eu conheço você? — disse ele, com as narinas abertas como um animal tentando identificar meu cheiro.

— Hum, eu sou A/B. Da banda da Stella. Você sabe, o guitarrista.

— É?

— Sou.

— Mas então... você quer alguma coisa?

É difícil de acreditar que a Stella é parente desse troglodita.

— A Stella está?

— Sim, não, não sei.

Ele mordeu um pedaço da empanada e tomou um gole para ajudar a descer. Eu não percebi nenhuma mastigação.

— Você quer que eu chame ela pra tu?

— Claro, seria ótimo.

— Ou você quer entrar de uma vez?

Ele pontuou o convite com um arroto.

— Ela deve estar no quarto dela. Se ela estiver aqui — ele mostrou com os olhos a escada que levava ao segundo andar. — Eu moro no porão.

Ah, entendi. Em vez de fazer o esforço de achar a irmã, ele está disposto a deixar alguém, de quem não consegue se lembrar direito de ter conhecido, entrar na sua casa. Parece bom para mim.

— Claro, obrigado. Eu vou apenas... apenas... no segundo andar, certo?

— É — disse ele. — Olha, se você achar ela, pergunta se ela tem 10 pilas.

— Ah, certo — disse eu, passando por ele.

No meio da escada, eu escutei ele chamar:

— Ei... você.

Eu me virei.

— Você tem 10 pilas?

Eu peguei minha carteira, tirei uma nota e me estiquei para entregar.

— Você é gente boa — disse JJ, voltando para o hall. Enquanto eu subia as escadas, algum tipo de crossover distorcido de hip-hop com speed metal, com a letra abafada em uma língua que eu não conseguia identificar, vinha de trás de uma porta à minha esquerda. Eu bati na porta. Sem resposta. Virei a maçaneta e dei uma olhada dentro.

O quarto estava suavemente iluminado. Sombras pulsavam nos pôsteres que adornavam as paredes. Havia velas espalhadas por todos os lados — na cômoda, na estante de livros, em cima do aparelho de som e em cima de um baú no pé da cama. A cama da Stella. Sobre a qual existem formas. Existe movimento. As formas são corpos. O movimento é oh... meu... Deus.

Um pedaço de pano branco cruzava seus ombros — sua camiseta levantada. Abaixo deles, o que havia por baixo dela balançava para cima e para baixo. Um ritmo sincopado, pessoal. Próprio da Stella. Ela controlava o ritmo — é assim que ela gosta. O garoto embaixo dela fazia carinho nela aqui, apalpava ela ali, pegava naquele cabelo selvagem com a mão cheia. Ela deixava a mão dele por um tempo, depois a tirava com uma risada.

— É do meu jeito, Tee — disse ela, sua voz doce como uma calda, como eu nunca tinha escutado antes. — Você está só me acompanhando...

Era exatamente o que eu estava pensando! E saber que eu estava pensando o que ela estava pensando foi um choque e eu saí do modo câmera lenta. Eu me virei para sair — merda! — e derrubei alguma coisa que estava na cômoda ao lado da porta do quarto (*Por favor, que não seja uma vela...*)

— Que porra é...?! — ela parecia a Stella novamente.

— Que... — ecoou uma voz masculina ininteligível.

Virando-se, ela puxou a camiseta sobre seus peitos. Ela uivou uma série de palavrões seguidos do meu nome:

— A/B!!!

Enquanto ela pulava da cama e apressadamente amarrava um lençol como uma canga em volta da cintura, eu levantei minhas mãos até a altura dos meus olhos. Tudo que eu consegui dizer foi:

— Oops...

A Voz (Dentro da Voz)

O mundo precisa de Kendall Taylor. Algumas pessoas podem considerar isso muita pretensão, considerando que está se falando apenas da líder de uma banda de rock, que é apenas um fenômeno da cultura pop, que tem apenas 15 anos de idade. Mas uma vez ou outra aparece um cantor que pode fazer mais do que cantar. Ele pode se comunicar, tocar e emocionar as pessoas. Isso é o que Kendall Taylor faz — mas essa é apenas uma razão por que ela é tão importante. Com seus valores, sua simpatia e sua imagem poderosa sem ser esquelética, Kendall Taylor já é um modelo a ser seguido. E quando jovens meninas de todo o país admiram uma pessoa, aquela pessoa é obrigada a deixar de lado seus problemas e estar lá para seu público.

Não que seja fácil. De fato há uma parte da Kendall que deseja aparecer. Bater portas. Atirar coisas. Ou até fumar. Ou até beber. Uma parte que quer gritar: "Me deixa em paz!" e "Eu vou comer todas essas rosquinhas." E "Não, eu não vou interpretar uma ponta ou aparecer naquele anúncio, nem assinar aquele contrato para posar para aquela boneca da Kendall Taylor". *Que se dane*! Ou se fechar totalmente, calar a boca e não dizer nada.

Talvez coisas como contratos de patrocínio e pontas em filmes soem glamourosos e divertidos. Bem, eles não são. São sacrifícios. Sacrifícios enormes. Ah, eles não são tão ruins quando a vida é um mar de rosas, mas quando uma pessoa está passando por maus bocados, maus mesmo, com problemas sérios... é muito duro. Quando uma pessoa está com raiva e amarga e traída e confusa e envergonhada, é quase impossível parecer feliz, animada e ser educada.

Mas se uma pessoa é uma estrela, ser egoísta, teimosa e mal-educada não é uma opção. Porque uma estrela tem responsabilidades. Uma estrela não pode desmoronar como um castelo de areia. Uma estrela só pode se confortar nas mantas do silêncio até que ela lembre e aceite que esse é o seu propósito na vida — a razão por que ela foi trazida à Terra —, abrir a boca e cantar.

Alguma coisa.

Qualquer coisa.

Talvez "Amazing Grace".

Talvez "Search and Destroy".

Essa é a única opção para Kendall Taylor. Sentar no quarto e cantar até que sua cabeça exploda. Então levantar a bunda da cama e voltar para o Broken Sound e terminar o seu disco de estreia, utilizando todo o tormento da sua saga familiar nas músicas. Isso é o que Kendall Taylor *tem* que fazer — pela sua banda e por todas as pessoas que dependem dela e que investiram nela.

Mas principalmente, como uma verdadeira estrela, para seus fãs.

A Gostosa

Eu tenho refletido ultimamente. Muito. É como se eu estivesse me sentindo tão sábia e sofisticada e consciente — como se eu tivesse aprendido muito estando na banda nesses últimos seis meses. Mas ao mesmo tempo sou a pateta mais ignorante e sem noção — passei por tantas coisas mas acabei num limbo, tipo: Hein? O quê? Onde estou?

Basicamente é aqui que estou:

O Que Eu Não Sei:
- Eu não sei o que faz as pessoas agirem, o que as faz fazer as coisas que elas fazem.
- Eu não sei por que eu faço as coisas também.
- Eu não tenho ideia do que é o amor. Às vezes, acho que estou com uma rede de caçar borboletas num campo cheio de borboletas do amor, mas os buracos na rede são muito grandes, então quando eu penso que peguei o amor, ele escapa. O amor me escapa. Mas, na verdade, ele não voa para longe de mim, ele voa para dentro da minha boca — então está dentro de mim, mas assim mesmo eu não sei o que ele é.
- Eu não sei geometria. De alguma forma eu consegui passar, mas isso foi um milagre. Na verdade, não foi um milagre — eu só sentei ao lado de um garoto tão obcecado com meus peitos que ele me

deixou colar da sua prova. Pode tentar. Me pergunta o que é um triângulo isósceles.
- Eu não sei o que está errado comigo.

O Que Eu Sei:
- Eu sei tocar bateria.
- Eu sei compor músicas.
- Eu sei que, quanto mais eu toco bateria e quanto mais eu componho, melhor eu fico nas duas coisas.
- Eu sei que sou uma poeta. Isso é um choque para mim — o choque ainda não passou, eu fico chocada sempre que penso em mim como uma poeta —, mas de um jeito bom.
- Eu sei que o Mal existe. O Mal não é mais apenas um conceito para mim. Eu o conheci. Eu dei a ele meu suéter. Então eu vomitei em cima dele.
- Eu sei que se estressar não leva a lugar nenhum. Eu sei que vou continuar a me estressar.
- Eu sei que qualquer coisa é possível...

UNIVERSE RECORDS E BRIAN WILSON WANDWEILDER TÊM O PRAZER DE CONVIDÁ-LO PARA A FESTA DE AUDIÇÃO DA ESTREIA MAIS ESPERADA DO ANO!

6X
BLISS DE LA MESS

Sexta, 2 de setembro
Otto's Hot Stack
67 Pearl Street
De 21h até...?
Bebida liberada a noite toda.

Show especialíssimo com 6X à meia-noite

DJ convidado: Slushmaster Bongshaker

RSVP: Phoebe Stones (212) 555-1287

A Voz

Isso é tão excitante — a festa de lançamento do nosso disco! Esse clube, Otto's, é o lugar mais badalado de Nova York no momento, apesar de ser tão no centro que é praticamente no Brooklyn. É um pouco triste estar filmando o nosso último videodiário aqui — mas é claro que é o final perfeito, já que isso é apenas o começo para nós, para mim.

O disco acabou ficando ainda melhor do que eu me atreveria a sonhar. Está tão bom que ninguém vai conseguir perceber a pressão que estava em cima de mim. A minha voz nem dá pistas de como foi difícil para mim. Mas foi difícil. Só Deus sabe como eu me arrastava para fora da cama, e depois ainda me arrastava para o estúdio, com toda aquela confusão que aconteceu. No dia da minha... provação, eu me fechei. Corri para as Teen Towers e chorei, orei e chorei ainda mais. E tranquei a porta também. Minha mãe bateu, implorando para eu deixá-la entrar, até que o Sr. Wandweilder a levou embora. Ele a convenceu a deixar os funcionários das Teen Towers tomarem conta de mim por um dia ou dois. Ele garantiu a ela que eu ia me recuperar.

E eu me recuperei. Me recompus. Deixei minha mãe entrar. Ela tirou todos os dias de férias que tinham sobrado, comprou um colchão inflável e acampou no apartamento. Na maior parte do tempo, fingi que ela não estava lá. Tudo que ela queria era conversar e eu deixei — mas as únicas coisas que eu tinha para falar eram "ahan" e "tá bom". Todo dia ela preparava o café da manhã para mim, mas eu nem encostava nele. Eu ia no Donna's Donuts em vez disso. Eu estava com muita raiva dela.

Agora as coisas voltaram ao normal... na superfície, pelo menos. Nós nos falamos, minha mãe e eu; eu respondo e tudo. Mesmo assim, as feridas que ela causou — a mentira, a hipocrisia —, eu não sei se algum dia vão sarar. Algumas pessoas podem dizer que Jesse Taylor é um homem ruim; que ele nos abandonou e só voltou para se aproveitar do meu sucesso. Mas pelo menos ele não mentiu para mim... não exatamente, pelo menos. Minha mãe, por outro lado... tem uma parte de mim que nem a quer aqui hoje à noite, mas eu sei que não ia pegar bem. Aparências contam muito quando você é uma estrela. E é difícil lidar com isso.

De qualquer forma, não tinha como manter um escândalo desses na surdina, então todo mundo acabou sabendo — o Sr. Wandweilder, meus colegas de banda, até o estagiário do Broken e a caixa do Donna's. Eles estavam todos pisando em ovos — até a Stella!

Então eu entrava na cabine e botava o headphone. Eu ouvia a nossa música me envolvendo e entrando em mim como uma chuva purificadora. E a minha voz apenas saía de mim. Meu desespero mais sombrio e a mais gloriosa e brilhante parte da minha alma convergiam. Em alguns momentos, isso me fazia literalmente tremer. Esse é o poder e a beleza de ser abençoada com uma voz como a minha.

Toda a experiência — eu comparo com certas passagens bíblicas. Como Jonas na baleia. Ou Jó com suas provações e aflições. Ou até mesmo Jesus Cristo, o próprio Senhor. Depois de um dia e uma noite longos no estúdio de gravação, eu me deitava e pensava nessas histórias, e me confortava com a ideia de eu ser como um super-herói da Bíblia. Eu acalmei a tempestade. Eu cheguei triunfante. E agora...

Woo-hoo! Que tal isso como um grito de rebeldia?

Hoje é a minha noite. Está na hora de me divertir. Eu posso fazer o que me der vontade. Hoje à noite Kendall Taylor vai se soltar como nunca antes...

O Garoto

Por que eles chamam isso de festa de audição é um mistério para mim. Todos estão tão ocupados batendo papo — quem está prestando atenção? Eu queria que todo mundo ficasse calado e escutasse a música, mas eu acho que ia acabar sendo uma festa bem sem graça. Bem, não tem problema — vão distribuir uma sacola com brindes no fim e o CD vai estar lá. Mas deixe-me informar em primeira mão: Nosso disco está demais!

Sim, eu ligo para críticas e tudo mais, e espero que os críticos gostem, mas a coisa mais importante é eu estar feliz com o disco. E eu estou. Eu não consigo nem ser sarcástico ou fingir um ar *blasé* como bom indie. EU AMO *BLISS DE LA MESS*!

Não entenda errado, mas eu me sinto como se tivesse parido esse disco. É que eu passei quase tanto tempo mixando o disco quanto gravando — não que eu tenha realmente mixado sozinho, mas eu estava em todas as sessões, enquanto as meninas estavam de folga fazendo coisas de meninas. Afinal de contas, elas são meninas...

Cara, como elas são meninas. O que é uma coisa linda. Fazer parte do 6X é como um supletivo sobre coisas de mulher — ah! Como eu aprendi! Mas quanto mais você aprende, menos você sabe. Quando você acha que entendeu a psique feminina, elas enganam você. Sexo, por exemplo. Eu poderia jurar que todas as meninas seguem a cartilha tradicional do amor e romance como a Kendall, mas aí aparece a Stella. É isso que eu chamo de uma garota com uma atitude saudável. Naquela vez que eu a peguei em *flagrante delicto* — que é latim para transar —, ela nem ficou envergonhada. Ficou puta, sim, com certeza, é de se entender. Assim que ela se acalmou, no entanto, ela simplesmente falou:

— Com licença, não dá para ver que eu estou ocupada?

Sem sombra de dúvida, fiquei mais embasbacado que ela, e ela lidou com isso também:

— Olha, por que você não desce, pega uma cerveja na geladeira, e eu e o Tee já vamos descer.

Simplesmente, perfeitamente, racional e fria. E depois de meia hora, estávamos todos batendo papo, o Tee tentando me fazer gostar do speed-metal-emo-hip-hop dominicano que ele curte, até prometeu gravar uma coletânea para mim. Um cara bacana o Tee. Foi legal da parte dele, você sabe, não me matar por causa do *coitus interruptus*. Mesmo ele sendo legal, eu fico feliz que ele não tenha vindo com a Stella hoje — eles são mais do tipo amigos com benefícios. Não me pergunte porque isso me agrada — eu não faço ideia.

É por isso que é bom ter uma coisa da qual eu tenho certeza absoluta. Estou falando do nosso disco. Resumindo, é incrível! Mas, por favor, não confie apenas na minha palavra! Aqui vem a nossa adorável e talentosa vocalista, Srta. Kendall Taylor. Vamos ouvir o que ela tem a dizer:

— A/B! A/B! Essa não é a melhoooor festa de tooooodos os tempos?

— Opa, Kendall, não caia. Você está bem?

— Beeeem? Claaaaaro, A/B. Eu estou faaaantáaaastica.

— Então aqui estamos filmando as últimas partes do nosso videodiário. Você gostaria de dar aos nossos fãs lá fora a sua opinião isenta sobre *Bliss de la Mess*?

— Oh, meeeeu Jesuis! Oh, Deus! É demaaaais! Todo mundo devia correr para as lojas agora e comprar para nós virarmos bilionáaaarios. Nã-nã-não, sério. Fazer esse disco foi a realização de um soooonho. Mesmo que tenha havido alguns momentos complicaaaados, não é, A/B? Mas nós conseguimos! Nós *conseguimos*! E eu aaaamo vocês todos. Os fãaaas, todos da Universe. O Senhor Wandelwildeler, a Steeeela, a Wyyyyyyynn... e você, A/B. Principalmeeeeente, eu... amo... você!

— Uau, Kendall, você parece estar realmente se divertindo essa noite. Opa, lá vai você de novo. Tudo bem, eu a segurei! Você e esses saltos estranhos! De qualquer forma...

— Oh! Oooolha! É o Reid-Vincent Mitchell. Meu Deus, como eu amo ele! Eeeeei! Reeeeeid-Vincent!

Bem, lá vai ela, pessoal, como uma verdadeira rock star. Bem, eu posso estar enganado, mas me parece que a Srta. Kendall Taylor descobriu o champanhe.

A Chefe

Eu estou me divertindo muito! Eu estava meio de mau humor o dia inteiro, imaginando se o Brian ia trazer alguém com ele. Isso provavelmente ia me deixar muito puta, vê-lo fazer sua entrada triunfal com alguma modelo estúpida. Mas pelo que estou vendo, ele está sozinho e isso é demais. Mas preste atenção nisso: eu posso na verdade ter esquecido o Brian de qualquer forma. Sim, ele é ótimo e nós ainda temos aquela mesma empatia, mas ele é mais velho e toda aquela história da Kendall e o CountryBoy deixou um gosto amargo na minha boca. Como se fosse um pouco nojento. Como se eu não quisesse trocar suas fraldas geriátricas daqui a um tempo.

Haha! Brincadeira. Eu ainda não desencanei de vez dele, veja os meus pais: na época deles, ela ser branca e ele ser negro era uma grande coisa. O que eu quero dizer é que a vida apresenta desafios, mas o amor pode superá-los. O que eu quero dizer na verdade é "quem sabe?"

É mais que, no momento, me comprometer está fora dos meus planos. *Bliss de la Mess* vai ser lançado essa terça, e já com prensagem de disco de platina, o que quer dizer que um milhão de discos do 6X vão chegar às lojas. E isso é muito incomum para um disco de estreia. Assim que o disco sair, é claro, nós vamos pegar a estrada — e eu não posso esperar! O negócio é que isso deve ser difícil quando você está numa relação; você não vai querer se preocupar se o seu namorado está te traindo enquanto você está no palco em Buttzit, Nebraska. E além disso, quem sabe quem eu vou pegar na estrada? Uma turnê é um prato cheio de caras interessantes. Nós podemos sair com os Blokes ou Ayn Rand, ou quem sabe a gente pode abrir um show do Churnsway — agora, Lucien Vickers, aquele rapaz merece. Além disso, você não tem como prever — às vezes o cara certo, o cara com quem você vai passar o resto da sua vida, totalmente apaixonada, pode aparecer na sua frente do nada... ou estar bem debaixo do seu nariz...

A Gostosa

A confusão foi esquecida e tudo o que sobrou foi a satisfação. Por mais ou menos uma hora, pelo menos...

Eu não sou muito de festa, mas hoje à noite até eu entrei no clima. Todas as figurinhas carimbadas estavam presentes: Windows by Gina, Tiger Pimp, todos esses caras. Mas não era só gente da música. Crimson Snow e Jake Pfstaad realmente vieram. E Malinka Kolakova, a sensação russa do tênis — ela não acabou de ser campeã em Wimbledon? O pessoal dela falou com o meu pessoal para que nós fôssemos apresentadas, e ela é tão bonita e legal, e nós conversamos, apesar de seu inglês não ser dos melhores... na verdade é hilário.

Então começou a tocar "All Over Oliver" — sim, essa é a música escolhida para ser o primeiro single oficial do disco — e Stella veio correndo para a pista e nós começamos a dançar. Todos nos acompanharam — eu juro que toda a população descolada de Nova York estava se divertindo com a nossa música. E quando entrou o refrão? Todos eles já sabiam a letra. Não é que seja do nível de uma Sylvia Plath, ou algo do gênero, mas escutar o clube inteiro gritar *"Now I'm all over Oliver, oh yeah!"* é... me desculpe, mas é inacreditável.

A princípio eu tinha as minhas dúvidas. Eu estava preocupada que as pessoas pudessem ver uma banda jovem que tivesse crescido muito e muito rápido e começassem a achar que fosse uma enganação ou uma banda de um único sucesso. Depois eu comecei a pensar: *quem liga para o que eles pensam? Eu sou do 6X — e eu sei qual é a verdade. Nós vamos ficar juntos para sempre.* E a melhor parte é, mesmo com todas as pessoas em volta, somos ainda somente eu e Stella dançando juntas.

Então Stella ajeitou o topo do seu moicano:
— Caramba, Wynn, nós somos ou não somos foda? — falou ela.

Eu estava pronta para jogar meus braços em volta dela — eu sou tão emotiva, eu imaginei que um abraço pudesse dizer coisas que palavras não conseguem. Só que numa atitude típica da Stella, ela voltou para o modo negócios.

— Vamos lá — disse ela —, hora de ficar sério, nós vamos subir no palco logo.

Então começamos a rastrear o local, atrás do A/B — o que não devia ser difícil, já que ele estava usando uma jaqueta prateada que a gente achou num brechó e que o fazia parecer um cafetão. Nós o vimos no bar com Gaylord e Brian. Nossos rapazes. Eles pareciam estar nos procurando também, já que tínhamos que ir para o camarim, afinar os instrumentos e aquecer as mãos um pouco antes de tocar. Pela primeira vez eu não fiquei nem um pouco nervosa de tocar. Eu pensei: *tocar hoje à noite vai ser um exemplo perfeito do que a Kendall chama de "pregar para os fiéis".*

Foi então que uma sensação estranha, quase psíquica, tomou conta de mim. Eu tentei deixá-la para lá, dizendo para mim mesma que eu estava maluca, que não tinha nada errado. Mas enquanto eu seguia Stella em direção ao bar, uma pequena preocupação começou a crescer.

— Então, está quase na hora do show, não é? — perguntou Stella para os rapazes.

Brian checou seu relógio:

— Quase na hora — disse ele. — Alguém viu a Kendall?

A menção do nome da Kendall me deixou com náuseas. A pequena preocupação se transformou numa grande preocupação. Mas eu não queria ser estraga-prazeres; então fiquei de boca calada.

— É só achar a Sra. Taylor e olhar na direção oposta — disse Gaylord com um sorriso.

— Ei, para com isso — Brian tentou rir da situação também. — JoBeth Taylor não teve moleza com a Kendall ultimamente.

Foi então que A/B bateu na testa com a palma da mão:

— Merda! — disse ele. — Eu não acredito que eu não disse nada a vocês. Eu esqueci que a gente ainda ia tocar hoje à noite...

— Nos contar o quê? — perguntou Brian casualmente, mantendo o alarme afastado da sua voz de propósito.

Mas nós cruzamos olhares e, por um instante, nós nos conectamos. Ele estava com a mesma preocupação que eu.

— Bem, não atirem no mensageiro atrasado, mas a Kendall está bem mal.

Ninguém acreditou — todos se olharam ao mesmo tempo. Kendall? Bêbada? De jeito nenhum! Nunca vai acontecer!

— Eu estou dizendo, eu a vi há uns vinte minutos — insistiu A/B. — E ela estava *ruinzinha*.

— Onde? — perguntou Brian tão calmo quanto ele podia.

— Hmm, perto do bufê... não, não, não.

A/B forçou a memória. Ele estava um pouco alto também:

— Ah sim, foi no quarto onde estão as câmeras. Nós conversamos por um minuto e depois ela saiu. Foi atrás daquele ator, o que tem três primeiros nomes — o cara do *Steal That Pony*.

Brian continuava fingindo uma atitude de que estava tudo bem:

— Bem, nós devemos procurá-la — e suspirou —, ainda dá tempo de enchê-la de água e café antes de vocês subirem no palco.

Stella aproveitou a oportunidade.

— Aquela cabeça de vento idiota — explodiu ela. — Pode deixar que a Kendall destrói a nossa festa e sabota o nosso show. Eu já estou por aqui com aquela...

— Stella, por favor — disse Brian. A essa altura todos nós percebíamos que ele estava sério. — Vamos apenas achá-la, OK?

Quando nós estávamos prontos para entrar em ação, Gaylord viu uma moça com uma blusa cor de alfazema, terninho azul-marinho e sapatos de salto não muito alto vindo na nossa direção.

— Sra. Taylor às três horas, se aproximando rápido — avisou ele.

Brian checou seu relógio novamente e resmungou. O plano era nos separarmos e vasculhar cada polegada do Otto's. Tem um lounge (na verdade uma sala do amasso) no andar de cima — talvez a Kendall e o R-VM estivessem se divertindo lá. Ou ela podia estar no banheiro, vomitando. Ou, haha, nós estávamos nos preocupando à toa e ela já estava no camarim, aquecendo a voz e esperando por nós.

Stella e A/B foram para o segundo andar. Gaylord foi na direção do camarim, enquanto Brian se virava com a Sra. Taylor. Eu me ofereci para procurá-la no banheiro. Mas eu sabia que não ia encontrar a Kendall lá. Minhas suspeitas tinham se transformado em fato concreto. Nós estávamos apenas fazendo o que tinha que ser feito, tentando cobrir qualquer possibilidade porque nós deveríamos subir no palco em meia hora, e nós não queríamos aceitar o que eu já sabia. Essa é uma caçada sem sentido — uma perseguição inútil. Afinal de contas, quando você está numa banda com alguém por algum tempo, e passa pelas coisas que o 6X passou, você não apenas as *conhece*, você *é* elas — uma parte de você são eles e uma parte deles é você. Você não precisa prever o que eles vão fazer. Você apenas sabe. Como eu sei:

Kendall Taylor deixou o recinto...
Kendall Taylor não está em casa...
Kendall Taylor foi embora...

Quem é **6X**?

Kendall Taylor
Voz

A/B Farrelberg
Guitarra, Teclados, Tudo

Wynn Morgan
Bateria, Voz

Stella Angenue Simone Saunders
Baixo

Faixas:

1) "Dirty Boots"[1]
2) "All Over Oliver"
3) "Bliss de la Mess"
4) "Put This in Your Purse (Ashley)"
5) "You're All I've Got Tonight"[2]
6) "My Real Dad Lives in Prague"
7) "(I am not a) Lingerie Model"
8) "The Waiting"[3]
9) "Hello Kitty Creeps Me Out"
10) "Teenage FBI"[4]

Produzido por Alan Slushinger. Mixado por Lydia Vance. Gravado e mixado no Broken Sound, NYC. A&R: Preston Shenck. Contato para shows: Gaylord Kramer, Straight Man Management. Design: Tita Nigrí: Web Design: Nathan DaWeen

Publicação: Todas as canções (exceto 1, 2, 3, 4), letra de Wynn Morgan, Música de Taylor, Farrelberg, Morgan, Saunders (HotShit Music/BMI); 1 de Sonic Youth; 2 de Ric Ocasek; 3 de Tom Petty; 4 de Robert Pollard

E muito amor e agradecimentos para...

Jesus Cristo, JoBeth Taylor, Arness e Lilly Clark, Brian Wandweilder e todos os fãs incríveis! — **KENDALL**

Lynda e Martin Farrelberg, Brian Wandweilder, Gaylord Kramer, Alan Slushinger, violões Martin, guitarras Danelectro e todos que vivem do rock, que vão viver do rock e que viveram do rock, de AC/DC ao ZZ Topp! — **A/B**

Cynthia e Randall Sherman, Brian Wandweilder, Gaylord Kramer, Travis Brown e todas a pessoas boas e animais no planeta! — **WYNN**

Victoria e Derek Saunders, John Joseph Cantalucci, Brian "The Man" Wandweilder, Gaylord Kramer, Charisse "Boom Boom" Thomas, The Ramones e você, sim, você! — **STELLA**

Este livro foi impresso no
Sistema Digital Instant Duplex da Divisão Gráfica da
DISTRIBUIDORA RECORD DE SERVIÇOS DE IMPRENSA S.A.
Rua Argentina, 171 - Rio de Janeiro/RJ - Tel.: 2585-2000